DuMont's Kriminal-Bibliothek

Phoebe Atwood Taylor wurde 1909 in Boston geboren und lebte in Massachusetts, wo sie 1976 starb. Neben über 20 Romanen um den kauzigen ›Kabeljau-Sherlock‹ Asey Mayo, die auf Cape Cod spielen, schrieb sie eine weitere Reihe von Detektivromanen, in denen Leonidas Witherall in seiner skurrilen Art verzwickte Kriminalfälle löst.

Von Phoebe Atwood Taylor sind in der DuMont's Kriminal-Bibliothek erschienen: »Kraft seines Wortes« (Band 1003), »Ein Jegliches hat seine Zeit« (Band 1010) und »Wie ein Stich durchs Herz« (Band 1021).

Herausgegeben von Volker Neuhaus

Phoebe Atwood Taylor

Wer gern in Freuden lebt ...

DuMont Buchverlag Köln

Hinweis:
Alle Gestalten dieses Buches existieren nur in der Phantasie; dies gilt auch für das Städtchen Weesit, selbst wenn es den Namen einer tatsächlich existierenden Landspitze am Cape Cod trägt.

Die Deutsche Bibliothek – CIP-Einheitsaufnahme

Taylor, Phoebe Atwood:
Wer gern in Freuden lebt .../Phoebe Atwood Taylor.
[Aus d. Amerikan. von Manfred Allié].
– Köln: DuMont, 1991
(DuMont's Kriminal-Bibliothek; 1032)
ISBN 3-7701-2586-X
NE: GT

Umschlagmotiv von Pellegrino Ritter
Aus dem Amerikanischen von Manfred Allié

Die der Übersetzung zugrundeliegende Originalausgabe erschien 1987 bei Foul Play Press/The Countryman Press, Woodstock, Vermont
Satz: Froitzheim Satzbetriebe, Bonn
Druck: Rasch, Bramsche
Buchbinderische Verarbeitung: Bramscher Buchbinder Betriebe

Printed in Germany ISBN 3-7701-2586-X

Kapitel 1

George war an allem schuld.

George war es gewesen, der mich überhaupt dazu gezwungen hatte, nach Weesit zu fahren, und in Weesit, wo ich mich in Ruhe und Frieden hätte erholen sollen, war es, wo alles geschah. Gleich zu Anfang sei es gesagt – das nächste Mal, daß ich mich von einer Lungenentzündung erhole, werde ich nicht ans Cape Cod fahren, sondern nach Sarawak oder Tibet oder an irgendein abgelegenes Fleckchen Erde, wo man sich einigermaßen sicher sein kann, daß nicht just vor dem Schlafzimmerfenster jemand ermordet wird.

Ich war gerade erst vier Wochen aus dem Krankenhaus zurück, als George eines Montagnachmittags Ende Juni hereinspaziert kam und mich vor die vollendete Tatsache stellte, daß ich den Sommer in Weesit verbringen würde. Das sei ein hübsches, friedliches Städtchen auf Cape Cod, und Dr. Burnside habe seine frische Seeluft ganz besonders empfohlen. Daß ich nicht die geringste Lust hatte, Boston zu verlassen, war für George nicht von Belang.

»Du mußt doch im Sommer irgendwo hinfahren«, erklärte er mir. »Du kannst nicht in diesem Schuppen hier bleiben. Ich habe ein Sommerhäuschen für dich gemietet, klein genug, daß du gar nicht auf die Idee kommen kannst, einen Haufen Gäste einzuladen. Hör dir mal an, was ich gedacht habe.«

In Gedanken stöhnte ich ein wenig. So viele von Georges Bemerkungen begannen mit dem Satz: »Hör dir mal an, was ich gedacht habe.« Seinem Organisationstalent und seinem scharfen Blick für das Detail hatte er es natürlich zu verdanken, daß er schon mit 30 ein außerordentlich erfolgreicher Geschäftsmann war, und ich bin ungeheuer stolz auf ihn und auf alles, was er erreicht hat. Ich könnte nicht stolzer sein, wenn er mein eigener Sohn und nicht nur ein Adoptivsohn wäre. Aber ab und zu geht mir seine Art, mich zu bevormunden, doch auf die Nerven, und dann wünsche ich mir, mein Mann wäre noch am Leben, um den Jungen in die Schranken zu weisen. Adin wußte, wie man mit George umzugehen hatte. Und ich habe nie vergessen, was er mir sagte, kurz nachdem er krank wurde.

»Vic«, sagte er, »wenn ich das hier nicht überstehe, laß dich um Himmels willen nicht von dem Jungen herumkommandieren, so wie er Janet und Ballard & Co. kommandiert. Er ist ein fähiger Mann, aber er hat nicht ein Fünkchen Humor. Laß dich nicht von ihm herumscheuchen, und laß dir nicht von ihm sagen, was gut für dich ist!«

Und das hatte ich auch niemals zugelassen, nicht bis ich krank wurde. Da allerdings wußte ich, das muß ich zugeben, seine Fähigkeit, die Dinge in die Hand zu nehmen, sehr zu schätzen. Aber mittlerweile begannen seine Pläne mir ein bißchen auf die Nerven zu gehen. Es schoß mir durch den Kopf, daß ich in Weesit ohne George, der mir ständig sagte, was gut für mich war, womöglich besser aufgehoben war als in Boston mit ihm. Und ohnehin fühlte ich mich zu schwach, um mich gegen seine Pläne zur Wehr zu setzen. Ich spielte mit dem Gedanken, mich an Janet zu wenden, Georges Frau, doch ich sah ein, daß es nutzlos sein würde, sie um Hilfe zu bitten. Pflichtergeben saß sie da und lauschte mit ihrer üblichen resignierten Miene, wie George die Einzelheiten erläuterte.

Insgeheim habe ich mich oft gefragt, wie Janet ausgerechnet George heiraten konnte. Sie ist ein liebes Mädchen, aber ganz und gar nicht sein Typ – und als größte Schönheit unter den Debütantinnen ihres Jahrganges hatte sie eine große Schar von Verehrern, unter denen sie ihren Ehemann auswählen konnte. Was mich angeht, so habe ich, auch wenn ich Georges Fähigkeiten bewundere, meine Zweifel, ob ich mit ihm verheiratet sein möchte. In der letzten Zeit hatte ich dann und wann geglaubt, Anzeichen dafür erkennen zu können, daß Janet selbst ähnliche Zweifel zu hegen beginnt. Er hält sie sehr an der kurzen Leine.

Aber trotz allem hat George etwas wirklich Liebevolles und Treusorgendes. Wie Adin es ausdrückte: Immer wieder mußte man zugeben, daß seine Ansichten meistens weitaus besser und vernünftiger waren als die, die man selbst hatte.

»Außerdem«, brachte George seinen Vortrag zu Ende, »wirst du eine Köchin brauchen – ich habe mich für Mrs. Tavish entschieden – und jemanden zur Gesellschaft. Deine Cousine Mercy hat sich freundlicherweise erboten –«

Welche Wirkung der Name meiner Cousine Mercy Cabot bei mir hervorrufen würde, hätte George voraussehen müssen.

»Ich gehe nach Weesit«, schnauzte ich ihn an, »weil ich nicht die Kraft habe, darüber zu diskutieren. Aber nicht mit meiner Cousine Mercy! Nicht mit dieser – dieser dummen Gans! Sie würde mich wahnsinnig machen. Eine unerträgliche Vorstellung, den ganzen Sommer lang ihre Geschichten über sämtliche Krankheiten der Familie Ballard zu hören. Ich gehe nach Weesit, aber ich werde meine Bedienstete und meine Begleiterin selbst auswählen!«

»Offenbar verstehst du nicht«, sagte George, »daß du nicht in der Lage bist, eine eigene Entscheidung zu fällen. Oder überhaupt irgendwelche Entscheidungen, genau genommen.«

Diese Belehrung, und dazu noch Cousine Mercy, empörte mich dermaßen, daß mir die Worte fehlten.

»Ich bin 55«, antwortete ich ihm, als ich endlich die Sprache wiederfand. »Ich gebe zu, die letzten Monate habe ich mit einem Fuß im Grabe gestanden. Ich bin dir dankbar, daß du dich um meine Angelegenheiten gekümmert hast, als ich krank war. Aber ich habe nicht die Absicht zu dulden, daß du von jetzt an alle meine Angelegenheiten in die Hand nimmst. Und«, setzte ich hinzu, »auf dem Rückweg ins Büro kannst du bei Stephen Crump vorbeischauen und ihm sagen, daß ich mich in Zukunft wieder selbst um meine Geschäfte kümmere. Lasse deine Vollmachten umgehend löschen.«

»Das kannst du nicht tun, Mutter! Du bist nicht in der Lage, dich um alles zu kümmern! Du willst verreisen, und –«

»Ich bin sehr gut in der Lage, George, die wenigen Aktien und Wertpapiere, die ich noch habe, selbst im Auge zu behalten.«

»Die wenigen!« brüllte George. »Die wenigen! Eine halbe Million!«

»Ich habe doppelt so viel verwaltet, bevor du geboren warst oder jemand überhaupt nur an dich dachte«, entgegnete ich, »und ich bin ausgezeichnet zurechtgekommen. Und nun hinaus mit dir. Du gehst mir auf die Nerven. Wir sehen uns im September.«

»September? Aber ich werde dich zum Cape begleiten, und natürlich komme ich auch am Wochenende hinaus«, wandte er ein. »Janet bricht morgen nach Maine auf und besucht ihre Mutter, und ich dachte, ich verbringe meine freie Zeit bei dir –«

»Du hast selbst gesagt, es sei nur ein kleines Häuschen«, erinnerte ich ihn schroff, »und ich könne dort keinen Besuch empfangen. Und nun, George, fährst du zu Stephen. Es ist Zeit für mein Schläfchen.«

George räusperte sich und erhob sich aus seinem Sessel. Janet warf mir einen ängstlichen Blick zu. Wir beide wußten, was Georges Geste zu bedeuten hatte. Er verlor seine vielgepriesene Geduld. »Der Markt«, begann er, wobei sein Gesicht rot anlief, »ändert sich täglich. Ich weigere mich kategorisch, dir die Verantwortung für etwas zu überlassen, das du –«

»Nun benimm dich doch nicht wie ein Schuljunge«, sagte ich, so ruhig ich nur konnte. »Ich habe gesagt, daß ich dir dankbar bin, daß du alles für mich geregelt hast, als ich krank war – aber nun, wo es mir besser geht, werde ich mich wieder selbst um die Dinge kümmern. Mehr gibt es dazu nicht zu sagen.«

»Du und für dich selbst sorgen!« rief George; er wurde immer lauter und nahm überhaupt keine Rücksicht mehr auf mich. »Du wirst nicht in der Stadt sein, du weißt gar nicht, was vorgeht. Und du bist krank!« Er schlug mit der Faust auf den Tisch. »Ich lasse weder zu, daß du Stephen aufsuchst, noch, daß du selbst deine Reisebegleiter für das Cape wählst!« Erneut schlug er auf den Tisch, diesmal mit solcher Wucht, daß ein Aschenbecher zu Boden flog.

»Am Ende wirst du doch einverstanden sein – es bleibt dir gar nichts anderes übrig«, entgegnete ich, »und bitte, George, schlage nicht so auf den Tisch. Die Ming-Vase –«

»Zum Teufel mit der Ming-Vase«, brüllte George und schnappte sie sich vom Tisch. Er erhob die Hand, und ich glaube allen Ernstes, wenn Janet nicht seinen Arm ergriffen hätte, dann hätte er sie zu Boden geworfen. Schon im nächsten Moment blickte er beschämt drein, aber das änderte nichts an meinem Entschluß.

»Nein«, sagte ich, als er anhob zu reden, »du brauchst gar nicht zu versuchen, dich zu entschuldigen. Du weißt genau, daß diese Vase das Juwel der Sammlung deines Vaters ist. Und nun habe ich genug von dieser Streiterei. Ich werde zum Cape mitnehmen, wen ich will, ich werde aufbrechen, wann es mir paßt, und es wird keine Stunde vergehen, bis ich mit Stephen gesprochen habe.«

Georges Gesicht hatte eine geradezu purpurrote Färbung angenommen, als er zur Tür ging. »Komm, Janet«, sagte er. »Komm!«

»Ich komme gleich nach.«

George öffnete den Mund, um etwas zu sagen, doch dann schien er es sich anders überlegt zu haben und verließ den Raum. Die Tür schlug er mit aller Wucht hinter sich zu.

»Vic«, sagte Janet und kam mit raschen Schritten herüber zum Sofa, »das tut mir fürchterlich leid! Ich weiß gar nicht, was ich sagen soll. Er ist – nun, er ist nicht mehr der alte, seit der Janson und Carter Trust den Bach runtergegangen ist. Und du weißt ja, wie er ist, wenn jemand seine Pläne durchkreuzt –«

»Ich weiß«, sagte ich und gab ihr einen Kuß. »Und ich weiß auch, daß ihm dieser Wutanfall sehr leid tun wird. Reize ihn nicht noch mehr, indem du ihn warten läßt – und schreibe mir. Und nun Schwamm drüber. Ich habe Verständnis dafür.«

Aber so recht verstand ich es nicht. Nichts ist für George schlimmer, als wenn seine Pläne durcheinandergeraten, und Widerspruch jeglicher Art reizt ihn gewöhnlich, aber noch nie zuvor hatte ich erlebt, daß er die Beherrschung verlor. Wahrscheinlich lag es tatsächlich an Sorgen, die er im Geschäft hatte. Ich starrte hinauf zur Decke und machte mir meine Gedanken um ihn und überlegte, wen ich mit hinaus zum Cape nehmen sollte.

Das war der Augenblick, in dem Rose, mein gutaussehendes, wenn auch ein wenig flatterhaftes Dienstmädchen, mir Elizabeth Houghtons hastig niedergeschriebene Nachricht brachte.

»Entschuldige, daß ich Dich belästige«, schrieb sie, »aber ich brauche Deine Hilfe. Das Mädchen, das mit diesem Brief kommt, ist Nelly Stones Tochter Judith Dunham. Gestern ist sie vor Hunger auf der Boylston Street zusammengeklappt, und sie kam hierher ins Krankenhaus. Sie ist ein viel zu anständiges Mädchen, als daß man sie bei x-beliebigen Leuten unterbringen könnte, und hier bei mir kann sie nicht bleiben. Wir sind voll belegt. Kannst Du sie nicht als Gesellschafterin bei Dir behalten, bis sie wieder auf die Beine kommt? Sie ist pleite. Sie hat eine hübsche Stimme und könnte Dir vorlesen. Kannst Du nicht etwas für sie tun? Ich rufe Dich später an.«

Es wäre noch untertrieben zu sagen, daß ich schockiert war, als ich diese Zeilen gelesen hatte. Seit 30 Jahren hatte ich nichts mehr von Nelly Stone gesehen oder gehört, aber in Miss Owens Bildungsanstalt war sie meine beste Freundin gewesen. Langsam kam mir wieder die Erinnerung an eingelegte Limonen und »Trilby« und Toffee-Äpfel und Pferdewagen und die Abschlußfeiern von Harvard, und mit ihnen erschien das Bild Nellys vor meinem inneren Auge, groß und braunäugig und lächelnd. Und nun brach ihre Tochter auf der Boylston Street vor Hunger zusammen!

»Schicken Sie die junge Dame herauf«, sagte ich kurzentschlossen. »Aber warten Sie noch, Rose. Hätten Sie Lust, für den Sommer mit aufs Cape zu kommen? Putzen, Kochen und so weiter? Ich zahle Ihnen das gleiche, was Mrs. Tavish bekommt.«

»Ist es einsam da, Mrs. Ballard?«

Ich mußte lächeln. Die Berichte über Roses Liebesaffären hatten in den letzten Wochen viel dazu beigetragen, mir die Langeweile zu vertreiben.

»Ich nehme an, im Ort wird es geeignete junge Männer geben«, sagte ich ihr. »Es wird Ihnen schon nicht langweilig werden.«

»Dann komme ich mit.«

»Gut. Und nun zu dem Mädchen unten. Wie sieht sie aus?«

»Sie ist hübsch. Ein bißchen wie Sylvia Sydney. Charmantes Lächeln. Ich geh' sie mal holen.«

Ich mochte Judith Dunham vom ersten Augenblick an. Sie war etwa 25, gut gekleidet, auch wenn die Kleider ein wenig abgetragen waren vom zu vielen Waschen und Bügeln. Sie mußte wissen, was in Elizabeths Brief stand, aber sie ließ sich nichts anmerken. Auch wenn sie keinen Pfennig hatte, hatte sie doch ihren Stolz nicht verloren.

»Ich habe Ihre Mutter gekannt«, sagte ich. »Sie sehen aus wie sie. Dieselben braunen Augen, dasselbe Haar.«

»Nur Mutters Figur, die habe ich wohl leider nicht«, entgegnete sie.

Das war nur zu wahr. Sie war unglaublich dünn und wirkte, als ob sie schon seit Wochen nichts Rechtes mehr zu essen bekommen hätte. Später erfuhr ich, daß es tatsächlich so gewesen war.

»Ich verreise morgen«, fuhr ich fort, »und ich überlege, ob Sie nicht als meine Begleiterin mitkommen könnten. Mir etwas vorlesen, Anordnungen wegen des Essens treffen, mit mir Karten spielen?«

»Ich dachte«, begann sie mit zitternder Stimme, »ich dachte, Sie würden sagen, daß Sie gern etwas für mich getan hätten, wenn Sie nicht morgen auf Reisen gingen. Ich – ich glaube, noch einmal hätte ich das nicht verkraften können, weggeschickt zu werden. Danke, Mrs. Ballard. Ich würde gern mitkommen.«

»Können Sie Auto fahren? Haben Sie einen Führerschein? Gut. Dann werden wir morgen mit dem Wagen zum Cape fahren. Und nun muß ich noch wissen, wie man Sie nennt.«

»Judy.«

»Also, Judy, dann gehen Sie und holen Ihre Koffer und was Sie sonst noch haben, und bis Sie wieder zurück sind, haben wir ein Zimmer für Sie zurechtgemacht.«

»Es tut mir leid«, sagte sie stockend, »aber ich habe nichts, was ich holen könnte. Meine letzte Zimmerwirtin hat die Koffer behalten, weil ich die Miete nicht bezahlen konnte. Inzwischen hat sie sicher alles versetzt. Ich besitze nichts außer dem, was ich am Leibe trage.«

»Dann bringen Sie mir meine Handtasche«, sagte ich entschlossen und versuchte, sie die Wirkung, die ihre ruhig vorgebrachte Aussage auf mich gehabt hatte, nicht spüren zu lassen. »Danke. Hier, nehmen Sie das. Betrachten Sie es als Vorschuß. Besorgen Sie sich, was Sie brauchen.«

»So viel Geld habe ich schon seit Monaten nicht mehr in Händen gehabt«, gestand sie mit einem leisen Lachen. »Wollen Sie mich damit wirklich aus dem Haus lassen? Ich habe Ihnen keine Zeugnisse vorgelegt –«

»Sie sind Nellys Tochter, und das reicht. Laufen Sie, und besorgen Sie sich etwas zum Anziehen.« Ich zögerte kurz. Vielleicht war es unklug, dieses Mädchen in die Familie aufzunehmen, ohne daß irgend jemand sonst sich ein Urteil gebildet hatte. Ich wollte sie nicht begutachten lassen, als ob sie eine Putzfrau sei, aber auch wenn George immer das Gegenteil behauptet, bin ich doch ein vorsichtiger Mensch. »Warten Sie«, sagte ich. »Wenn Sie mit Ihren Einkäufen fertig sind, melden Sie sich noch im Büro meines Sohnes. Rose wird Ihnen die Adresse geben. Wahrscheinlich wird er ein großes Geschrei machen.«

Sie nickte spitzbübisch lächelnd. Am Funkeln ihrer Augen sah ich, daß sie verstanden hatte, daß es sich um mehr als nur einen kleinen Auftrag handelte.

Gerade als ich den letzten Schluck meiner um fünf Uhr fälligen extrafetten Vorzugsmilch trank, rief George an.

Er fand meine neue Gesellschafterin starrköpfig, vorlaut und schnippisch. Da wußte ich, daß ich richtig gehandelt hatte. Judy war willensstark, unabhängig, und sie hatte Humor. Am nächsten Morgen brachen wir auf, aßen in aller Ruhe zu Mittag und gelangten kurz vor drei Uhr nachmittags in Weesit an. Während wir uns auf die Suche nach dem Wohnungsmakler machten, konnte ich mir einen guten Eindruck vom Ort verschaffen. Das erste, was ich sah, war weiße Farbe. Alle Häuser erstrahlten in Weiß und besaßen grüne Fensterläden. Hohe, stattliche Ulmen säumten die Hauptstraße, und daß alles so blitzblank geputzt aussah, verriet mir, daß die Bewohner von Weesit stolz auf ihr Städtchen waren.

Endlich fanden wir den Makler, einen umgänglichen Mann namens Bangs. Seine überschwengliche Art und sein Äußeres erinnerten mich an einen Hausierer, der einmal versucht hatte, mir falsche Diamanten auf Ratenzahlung zu verkaufen. Er fuhr uns die fünf oder sechs Kilometer sandiger Landstraße bis zu unserem Häuschen voraus, einem neuen Bau in der Art der klassischen Cape-Cod-Häuser.

Es stand auf einer Lichtung inmitten von Krüppelkiefern oben auf einer steil aufragenden Klippe. Unten, am Fuße der Steilküste, erstreckte sich der Ozean.

Ich stieg aus dem Wagen und schaute mich aufmerksam um. Jemand hatte versucht, einen Rasen anzulegen, doch ohne nennenswerten Erfolg, und rings um das Haus standen Büschel von Strandhafer. Es war ein perfekter Platz für ein Sommerhaus. Der Blick war wunderbar, und es gab keinerlei Nachbarn. Doch mir gefiel das Wilde und Einsame dort ganz und gar nicht. Ich bin ein geselliger Mensch.

Mr. Bangs war enttäuscht, daß ich keine größere Begeisterung zeigte.

»Es ist der erste Sommer, daß die Hendersons das Anwesen überhaupt vermieten«, erklärte er gravitätisch. »Und alles ist genauso, wie sie es hinterlassen haben, außer natürlich, daß wir saubergemacht und gelüftet haben. Ein Haus mit solchem Komfort finden Sie am Ort nicht noch einmal; drei hübsche Schlafzimmer, eine hübsche Küche, elektrisches Licht, eine elektrische Wasserpumpe und 'ne Garage für zwei Autos.« Er mußte innehalten, um Luft zu holen. »Wilde Rosen vor der Tür, Chintzbezüge für die Sessel, ein Kamin und Perserteppiche. Und«, fügte er mit weit ausholender Geste hinzu, »zwei herrschaftliche Badezimmer. Zwei. Das kann sich sehen lassen, finden Sie nicht auch?«

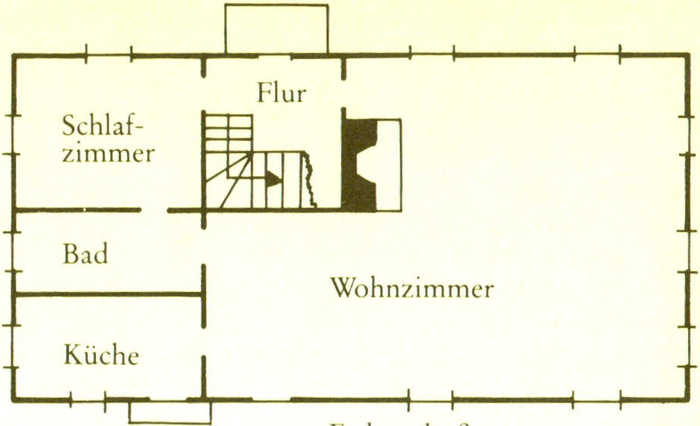

Erdgeschoß

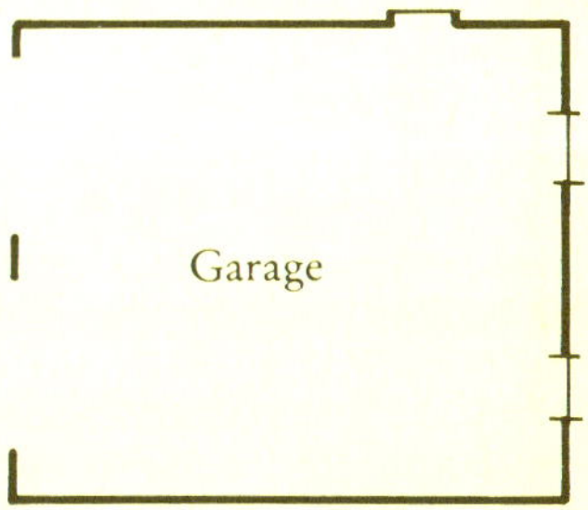

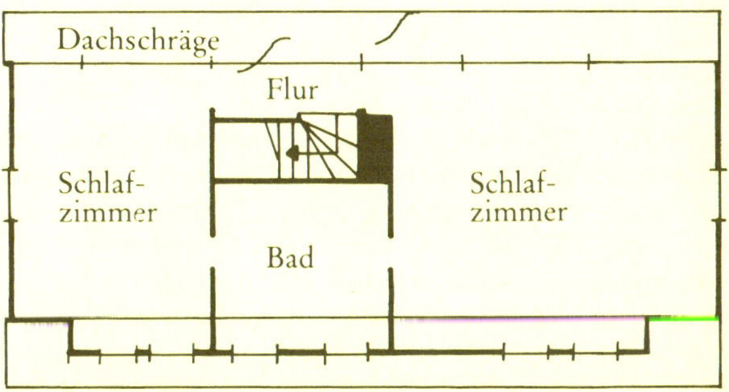

Obergeschoß

»Allerdings. Aber wohnt denn überhaupt niemand in der Nähe? Ich sehe kein einziges Haus, und wir sind an keinem vorbeigekommen, seit wir die Hauptstraße verlassen haben. Es ist so einsam!«

»Ihr Sohn schrieb, ich solle ihm ein hübsches, ruhiges Haus besorgen«, verteidigte sich Mr. Bangs. »Und das habe ich getan. Ich habe ihn in meinem Brief darauf hingewiesen, daß das nächste Haus drei Kilometer entfernt liegt.«

Judy lachte, als sie mein unglückliches Gesicht sah. »Wir haben doch den Wagen, Mrs. Ballard. Wir können immer irgendwohin, wo es andere Menschen gibt. Hören Sie nur, wie die Brandung rauscht. Ist das nicht wunderbar?«

»Ich finde, es hört sich feucht an. Wahrscheinlich bekomme ich wieder eine Lungenentzündung, und ich bin sicher, mehr als einmal kann man so etwas nicht überleben.«

»Machen Sie sich keine Sorgen, Mrs. Ballard. Ich päpple Sie auf. Mr. Bangs, wie steht es mit Eis, Kohle, Holz, Milch, Lebensmitteln und all diesen Sachen?«

»Alles arrangiert«, versicherte ihr Bangs. »Mrs. Ballards Sohn hat mich angewiesen, für alles zu sorgen, und das hab' ich getan. Der Eismann kommt heute nachmittag. Und der Junge vom Kaufmann auch. Er hat eine Liste geschickt, was er haben will, Ihr Sohn. Kohle und Holz werden geliefert, bevor es Abend wird. Telefon gibt es leider nicht. Die Stromleitung hat Henderson sich noch leisten können, aber Telegrafenmasten hätten ihn in den Ruin getrieben. Wenn Sie irgend etwas brauchen, werden Sie mit dem Auto in die Stadt kommen müssen. Ich werde Ihnen gern behilflich sein, so weit es in meinen Kräften steht.«

Und mit diesen Worten verabschiedete Mr. Bangs sich in aller Eile. Ich denke mir, daß ihm wohl Zweifel kamen, ob ich das Häuschen wirklich mieten würde.

Rose machte aus ihrer Abneigung keinen Hehl. »Es ist so einsam. Ich wette, hier gibt es Schwarzbrenner und Schmuggler. Ich wette, wir werden alle erschossen«, fügte sie kläglich hinzu.

»Nun machen Sie nicht so ein Gesicht«, munterte Judy sie auf. »Hier laufen doch zahllose Männer herum.«

Im selben Augenblick traf der Eismann ein, und er brauchte 40 Minuten, um unseren winzigen Eisschrank zu füllen. Als der Kaufmannsjunge kam, pfiff Rose bereits, und als er und der Kohlenmann uns wieder verlassen hatten, begann sie gar zu singen.

»Trotzdem«, sagte sie, als sie zum Abendessen die Suppe auftrug, »Toby – das ist der Eismann –, der sagt, es gibt immer noch Schwarzbrenner hier. Und Schmuggler auch. Er sagt, Mr. Henderson, dem das Haus hier gehört, hat immer mit 'nem Revolver geschlafen.«

»Das muß aber unbequem sein«, meinte Judy.

»Und diesen Winter ist hier viermal eingebrochen worden, sagt Toby. Ich habe Sicherheitsschlösser an beide Küchenfenster gehängt. Hab' ich von zu Hause mitgebracht.«

»Dann kann Ihnen doch gar nichts passieren«, entgegnete Judy. »Warum also die Sorge?«

»Wie dem auch sei«, nahm ich einige Zeit später, als wir mit unserem Kaffee vor dem Kamin saßen, die Betrachtungen wieder auf. »Es ist schon sehr einsam hier. Es gefällt mir gar nicht, daß wir kein Telefon haben. Was würden wir tun, wenn jemand versuchte, hier einzubrechen?«

»Aber Mrs. Ballard –«

»Sie können mich nicht«, unterbrach ich sie, »für immer Mrs. Ballard nennen. Ich heiße Victoria Alexandra. Meine Freunde sagen Vic. Ich hoffe, Sie werden mich auch so nennen.«

»Das klingt irgendwie majestätisch, aber es paßt zu Ihnen. Vic, ich glaube, Sie sind sicherer hier, als Sie es in Boston wären. Es ist alles so ruhig und ordentlich. Zum ersten Mal seit Monaten bin ich glücklich.«

»Das freut mich für Sie, meine Liebe, aber mich macht irgendwas trotzdem nervös. Ich werde das Gefühl nicht los, daß jemand mich durch das Fenster beobachtet. Ich bin sicher, da ist jemand –«

Wie aufs Stichwort wurde heftig an die Tür geklopft, und ich warf Judy einen Blick zu.

»Da! Hören Sie? Und ich habe nichts von einem Autoscheinwerfer gesehen; Sie auch nicht, oder?«

Judy schüttelte den Kopf und begab sich zur Tür. Mir fiel auf, daß sie dem Schürhaken einen prüfenden Blick zuwarf, als sie dort vorüberging.

Ich folgte ihr zur Tür. Auf der Schwelle stand ein junger, abgekämpft wirkender Mann in weißer Flanellhose und hellem Jakkett.

»Entschuldigen Sie, daß ich so hereinplatze und Sie störe«, sagte er höflich, »aber können Sie mir sagen, wo ich hier bin? Sind Sie die Guilds?«

Sein gepflegter Akzent und die angenehme Stimme zerstreuten meine Ängste.

»Kommen Sie herein«, sagte ich, »aber die Guilds sind wir nicht.«

»Das hatte ich schon befürchtet. Sie sahen nicht so aus, als ob Sie jemanden erwarteten«, meinte er unglücklich, während er zum Kamin hinüberging. »Vielleicht können Sie mir sagen, wie ich dorthin komme?«

»Das kann ich nicht. Wir sind eben erst angekommen, und es gibt kein Telefon hier.«

»Pech! Übrigens, ich bin Richard Edson. Punch Edson. Ich leite eine Wanderbühne, ein Puppentheater. Meine Sachen befinden sich in einem Lastwagen ein Stück weiter die Straße runter. Die Scheinwerfer funktionieren nicht mehr, und als dann noch der Nebel kam, konnte ich weder vor noch zurück.«

»Nebel?«

»Ja, man kann kaum noch etwas sehen. Sagen Sie, sonst hat sich niemand hier gemeldet? Die Allens – das ist eine Tanztruppe mit Gesang, und ich war zusammen mit ihnen unterwegs –, hatten dieselbe Richtung. Wir sollten bei diesen Guilds auftreten.«

»Wir haben niemanden gesehen.«

»Meine Güte, war das eine Woche! Der Regen, vier Reifenpannen und mehr Ärger mit einem Motor, als ich je außerhalb einer Autowerkstatt gesehen habe. Und nun das! Dabei verstehe ich überhaupt nicht, wie ich vom Wege abkommen konnte. Ich bin immer so abgebogen, wie Dan es mir beschrieben hat. Na, ich mache mich mal wieder auf die Socken. Haben Sie vielen Dank.«

»Vielleicht sollten Sie lieber hier warten«, schlug ich vor, »und sehen, ob Ihre Freunde nicht doch noch auftauchen. Sind Sie professionelle Schausteller?«

»Notgedrungen. Früher war ich Ingenieur. Dan Allen war Geschäftsmann, heute ist er Bariton. Dans Frau Edie hat früher auf Wohltätigkeitsveranstaltungen getanzt, heute verdient sie ihren Lebensunterhalt damit. Und Dans Schwester Harriet – tja, Hat war früher Lehrerin, und jetzt schlägt sie sich als Taschenausgabe von Ruth Draper durch. Das neueste Mitglied unserer Truppe war früher Autohändler. Heute zieht er Kaninchen aus Zylindern. Red Gilpin heißt er.«

»Kilpin, sagen Sie?« fragte Judy mit recht merkwürdiger Stimme. »Das ist aber ein seltsamer Name.«

»Nein, Gilpin. Kennen Sie ›John Gilpin war ein Bürgersmann/ Von Ansehn und von Ehren‹? Der gute alte Cowper.«

Ich mußte lachen. »An das Gedicht habe ich schon seit Jahren nicht mehr gedacht. Einmal habe ich es in der Schule aufgesagt. ›Fort ging's mit Gilpin, dam dam dam/freiwillig tat er's nicht –‹«

Wiederum klopfte es an die Türe. Punch stürmte hinaus und kehrte mit drei Leuten zurück.

»Mrs. Allen, Miss Allen und Mr. Allen«, stellte er vor. »Nein, Dan, keine großen Reden jetzt. Das ist nicht das Haus, das wir suchen. Es gibt kein Telefon hier, die Leute hier sind gerade erst eingetroffen und kennen die Guilds nicht, und die Scheinwerfer des Lastwagens funktionieren nicht mehr.«

Dan Allen stöhnte. Er war in den Dreißigern, bullig und dunkelhaarig, und seine Augenbrauen faszinierten mich. Sie waren in der Mitte der Stirn zusammengewachsen.

»Was ist das bloß für ein Leben«, stieß er angewidert hervor. »Und der Kombi hat 'nen Platten. Red repariert ihn gerade.«

»Der innere von den Reifen«, fügte Harriet Allen hinzu. Sie war dunkelhaarig wie ihr Bruder und stark geschminkt, mit kräftigem braunen Puder und pflaumenfarbenem Lippenstift. Ich war mir sicher, von Natur aus hatte sie ebenso buschige Augenbrauen wie er, doch nun waren nur noch dünne Striche zu sehen. »Das dauert zwei Stunden.«

Punch schüttelte den Kopf. »Damit ist die Vorstellung bei den Guilds gelaufen. Aber jetzt wollen wir sehen, ob wir ihm helfen können.«

Er verbeugte sich zu mir hin. »Tut mir leid, daß wir Sie belästigt haben.«

»Warten Sie«, sagte ich. »Warum wollen Sie die Frauen nicht hierlassen, bis Sie alles repariert haben?«

Sie warfen mir dankbare Blicke zu. »Nichts, was wir lieber täten«, antwortete Mrs. Allen. »Ihr geht nach draußen, Jungs, und holt uns, wenn ihr mit allem fertig seid. Uns beiden war nämlich ganz schön kalt.«

Sie ließ sich auf einem Sessel vor dem Feuer nieder und nahm ihre hübsche, eng sitzende rote Kappe ab. Eine blonde Lockenpracht kam zum Vorschein, die ihr bis fast zu den Schultern reichte, und im Licht des Kamins wirkte sie beinahe wie ein kleines Mädchen, obwohl sie, wie ich später erfuhr, 30 war, drei Jahre älter als ihre Schwägerin. Ich mußte lächeln, als mir ein

Ausdruck Adins in den Sinn kam, der ganz genau auf sie paßte. Sie war eine »Westentaschenschönheit«.

»Ist das nicht wunderbar, wenn man's mal warm hat, Hattie? Oh, Ihr Chintz hat ja dasselbe Muster wie der, den wir in unserem Wintergarten in Winchester hatten. Die guten alten Zeiten, alles dahin!«

Ich mußte lachen, denn es war so gar nichts Wehmütiges in ihrem Ton. »Wie lange leben Sie denn schon so?« fragte ich.

»Dan und ich seit zwei Jahren. Hat und Punch sind ein gutes Jahr dabei, Red ungefähr ein halbes. Es macht Spaß, wenn es nicht gerade regnet oder wir eine Panne mit einem der Wagen haben.«

Sie und Hat Allen erzählten uns von ihren Erlebnissen, bis die Männer gegen halb elf zurückkamen. Sie brachten Red Gilpin mit, und er gefiel mir am besten von den dreien. Er schien mir genau der Mann zu sein, wie ich mir meinen Sohn, der als kleines Kind gestorben war, gewünscht hätte. Er war groß und kräftig und freundlich und voller Leben – und voller Humor. Und er hatte das prächtigste rote Haar, das ich jemals gesehen hatte.

»Alle sind wütend auf mich, Mrs. Ballard«, verkündete er. »Das ist doch richtig, nicht wahr? B-a-l-l-a-r-d? Punch spricht ja immer, als ob er eine heiße Kartoffel im Mund hätte.«

»Es stimmt so«, bestätigte ich ihm. »Warum sind sie wütend?«

»Weil ich die Scheinwerfer des Lastwagens nicht repariert bekomme. Ich finde einfach nicht heraus, wo der Kurzschluß ist.«

»Wo werden Sie denn nun übernachten?«

»Das wollte ich gerade ansprechen. Ich wollte fragen, ob Sie uns die Wagen unterhalb des Hauses abstellen lassen, links auf dem Platz? Wir haben ihn eben erst entdeckt. Wir sind immer den Wagenspuren nachgegangen, bis wir merkten, daß es nicht mehr weiterging. Da würden wir nicht die Straße versperren. Der Lastwagen ließe sich mit der Kurbel anwerfen, dann würden wir uns mit einer Taschenlampe herleuchten, und am Morgen könnte ich alles in Ordnung bringen. Aber es wäre unmöglich, in diesem Nebel bis zur Stadt zu kommen.«

»Und wo wollen Sie schlafen?«

Red Gilpin lachte. »Wo wir immer schlafen. Punch und ich im Lastwagen, die anderen im Kombi. Aber wir kampieren nicht hier, wenn Sie es nicht wünschen, Mrs. Ballard. Wir haben volles Verständnis, wenn Sie nein sagen.«

»Aber natürlich können Sie hierbleiben«, entgegnete ich. »Ich überlege nur gerade, ob nicht einige von Ihnen im Haus übernachten möchten.«

»Ich könnte das Sofa nehmen, Vic«, meldete Judy sich zu Wort, »und dann können Mrs. Allen und Miss Allen die beiden Betten in meinem Zimmer haben.«

»Ein Traum«, rief Edie Allen, »was für ein Traum! Ein Bett. Hat, ich bin aufgeregt wie ein kleines Mädchen! Ich habe seit Jahren nicht mehr in einem Bett geschlafen!«

Dan ging hinaus und brachte ihnen aus dem Wagen einen Koffer mit Nachtzeug, dann servierte Rose uns Kaffee und belegte Brote. Schlag Mitternacht zogen wir uns zur Ruhe zurück – die Allens und Rose in die oberen Schlafzimmer, die Männer draußen in die Wagen, Judy ins Wohnzimmer. Ich war im Schlafzimmer des Erdgeschosses untergebracht.

Es war schon nach eins, bevor ich endlich einschlief. Ich dämmerte eben hinüber, als die Kaminuhr schlug, und kurz darauf hörte ich die Fehlzündungen eines Autos – viermal. Wie ich so im Halbschlaf dalag, glaubte ich, ich sei zu Hause in der Beacon Street. Daß die Polizei aber auch nicht dafür sorgen kann, daß wenigstens nachts der Krach von diesen Lastwagen aufhört, murmelte ich vor mich hin.

Einige Zeit später erwachte ich wieder, zitternd vor Kälte – das Leuchtzifferblatt meines Reiseweckers zeigte Viertel nach drei. Nach langem Überlegen, ob ich denn nun eine weitere Decke brauchte oder nicht, beschloß ich, daß ich sie brauchte, und so stand ich denn auf und ging ins Wohnzimmer.

Einige verkohlte Scheite glommen noch im Kamin, und ich konnte die Umrisse meiner Reisedecke sehen, die, mit einem Riemen zusammengeschnürt, auf dem Boden vor Judys Sofa lag. Ich wollte Judy nicht wecken, und so ergriff ich schnell die Decke und ging rasch zurück in mein eigenes Zimmer. Im Halbschlaf fragte ich mich, wo sie wohl die weiße Decke gefunden hatte. Soweit ich mich erinnern konnte, waren in den Truhen der Hendersons nur farbige Decken gewesen. Ich brauchte einige Zeit, bis ich den Riemen gelöst hatte, aber endlich gelang es mir doch, und mit klappernden Zähnen hüpfte ich zurück ins Bett. Ich war froh, daß so viele Leute in der Nähe waren. Jedenfalls war nun, wo sie da waren, meine Nervosität verflogen, und ich fühlte mich überhaupt nicht mehr einsam.

Zum zweiten Male schlief ich ein, und wiederum war mir, als hörte ich die Fehlzündung eines Autos. Diesmal war das Geräusch lauter. Beinahe wie ein Revolverschuß. Vielleicht versuchten die Männer noch immer, den Lastwagen in Gang zu bringen, dachte ich bei mir.

Das Geräusch der Töpfe, mit denen Rose in der Küche hantierte, weckte mich am Morgen. Die Sonne schien zu meinem Fenster herein, und draußen glitzerte die blaue See. Ich zog ein Strickkostüm und einen Mantel an, und auf Zehenspitzen ging ich hinaus. Ich warf einen Blick zu Judy hinüber, die noch auf ihrem Sofa lag und schlief. Ein zünftiger Spaziergang entlang der Steilküste, dachte ich mir, würde für den rechten Appetit zum Frühstück sorgen.

Doch keinen Meter von der Treppe zum Strand hielt ich erschrocken inne.

Ich glaube, niemals vor diesem Augenblick habe ich wirklich verstanden, wie jemand »wie angewurzelt« dastehen kann. Denn dort zu meinen Füßen lag im hohen Strandhafer Red Gilpin. Seltsam verrenkt. Starr.

Sein rotes Haar war feucht vom Tau – und sein Gesicht! Rasch wandte ich mich ab.

Und mit einem Male, als ich hinaus auf die Wogen mit ihrer weißen Gischt blickte, ging mir auf, daß die Laute, die ich in der Nacht gehört hatte, ganz und gar nicht von Automobilen gestammt hatten. Es waren Revolverschüsse gewesen. Jemand hatte auf Red Gilpin geschossen, und er hatte ihn umgebracht.

In meinen Ohren klang es, als ob aus dem Tosen der Brandung der Kehrreim aus dem alten Gedicht zu hören war:

»Fort ging's mit Gilpin, dam dam dam/freiwillig tat er's nicht.«

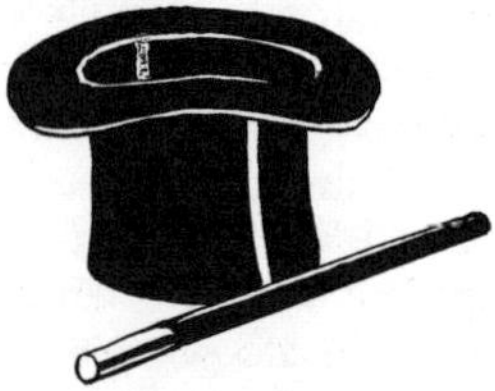

Kapitel 2

»Kennen Sie den Burschen da?«
Ich wirbelte herum und sah einen großen, schlaksigen Mann in Cordhosen und einer Leinenjacke, der aufmerksam Red Gilpins Leiche betrachtete. Ich muß geradeso entsetzt und erschrocken ausgesehen haben, wie mir zumute war, denn er streckte den Arm aus, um mich zu stützen.

»Wollt' Ihnen keinen Schreck einjagen«, sagte er in sanfterem Ton. »Hier, nehmen Sie mich fürn Augenblick als Stock.«

Er streifte die Jacke ab und legte sie über Red Gilpins Kopf und Schultern; dann führte er mich zu einer einfachen Holzbank, die in gut zehn Meter Entfernung stand und von der man aufs Meer hinausschauen konnte.

»Setzen Sie sich hierher, Mrs. Ballard. Denken Sie mal für 'ne Weile überhaupt nich' mehr an das alles hier.«

»Woher wissen Sie, wie ich heiße?« fragte ich.

»Hab' 'n Telegramm für Sie.«

Instinktiv streckte ich die Hand aus, doch er schüttelte den Kopf.

»Hab's nich' schriftlich. Sylvanus Mayo hat's per Telefon bekommen, und da hab' ich Syl gesagt, ich richt's persönlich aus. Es lautet: ›Teile mir umgehend mit, wie Du Reise überstanden hast‹, und unterzeichnet war's mit ›George‹.«

»Das ist mein Sohn«, sagte ich. »Danke.«

Unwillkürlich wanderte mein Blick wieder hinüber zu der leblosen Gestalt im Gras, doch der Fremde setzte sich neben mich, so daß ich sie nicht mehr sehen konnte.

Mir war zum Weinen zumute, aber ich habe nichts als Verachtung übrig für Frauen, die bei jeder Schwierigkeit zu heulen anfangen. Solche Frauen fand ich schon immer unglaublich egoistisch, denn mit ihren Tränen legen sie sogleich sämtliche Verantwortung ab und bürden anderen um so mehr auf. Also nahm ich mich zusammen, so gut ich konnte, und wandte mich dem Fremden zu, um ihn zu fragen, was man unternehmen sollte.

»Aber auch das Telegramm«, meinte er im Plauderton, bevor ich etwas sagen konnte, »erklärt natürlich noch nich', woher ich Sie kenn'. 's letzte Mal hab' ich Sie gesehn, als Denny James und Miss Prue Whitsby geheiratet ham. Letzten Herbst. Sie trugen 'n schwarzes Kleid und 'ne Menge Perlen.«

»Sie – Sie waren auf Prues Hochzeit?«

»Jawoll«, antwortete er lächelnd. »Trauzeuge. Natürlich sah ich da anders aus als heut. Hatte feine Sachen an –«

»Jetzt weiß ich, wer Sie sind«, unterbrach ich ihn. »Sie sind Asey Mayo! Der Freund von Bill Porter.«

Er nickte. »Stimmt genau. So, Mrs. Ballard, da ham Sie ja nu wieder 'n bißchen Farbe bekommen, und Ihr Atem geht auch ruhiger. Nu sagen Sie mir mal, wer der rothaarige Bursche da drüben is'. Was war hier los?«

»Ich versichere Ihnen, ich weiß es nicht«, antwortete ich hilflos. »Der Mann heißt John Gilpin. Red Gilpin. Er – ach, was sollen wir nur machen? Wer hat ihn umgebracht? Können Sie nicht etwas tun? Prue hat mir erzählt, wie Sie Bill Porter aus der Klemme geholfen haben, als dieser Schriftsteller erschlagen wurde.* Sie sind doch auch Polizeibeamter oder so etwas, nicht wahr?«

»War ich mal. Hörn Sie, wer is' in den Lastwagen, die unten an der Einfahrt stehn?«

»Das sind – Theaterleute.« Ich erzählte ihm von den Allens und von Punch. »Dieser Gilpin gehörte dazu.«

»Versteh'. Gibt wohl kein Telefon hier, oder? Seh' schon, keine Drähte da. Aber da unten kommt Syl Mayo den Strand lang. Wenn er hier anlangt, ruf' ich hinunter, er soll zurücklaufen und von zu Hause telefoniern. Is' sonst schon jemand auf?«

»Nur das Dienstmädchen.«

»Na, is' ja erst sieben, und da hat keiner was von, wenn wir sie jetzt wecken. Man könnt' einen davon mit 'm Auto zum Anrufen in die Stadt schicken, aber der Gedanke gefällt mir nich', jemand jetzt so laufenzulassen. Ich bleib' hier bei Ihnen, bis Syl seinen Anruf machen kann und die Polizei herkommt.«

»Aber werden Sie uns denn nicht behilflich sein? Können Sie nicht –«

* *Kraft seines Wortes.* DuMont's Kriminal-Bibliothek Bd. 1003.

»Ich bin kein Gesetzeshüter mehr. Früher war ich bei der Polizei drüben in Wellfleet, aber dann hat's da zwei Morde gegeben, und irgendwie hatt' ich das Gefühl, daß die damit ihre Quote für die nächsten 100 Jahre erfüllt ham. Außerdem hatt' ich 'ne Menge Glück dabei, und ich wollt' nich' noch was bei 'nem dritten Mordfall riskiern, wo ich doch die beiden anderen aufgeklärt hab'. Ich hab's annen Nagel gehängt. Reiner Zufall, daß ich hier in Weesit bei Syl zu Besuch bin.«

»Aber Mr. Mayo, wollen Sie denn nicht trotzdem hierbleiben und helfen? Ich – na, ich bin ganz durcheinander. Ich weiß, daß so etwas nie ohne Ärger abgeht. Die Polizei und so weiter. Und ich kenne keine Menschenseele in der Stadt. Ich bin erst gestern nachmittag hier angekommen. Und Red Gilpin – ich kannte den jungen Mann kaum mehr als eine Stunde, aber ich kann Ihnen versichern, Mr. Mayo, es hätte mich nicht härter treffen können, wenn es jemand aus meiner eigenen Familie gewesen wäre. Gestern abend, als ich ihn das erste Mal sah – nun, da habe ich mir gewünscht, aus meinem Sohn, wenn er am Leben geblieben wäre, wäre ein Mann wie er geworden. Er war einfach einer von diesen Menschen, die ein Zimmer betreten, und es ist –«

»Als ob sämtliche Lichter angehn würden und 'ne Kapelle draußen vor der Tür spielt?«

»Genau so war es. Woher wußten Sie das?«

Asey Mayo lächelte. »Letzte Woche hab' ich mit dem jungen Mann in Hyannis gesprochen. Inner Werkstatt, wo er den Mechanikern erklärte, wie sie den Lastwagen da wieder in Gang bringen. Hat mir gefalln. Aber ich dacht', Sie ham 'n Sohn?«

»Habe ich auch. George ist mein Adoptivsohn. Mein Mann und ich – das Leben war unerträglich, nachdem der kleine Adin gestorben war, und wir haben George adoptiert, als er noch ein Baby war. Aber wollen Sie denn nicht hierbleiben und uns helfen, Mr. Mayo, wenn die Polizei nichts dagegen hat?« Ich zögerte, ob ich ihm Geld für seine Hilfe anbieten könnte. Nicht weil Prudence Whitsby und der anspruchsvolle Denny James diesen Mann mit seinen blauen Augen als einen Freund betrachteten, der ihnen ebenbürtig war. Selbst wenn seine Freunde nicht auch die meinen gewesen wären, wäre ich wohl nicht auf die Idee gekommen, in ihm einen gewöhnlichen Dienstboten zu sehen.

»Tja.« Er dachte nach. »Tja, ich glaub' – ja. Jawoll. Denk' schon. Da kommt Syl. Warten Sie hier.«

Er kletterte den Abhang hinunter, behende wie eine Gemse. Als ich ihn so beobachtete, überlegte ich, wie alt er wohl sein mochte. Er sah nicht aus wie ein alter Mann, und er wirkte auch nicht so, trotz der tiefen Furchen in seinem Gesicht. Er mochte 45 sein, vielleicht auch 60. Ich konnte es wirklich nicht sagen. Es war etwas Beruhigendes, Sicheres an seinem Auftreten; ich hatte das Gefühl, daß ich mich auf ihn verlassen konnte, und ich brauchte jemanden, dem ich vertraute.

Ich dachte an Georges Telegramm und verspürte ein flaues Gefühl in der Magengegend. Ich konnte beinahe hören, was er sagen würde, wenn er erfuhr, was vorgefallen war.

»Ich habe dir gesagt, Dr. Burnside hat angeordnet, du sollst keine Besucher haben! Und dann gehst du hin und läßt dich mit der ersten Bande von dahergelaufenen Herumtreibern ein, die du finden kannst. Es ist alles ganz und gar deine Schuld!«

Und zum ersten Mal in seinem Leben würde George wirklich einen Grund haben, mir mit seinem »Ich hab's dir ja gesagt« in den Ohren zu liegen. Endlich hatte er einen angemessenen Anlaß, dermaßen in Wut zu geraten, wie er das am Montag nachmittag getan hatte. Und so würde es wohl auch kommen. Ich hätte diese Leute gestern abend nicht aufnehmen sollen. Andererseits waren sie schließlich anständig und freundlich gewesen. In diesem Punkt hatte ich meine Meinung nicht geändert, ganz gleich, was geschehen war.

Asey kam wieder über die Klippe heraufgeklettert. Sie mußte gewiß ihre zwölf Meter hoch sein, aber er war nicht einmal außer Atem.

»Sehn Sie nur, was Syl fürn Tempo vorlegt!« sagte er. »Er ruft Barnstable an und setzt alles in Bewegung, und dann kommt er mit dem Auto wieder her. Der is' ganz aus'm Häuschen. Liest immer diese albernen Detektivgeschichten, und wenn man ihn reden hört, dann könnt' man denken, selbst Sherlock Holmes wär' 'n Waisenknabe gegen ihn. In der Zwischenzeit können Sie mir vielleicht was über die Leute hier erzähln, über Ihre Schauspieler und alles, was im Haus is'. Wenn Sie wirklich wolln, daß ich Ihnen helf', dann werd' ich Parker wohl dazu bewegen können, daß er mich dabeisein läßt. Und ich würd' gern so 'ne Art Vorsprung ham.«

»Ich glaube«, sagte ich impulsiv, »Sie würden sich sowieso nicht davon abhalten lassen, uns zu helfen, Mr. Mayo.«

Mit einem Lächeln schob er seinen breitkrempigen Stetson in den Nacken. »Würd' ich wohl nicht«, gab er zu. »Und nennen Sie mich Asey, wenn's recht is'. Die sperrigen Namen machen mich immer irgendwie nervös. Und nu legen Sie mal los.«

Ich berichtete ihm kurz von Punch Edson, von den Allens und Gilpin.

»Außerdem sind noch mein Dienstmädchen Rose und Judy Dunham da, meine Gesellschafterin. Und falls Sie sich fragen, was ich hier überhaupt zu suchen habe«, fügte ich hinzu, »ich bin hier, weil ich mich von einer Lungenentzündung erholen soll.«

»Sieht ganz so aus, als ob's 'ne muntre Erholungszeit wird«, kommentierte er. »Hm. Hören Sie. Der Bursche da hat, soweit ich's gesehn hab', vier Kugeln im Leib. Hat denn keiner die Schüsse gehört, Sie oder sonst jemand?«

Ich erzählte ihm von den Geräuschen der letzten Nacht.

»Ich dachte, es sind Fehlzündungen von Autos«, entschuldigte ich mich. »Ich wohne an der Beacon Street, und irgendwie habe ich im Halbschlaf gedacht, ich sei dort.«

»Ich weiß, wie so was is'. 's gibt so viele Geräusche, die sich anhörn wie Revolverschüsse, daß man gar nich' auf die Idee kommt, 's wär' 'n Schuß, wenn man wirklich einen hört. 'n bißchen kompliziert ausgedrückt, aber Sie wissen schon, was ich mein'. Sie sagen, Sie ham diese Geräusche zweimal gehört?«

»Das erste Mal kurz nach ein Uhr, das zweite – lassen Sie mich überlegen. Kurz nach Viertel nach drei. Beim zweiten Mal war das Geräusch lauter. Das werden wohl die Revolverschüsse gewesen sein, meinen Sie nicht auch?«

»Anzunehmen, aber genau wissen kann man's nich'.«

»Schauen Sie«, sagte ich. »Ich für meinen Teil mag ja schläfrig gewesen sein und mir nichts bei diesen Geräuschen gedacht haben – aber warum sind die anderen nicht davon wachgeworden? Warum hat sonst niemand sie gehört?«

»Vielleicht ham sie's ja.«

»Aber warum sind sie dann nicht aufgestanden?« insistierte ich. »Warum?«

»Na, vielleicht ham sie's ja auch nich' gehört. Oder sie ham sich nichts dabei gedacht, genau wie Sie. Wo schlafen Sie?«

»Im Erdgeschoß. Vorderseite.«

Er erhob sich und blickte hinüber zum Haus. »Hm. Dachfenster nur nach hinten. Nehm' an, die Leute in den Schlafzimmern oben hätten's sowieso nich' gehört. Wer hat denn wo geschlafen?«

»Dan Allen, Punch und Gilpin waren draußen im Kombi oder im Lastwagen. Ich weiß nicht, in welchem von beiden. Die beiden Frauen schliefen in einem der beiden oberen Zimmer, das Dienstmädchen im anderen. Judy hat auf dem Sofa im Wohnzimmer kampiert.«

»Hm. Lassen Sie mich überlegen. Der Nebel kam gestern abend so gegen acht. Gegen zehn hat der Wind von Ost auf Nord gedreht, und der Nebel wurd' aufs Meer hinausgeblasen. Später drehte er dann nach Nordwest. Syls Hund war nämlich gestern krank«, fügte er als Erklärung hinzu, »deswegen weiß ich so gut übers Wetter Bescheid, weil ich die halbe Nacht auf war und mich um ihn gekümmert hab'. Also, zwischen eins und drei, ungefähr zu der Zeit, wo Sie die Geräusche gehört ham, da blies der Wind ziemlich kräftig vom Land her. Deshalb würd' ich meine Großmutter drauf wetten, daß Sie die einzige warn, die diese Laute heut nacht gehört hat, es sei denn, das Fenster vom Wohnzimmer, wo Ihre Begleiterin schlief, wär' offen gewesen. Oben hätte man wahrscheinlich nix gehört, und in den Autos da auch nich'. Die stehn ja fast 50 Meter entfernt von Ihrem Fenster, und selbst von da aus isses noch 'n gutes Stück bis hin zu Gilpin. Der Wind hätt' den Knall von den Schüssen davongetragen, und die Brandung war ziemlich stark letzte Nacht. Das wird wohl die Erklärung sein. Sie ham niemand im Haus gehört, oder vielleicht doch?«

»Nein, aber wenn ich erst einmal schlafe, dann schlafe ich auch fest. Da könnten Sie neben meinem Bett die große Trommel schlagen, und ich würde nichts hören.«

»Ha«, meinte Asey philosophisch, »bei der Wäsche kommt alles raus, sagte der Knabe, als er die Tomatensuppe verschüttete. Wer is' das da?«

Ich wandte mich um und sah, daß Judy aus dem Haus kam. Sie kam zu uns herüber, ohne einen Blick auf den Strandhafer neben der Treppe zu werfen.

»Sie sind ja eine Frühaufsteherin!« rief sie fröhlich. »Aber Vic, ist Ihnen nicht gut? Sie sind – Sie sehen so bleich aus!«

»Dies hier ist Asey Mayo. Ich bin nicht krank, Judy. Ich habe nur gerade einen fürchterlichen Schock erlitten. Haben Sie in der Nacht irgendwelche Geräusche gehört?«

»Nun« – für den Bruchteil einer Sekunde zögerte sie –, »einmal war mir, als ob ich die Fehlzündung eines Autos gehört hätte.«

»Tja, das war aber kein Auto. Es war ein Revolverschuß. Oder Schüsse.«

»Ist irgend etwas passiert? Was ist los?«

»Red Gilpin«, eröffnete Asey ihr, »is' erschossen worden.«

Judy klammerte sich an der Lehne der Bank fest. »Wann? Wo?«

Asey wies auf die Stelle. »Nein, gehn Sie nich' hin, Miss Dunham.«

»Aber wer hat das getan?« Ihre Stimme klang gespannt wie eine Geigensaite. »Wer war das? Warum tun Sie nicht irgend etwas, statt hier zu sitzen und den Wellen zuzusehen?«

»Was soll man schon tun?« fragte Asey sanft. »Die Polizei is' verständigt. Die werden 'n Amtsarzt mitbringen. Wir können nix tun, bevor sie da sind. Danach wird's dann allerdings um so mehr zu tun geben«, versicherte er grimmig. »Warten Sie's nur ab. An diese ruhigen Minuten hier werden Sie noch sehnsüchtig zurückdenken, das kann ich Ihnen sagen.«

»Sie meinen – ja natürlich! Daran habe ich noch gar nicht gedacht! Überall werden Kriminalbeamte sein und eine gerichtliche Untersuchung gibt es auch, nehme ich an?«

»30 Tage Frist in diesem Staat hier«, sagte Asey.

»Und die Zeitungen! Ach, Vic, Sie werden überhaupt keine Ruhe mehr finden. Und der Himmel weiß, was da alles ans Tageslicht kommt!«

Asey musterte sie mit einem kurzen Blick, wie sie so dastand, ihre Hände noch immer an die Lehne der Bank geklammert. In diesem einen Augenblick schien er alles von ihr gesehen zu haben, von dem kurzen brünetten Haar bis zur Spitze ihrer neuen schwarzweißen Sportschuhe.

»Ham Sie das Vorderfenster da im Wohnzimmer letzte Nacht offen gehabt?« fragte er – und irgendwie hatte ich das Gefühl, daß er ursprünglich etwas ganz anderes hatte fragen wollen.

»Es klemmt«, antwortete Judy, »deshalb habe ich es zugelassen. Ich habe die Fenster auf der Rückseite geöffnet. Sie waren allesamt nur mit Mühe aufzubekommen.«

»Gilpin kannten Sie nicht?«

»Nein.«

Asey schwieg. »Wissen Sie was«, sagte er, »Miss Dunham, Sie nehmen Mrs. Ballard mit nach drinnen und sorgen dafür, daß sie 'ne Tasse Kaffee trinkt und was ißt. Dann sagen Sie den andren, was passiert is'. Sagen Sie ihnen, sie solln bleiben, wo sie sind, bis die Polizei da is', und sie solln sich nich' hier rüber verirren. Ich scheuche sie doch nur wieder zurück. Und noch was. Sie lassen sie am besten auch was frühstücken, wenn's geht, bevor Sie ihnen was verraten. Sehr wahrscheinlich, daß sie hinterher nichts mehr wolln.«

Judith nickte. »Wen haben Sie verständigt, die Polizei am Ort?«

»Der hiesige Gesetzeshüter«, meinte Asey mit einem Zwinkern, »is' 69 Jahre alt, und im Augenblick is' er in Washington. Seit zwölf Jahren is' er 'n trauernder Anhänger der Demokraten gewesen, und jetzt is' er zur Siegesfeier nach Washington. Denkt, daß die Stadt jetzt ihm gehört. Und mehr Gesetzeshüter gibt's hier nich'. Weesit hat ja nur 800 Seelen, im Sommer vielleicht nochmal 'n paar 100 mehr. Also hab' ich die Burschen von der County-Polizei gerufen.«

»Was machen Sie inzwischen?« fragte ich, als ich mich schon zum Gehen wandte.

»Einfach nur dasitzen und nachdenken. 's alles, was ich tun kann.«

Auf dem Rückweg zum Haus erklärte ich Judy, wer Asey Mayo war. »Er ist ein ziemlich bemerkenswerter Mann, müssen Sie wissen. Die Porters und die Whitsbys und Stephen Crump schwören allesamt auf ihn.«

»Aber wer ist er denn nun eigentlich? Was macht er?«

»Früher hat er sich um Bill Porters Häuser in Wellfleet gekümmert, und davor hat er, glaube ich, für den alten Captain Porter gearbeitet. Aber er ist kein einfacher Angestellter. Er ist Seemann gewesen, auf allen möglichen Booten. Er war überall. Er war Kapitän auf Porters Yacht. Er ist so eine Art Tausendsassa. Und er hat zwei Morde aufgeklärt. Deshalb habe ich ihn gebeten, uns hierbei zu helfen.«

»Kennen Sie ihn schon länger?«

»Einmal bin ich ihm begegnet. Aber trotzdem«, sagte ich, als wir das Haus betraten, »ich habe volles Vertrauen zu ihm.« Beinahe hätte ich als Antwort auf diesen leichten Tadel noch hinzugefügt, daß sie ja auch nicht gerade eine alte Bekannte sei.

Edie und Hat Allen saßen im Wohnzimmer.

»Ich habe wunderbar geschlafen«, sagte Edie gutgelaunt. »Wer ist das, der da draußen auf der Bank sitzt, Mrs. Ballard? Er sieht genauso aus, wie ich mir immer die Leute vom Cape Cod vorgestellt habe.«

»Er spricht sogar genau so, wie man sich das immer vorstellt«, klärte ich sie auf. »Wie er manche Vokale in die Länge zieht – als ob er bei Ihrem Nachnamen ›Aalen‹ sagen würde –, und die anderen verschluckt er, und die meisten Endungen dazu.«

In diesem Augenblick rief Rose zum Frühstück, und die Allens winkten ab, als ich vorschlug, die Männer dazuzuholen. Ich fürchte, Judy und ich haben uns nur wenig um das Essen oder um unsere Gäste gekümmert. Ich war überrascht, daß ich nach außen hin so ruhig war. Aber ich erinnerte mich noch, was Adin sagte, nachdem er mir ein Zugunglück beschrieben hatte, bei dem er wie durch ein Wunder unversehrt davongekommen war.

»Da stand ich, Vic«, sagte er, »Jim West tot zu meinen Füßen, Mallinson lag verletzt und blutend in den Trümmern des Abteils. Und ich stand da, rückte meine Krawatte zurecht und hakte meine Uhrkette ein! Als ob der Gong mich zu Hause zum Essen gerufen hätte und ich noch einmal nachschaute, ob alles in Ordnung war, bevor ich nach unten in unser Eßzimmer ginge. Ich stand so unter Schock, daß ich mich wie eine mechanische Puppe verhielt und sonst nichts tun konnte.«

So hätte man auch mich bei dieser Mahlzeit beschreiben können. Ich handelte ganz mechanisch. Nur wenn man völlig aus der Fassung geraten ist, kann man wirklich ruhig sein. Man hat Angst, etwas anderes zu tun. Man weiß genau, wenn man auch nur etwas von seinem gewöhnlichen Verhaltensmuster abweicht, dann verliert man den Verstand.

Dan Allen und Punch kamen herein, als ich mir eben meine zweite Tasse Kaffee einschenkte.

»Ist Red da?« fragte Punch leichthin, »oder ist er wieder auf einem seiner einsamen Spaziergänge? Das ärgert mich allmählich, wie er in letzter Zeit dauernd verschwindet, um allein zu sein. Heute morgen haben Dan und ich beschlossen, daß wir nichts vom Frühstück übriglassen. Er kann sich gut selbst etwas machen, wenn es ihm paßt, wieder zur Truppe zurückzukommen.«

Der Blick, den Judy mir zuwarf, war so entsetzlich, daß ich gar nicht versuchen will, ihn zu beschreiben.

Ich trank meinen letzten Schluck Kaffee und stellte die Tasse zurück auf die Untertasse. Mit einem Nicken wies ich Judy an, Rose hereinzuholen, und dann eröffnete ich mit so wenig Aufhebens, wie das in einem solchen Fall nur möglich ist, was Red Gilpin zugestoßen war und wie ich ihn gefunden hatte, und ich erzählte ihnen von Asey.

Rose begann sofort zu schluchzen und brach in Tränen aus.

»Ich hab' doch gesagt, wir werden alle erschossen!« heulte sie. »Ohohohoho! Mord!«

Ich glaube, die anderen begriffen unsere Lage erst wirklich, als dieses Wort fiel, ein Ausdruck, den ich mit Absicht vermieden hatte.

»Warum haben Sie uns nicht gleich Bescheid gesagt, als Sie ihn fanden?« fragte Dan Allen mit flammendem Blick. »Das möchte ich wissen! Was haben Sie getan, um die Behörden zu verständigen? Wer ist dieser Mayo? Was macht er hier?«

Er geriet zusehends in Wut, und seine Frau erhob sich, setzte sich auf die Lehne seines Sessels und legte ihm behutsam die Hand auf den Mund.

»Dan! Mr. Mayo ist ein Freund von Mrs. Ballard. Und was hättest du denn ausrichten können, selbst wenn sie dich gerufen hätte?«

»Aber wer soll ihn denn umgebracht haben?« fragte Punch fassungslos. »Red war so ein guter Kerl. Er hatte keinen einzigen Feind auf der Welt. Und wir hätten es sicher gewußt, wenn jemand es auf ihn abgesehen hätte. Man kann nicht ein halbes Jahr lang mit jemandem auf der Landstraße unterwegs sein, ohne daß man dabei so ziemlich alles erfährt, was es über ihn zu erfahren gibt.«

»Vielleicht wußten wir weniger, als wir dachten«, meinte Hat Allen nachdenklich. »Hat er irgendwelche Angehörigen oder Verwandten, die du benachrichtigen könntest, Punch?«

»Nein. Er war ein Einzelkind, und seine Eltern sind schon lange tot. Der Onkel, bei dem er aufwuchs, ist gestorben, kurz nachdem Red diese Ingenieursschule absolviert hatte.«

»Wer kümmert sich denn um die Sache? Die Dorfpolizei?« fragte Edie.

»Asey hat die County-Polizci verständigt. Und ich habe Asey selbst gebeten, daß er uns hilft.«

»Das kann ja heiter werden«, meinte Dan. »Sie werden uns von Anfang an verdächtigen, weil wir Theaterleute sind, und –«

»Aber Dan!« widersprach Punch.

»Meinst du etwa, wir würden da nicht mit hineingezogen? Nun stell dich doch nicht dümmer, als du bist, Punch. Solltest du dunkle Geheimnisse haben, dann überleg dir schon mal, wie du sie am besten verbirgst. Jawohl, wir werden die Nummer eins unter den Verdächtigen sein. Wenn Mayo auf unserer Seite ist, hilft das vielleicht. Mrs. Ballard, es tut mir leid, daß wir jemals hierher gekommen sind. Sie sind so anständig gewesen, und nun haben Sie den ganzen Ärger deswegen. Gott, das ist wie drittklassiges Kino, die Art von altmodischem Film, bei der man sich niemals vorstellen kann, daß so etwas wirklich geschieht. Ich verstehe es immer noch nicht ganz. Ich habe das Gefühl – ach, ich bin ganz durcheinander. Das kann doch einfach nicht wahr sein, das mit Red. Und irgendwie macht es mir auch angst. Mir tun immer die Unschuldigen leid, die von so etwas mitbetroffen sind, aber nie zuvor ist mir aufgegangen, wie leicht man da hineingeraten kann. Ich –«

Er hielt inne, als Asey das Zimmer betrat. Ich stellte ihn vor, und mir fiel auf, daß das Interesse, das die anderen ihm entgegenbrachten, größer war als das seine an ihnen. Er sah nicht gerade aus wie ein Detektiv oder ein Polizist, wie er so in dem großen blauen Sessel saß und seinen Stetson auf den Knien balancierte.

»Syl is' mit dem Auto zurück, und ich hab' ihn draußen postiert«, sagte er. »Nun, bevor's richtig ernst wird, möcht' ich gern noch wissen, was Sie denn gestern abend an diesen gottverlassnen Flecken Erde verschlagen hat.«

»Nun«, antwortete Dan, »letzten Samstag, als wir in Hyannis auftraten, bekam ich einen Brief von einem Mann, der mir schrieb, er habe unsere Show gesehen, letztes Jahr irgendwo im Westen des Staates. Er schrieb, er sei auf dem Cape, und wir sollten am Dienstag zu ihm kommen und nach dem Abendessen vor seinen Gästen spielen. Schrieb, er hätte unsere Plakate gesehen – wir hängen immer jede Menge Plakate im voraus auf –, und ihm sei aufgefallen, daß wir am Dienstag frei hätten, zwischen den Auftritten in Orleans am Montag und in Wellfleet am Mittwoch. Er wollte wissen, ob wir kommen wollten, sofern wir nichts anderes vorhätten. Ich antwortete ihm schriftlich, daß wir kämen. Er hatte uns 25 Dollar angeboten, und die Wegbeschreibung stand in dem Brief. Aber gestern abend war es neblig, und irgendwie müssen wir die falsche Straße erwischt haben. Das wäre alles.

Als wir bis hierher gekommen waren, hatte der Kombi 'nen Platten, und die Scheinwerfer des Lastwagens gingen aus.«

Asey nickte. »Warum ham Sie nich' trotzdem versucht, zu ihm zu kommen?«

»Kein Telefon, Mrs. Ballard kannte den Mann nicht, den Reifen zu flicken hat zwei Stunden gedauert. Es war der innere von den Zwillingsreifen, hinten rechts. Bis dahin wär's zu spät gewesen, selbst wenn wir gewußt hätten, wie wir zu diesem Guild kommen.«

»Wie hieß der philantropische Herr?«

»Guild. Maynard Guild.«

Asey stieß einen leisen Pfiff aus. »Sicher?«

»Natürlich bin ich mir sicher«, entgegnete Dan ärgerlich. »Warum fragen Sie? Was ist los?«

»Mr. Allen, ich kenn' mich in Weesit genausogut aus wie in Wellfleet, wo ich herkomm'. Und die letzten paar Tage hab' ich meinem Vetter Syl Mayo geholfen, überall hier Häuschen für den Sommer fertigzumachen. Er hat selbst 'n paar, und dazu betreut er noch 'ne Menge. Und ich hab' für Bangs Interessenten rumgeführt. Ich kenne die Namen von sämtlichen Leuten, die hier Ferien machen, auch wenn ich sie nich' alle persönlich kenn'. Ich bin sicher, daß ich's wüßt' oder davon gehört hätt', wenn hier jemand wär', der so viele Gäste hat, daß er dafür Theateraufführungen veranstalten würde. Weesit is' ja nich' groß. Sehn Sie, Mr. Allen, im Grunde geht's um folgendes: In Weesit gibt's niemand namens Maynard Guild.«

»Aber das kann nicht sein«, beharrte Dan. »Es muß ihn geben! Er hat diesen Brief geschickt, und er hat mir genaue Anweisungen gegeben –«

»Ham Sie den Brief hier?« fragte Asey gespannt. »Lassen Sie ihn mal sehn.«

Dan Allen hob die Augenbrauen, so daß sie in einer durchgehenden waagerechten Linie standen. Er wurde rot.

»Ham Sie den Brief bei sich?« fragte Asey zum zweiten Mal.

»Tja«, war Dans kleinlaute Antwort, »um ehrlich zu sein – tja, es tut mir leid, aber ich habe den Brief weggeworfen.«

Nun war es an Asey, die Augenbrauen zu heben.

Kapitel 3

Gerade als Asey etwas sagen wollte, kam ein kleiner, schmächtiger Mann mit Seehundsbart ins Wohnzimmer gelaufen.

»Was is' denn los, Syl?« fragte Asey und fügte zur Erklärung hinzu: »Mein Vetter, Syl Mayo.«

»Sie sind da, Asey! Die ganze Blase. Parker höchstpersönlich. Und Doc Hart, der Amtsarzt. Und noch 'n paar Fremde dazu, die ich nich' kenn'. Und was meinst du, wer noch da is'? Hamilton Kemp.«

»Kenn' ich den?«

»Ob du den kennst? Aber Asey, seine Urgroßmutter und deine waren Schwestern!« Syl nahm die Sache sehr ernst.

»Verwandter, was?« grinste Asey. Er erhob sich aus seinem Sessel. »'s beste am Leben hier auf'm Cape is' nämlich, daß man überall Verwandte findet. Ich bin mal 'nem Großonkel, den ich nie gesehn hatt', auf Tahiti begegnet. Bin gleich wieder da.«

Einige Minuten später war er zurück. »Ham Sie 'n Zimmer hier im Haus, wo der Doc arbeiten könnt'?«

»Ja nun – Judy, zeig ihnen mein Schlafzimmer.«

»Die sehn sich schon vor«, sagte Asey. »Wir ham Glück gehabt. Als Syl bei Parker anrief und ihm sagte, daß jemand erschossen worden wär', fiel Parker ein, daß 'n Freund von ihm 'nen Waffenexperten für die Woche zu Besuch hat. Hat ihn überredet, mit herzukommen. Gewisser Bernsdorf. Große Kanone in Waffensachen.«

Nur wenige Worte fielen in der halben Stunde, die wir im Wohnzimmer warteten. Ich konzentrierte mich darauf, Dan Allen zu beobachten, wie er eine Zigarette nach der anderen rauchte, und dachte über den Brief nach, den der geheimnisvolle Mr. Guild ihm geschrieben hatte.

Hatte es einen solchen Brief wirklich gegeben? Es schien abwegig, daran zu zweifeln; Dan Allen wäre dumm gewesen zu lügen, wo er doch wußte, daß in einem kleinen Ort wie Weesit jeder jeden kannte. Er mußte wissen, daß er damit nicht durchkommen würde. Aber wenn es den Brief wirklich gegeben hatte, wer hatte ihn dann geschickt? Was hatte er damit bezwecken wollen, daß er die Truppe zu meinem Häuschen kommen ließ? Wahrscheinlich wußte niemand, daß Mr. Bangs das Haus vermietet hatte. Aber selbst dann war es ein durch und durch dummer Plan. Warum sollte man fünf Leute zu einem leerstehenden Cottage locken? Sobald sie festgestellt hätten, daß niemand da war, hätten sie kehrtgemacht und wären wieder davongefahren. Vielleicht war es nur ein alberner Scherz gewesen. In diesem Falle hatte der Scherzbold allerdings einen schlechten Zeitpunkt gewählt. Jeder würde ihn für Red Gilpins Mörder halten. Und vielleicht war er das auch wirklich.

Endlich trat Asey wieder ein, begleitet von vier Männern. Es war nicht schwer zu erkennen, wer wer war, auch wenn nur wenige Worte über sie gefallen waren.

Ein Arzt hat meistens etwas Unverwechselbares, selbst wenn er nicht die unvermeidliche schwarze Tasche in der Hand hat oder nach Desinfektionsmitteln riecht oder ihm noch die Fusseln einer Bandage am Anzug kleben. Der stämmige, bebrillte Mann hatte sowohl Tasche als auch Fusseln.

Derjenige mit dem Kopf wie eine Kanonenkugel und dem streng zurückgekämmten Haar konnte nur Bernsdorf sein; ich konnte ihn mir gut als preußischen Wachsoldaten mit Pickelhaube vorstellen.

Bei den beiden übrigen beschloß ich, daß der Jüngere, der mehr Autorität zu haben schien, Parker war, und derjenige mit den sonnengebräunten Zügen mußte dann Kemp sein. Ich war sehr zufrieden mit mir, als Asey sie vorstellte und sich meine Vermutungen bestätigten.

»Was haben Sie herausbekommen?« fragte Dan Allen.

»Vier Schüsse«, antwortete der Doktor energisch. »Aus ziemlich geringer Entfernung. Erster Schuß hat ihn wahrscheinlich direkt zwischen den Augen erwischt. Sofort tot. Die anderen Schüsse wurden abgefeuert, während er fiel, und danach. Jemand, der von vorn in die Stirn getroffen wird, fällt immer nach hinten – natürlicher Reflex und die Wucht des Einschlags –, und

Gilpin lag auf dem Rücken. Restliche Kugeln landeten in der Seite, dem Unterleib und der Brust. Wäre nicht so niedergestürzt, wenn eine davon die erste gewesen wäre. Frage des Winkels. Lage des Leichnams. All das.«

Die Anteilnahme, die aus seiner Stimme sprach, war derjenigen einer Hausfrau vergleichbar, die beim Kaufmann an der Ecke zwei Koteletts verlangt, und ein Bund Sellerie, bitte.

»Selbstmord völlig ausgeschlossen. Sofort tot. Das ist alles.«

»Wann ist es passiert?« fragte Dan.

»Bin ich ein Wahrsager?«

»Nun, Sie haben ihn doch gerade untersucht, nicht wahr?«

»Das schon. Aber es war keine Autopsie.«

»Aber können Sie denn nicht sagen, um welche Uhrzeit der Mord stattfand?« beharrte Dan. »Wann die Schüsse gefallen sind?«

»Nein, das kann ich nicht. Sie stellen sich wohl vor, junger Mann, daß ich eine kluge Miene aufsetze und sage: ›Der Junge ist um sechs Minuten und 32 ½ Sekunden nach eins oder zwei oder drei ermordet worden.‹ Dann passen Sie mal auf. Ich bin Mediziner seit 35 Jahren, und seit 15 Jahren bin ich Amtsarzt. Und ich sage Ihnen, so etwas ist unmöglich. Ein plötzlicher Tod, und in neun von zehn Fällen setzt die Totenstarre rasch ein und geht auch rasch wieder zurück. Beim zehnten Mal vielleicht nicht.« Er hielt inne und zündete sich eine Zigarre an. »Jemand stirbt an, na sagen wir, Schwindsucht, und die Totenstarre kommt langsam und löst sich erst nach und nach wieder. Vielleicht. Vielleicht auch nicht. Wahrscheinlich ist Gilpin zwischen eins und zwei erschossen worden. Vielleicht, vielleicht auch nicht. Später weiß ich mehr. Wann hat er gestern abend gegessen?«

»Abendessen war gegen sechs«, antwortete Dan. »Belegte Brote und Kaffee gab es gegen elf.«

»Und kurz danach hat er noch ein Gläschen getrunken«, fügte Punch hinzu.

»Das ist alles, was ich brauche. Ich mache mich auf den Weg und nehme ihn mit. Kommt irgend jemand sonst noch mit?«

Bernsdorf nickte. »Ich glaube, ich habe Ihnen alles gesagt, was Sie wissen müssen, Mr. Mayo.« Es überraschte mich, daß er sich an Asey wandte. »Wenn Sie eine Waffe finden, lassen Sie es mich wissen. Oder feuern Sie einmal in einen Kübel mit Watte, wenn Sie noch zwei Patronen drin haben. Ich habe Ihnen ja gezeigt, wie

Sie herausfinden können, ob es die Waffe ist, die wir suchen. Oder lassen Sie mich rufen, und ich sehe, was ich tun kann. Zögern Sie nicht, bei mir vorbeizukommen.«

»Ham Sie vielen Dank«, sagte Asey. »Sie ham uns 'ne Menge Mühe erspart und wichtige Hinweise geliefert. Sie gehn auch schon, Mr. Parker? Aber Sie werden doch alles tun, worum ich Sie gebeten hab'?«

»Das werde ich. Alles. Ich hab' alles aufgeschrieben. Kemp bleibt noch hier. Ich schaue heute abend wieder vorbei.«

Als sie aufbrachen, sah ich, wie Syl Mayo und einer der Polizisten eine lange, mit einem grauen Tuch bedeckte Bahre aus meinem Zimmer trugen.

»Was ist mit den Kugeln?« fragte Punch.

»Aus 'nem alten Armeerevoler, Spannschloß, Marke Colt«, antwortete Asey. ».45er, altes Modell. Altmodische Schwarzpulverpatrone.«

»Woher konnte er all das wissen?«

»Nun«, sagte Asey, »dieser Bernsdorf beschäftigt sich seit ungefähr 40 Jahren mit Waffen. Fünf Jahre hat er sogar direkt in der Colt-Fabrik gearbeitet. Der braucht nur 'n Blick auf 'n Bleiklümpchen zu werfen und kann 'n zweistündigen Vortrag drüber halten. Eine der Kugeln war nahezu perfekt. Hatte 'ne kleine Delle im Hinterende, und da war sogar noch 'n Rest Schießpulver dran. Da hat Bernsdorf gelächelt, als ob's 'n alter Freund wär', und uns alles drüber erzählt.«

»Sämtliche Kugeln aus derselben Waffe? Meinen Sie, Sie werden sie finden? Gibt es irgendwelche Anhaltspunkte?« feuerte Punch eine Frage nach der anderen ab.

»Wie's scheint, alle aus derselben Waffe. Wir ham ja noch gar nich' so richtig mit der Suche angefangen. Und in dem Strandhafer hinterläßt man nich' groß Spuren. Und wenn man's drauf anlegt, jemand umzubringen, dann streut man ja nich' gerade Indizien aus, auch wenn's in den Detektivgeschichten immer so aussieht. Und nun wolln wir uns mal wieder Ihnen und Ihrem Brief zuwenden, Mr. Allen.«

»Hören Sie«, brauste Dan auf, »woher nehmen Sie das Recht, diese Untersuchung zu führen? Warum geben Sie nicht Mr. Kemp Gelegenheit, etwas zu tun? Er ist doch hier der Chef, oder?«

»Nein«, antwortete Kemp in aller Ruhe. »Das ist Asey. Offiziell bin ich es, aber in Wirklichkeit nicht. Asey hat schon früher mit Stoughton Parker zusammengearbeitet und weiß weit mehr über solche Sachen als ich. Asey ist –«

»Ehrenamtlicher Hilfspolizist«, brachte Asey den Satz zu Ende.

»Aber Mrs. Ballard hat uns zu verstehen gegeben«, wandte Dan herausfordernd ein, »daß Sie bereits in ihren Diensten stünden –«

»Ich habe Ihnen nichts dergleichen zu verstehen gegeben«, unterbrach ich ihn ärgerlich. »Ich habe gesagt, Asey habe sich bereit erklärt, uns zu helfen!«

»Schon, aber ich hatte das so verstanden, daß er auf unserer Seite ist. Und nun –«

»Hörn Sie, Mr. Allen«, sagte Asey nachdrücklich. »Ich möcht', daß eins von Anfang an klar is'. In diesem Spiel hier gibt's keine zwei Seiten, und je eher Sie das begreifen, desto besser! Ich glaub' nicht, daß Mrs. Ballard da an zwei verschiedene Seiten gedacht hat. Ich weiß, daß sie das nicht tut. Aber lassen Sie sich eins gesagt sein: Diese Untersuchung kann so angenehm verlaufen, wie das bei so was nur möglich is' – sonderlich angenehm isses ja nie. Oder 's kann genauso unangenehm sein. Liegt ganz an Ihnen.«

»Wollen Sie uns etwa drohen?«

»Nein. Ich sag' Ihnen nur, wie's ist. Ich hab' keine Lust, hier zu stehn und Ihnen Sachen aus der Nase zu ziehn, genausowenig wie Sie Lust ham, sie aus der Nase gezogen zu bekommen. Aber so wie die Dinge nu mal stehn, hab' ich hier das Kommando, und Sie beantworten meine Fragen und sagen die Wahrheit und tun, was ich Ihnen sag'. Die Wahrheit kommt früher oder später an den Tag. Kommt sie immer. Also, wie steht's?«

»Sie haben vollkommen recht, Mr. Mayo«, meldete Edie Allen sich zu Wort. »Es tut mir leid, daß Dan sich so benimmt. Die Sache mit Red setzt ihm zu, und er weiß gar nicht, was er sagt. Entschuldige dich, Dan.«

Und Dan entschuldigte sich. Allmählich bemerkte ich, wie sehr seine Frau ihn unter dem Pantoffel hatte. Nicht daß sie ihn herumkommandiert hätte; es war eher so, daß er niemals daran zweifelte, daß sie wußte, was gut für ihn war.

»Ich bin eben ein Hitzkopf«, fügte Dan hinzu, »und fang' oft an zu streiten, obwohl ich es gar nicht will. Fragen Sie, was Sie über den Brief noch wissen wollen.«

»Warum ham Sie ihn weggeworfen?«

»Ich war wütend. Gestern abend, bevor ich mich schlafen legte, fand ich ihn in meiner Tasche und hab' ihn noch einmal gelesen. Ich mußte wieder an diese 25 Dollar denken, und das war wie ein Schlag ins Gesicht. Ich habe den Brief in Stücke gerissen und weggeworfen. Das ist alles.«

»Hat jemand andres ihn gesehn?«

»Red hat ihn gesehen. Ich bin für die geschäftliche Seite der Truppe verantwortlich. Früher hat Punch mir geholfen, aber nachdem Red da war, hat er sich davor gedrückt. Ich habe Red den Brief gezeigt, und er riet mir, anzunehmen. Ich war ohnehin dafür. Und als ich den Brief dann gestern abend noch einmal durchlas, habe ich mich gefragt, warum wir nicht dort angekommen sind. Wir haben nämlich in Orleans angehalten, um zu tanken, und Punch fuhr direkt hierher. Hast du die Anweisungen noch, die ich dir aufgeschrieben habe, Punch?«

»Nein. Hab' ich weggeworfen, als ich hier ankam.«

»Na«, fuhr Dan fort, »ich hab' ihm die Anweisungen direkt aus dem Brief abgeschrieben und ihn dann vorgeschickt. Wir sind später abgefahren, weil wir an dem Nachmittag Ärger mit dem Lastwagen hatten. Ich dachte mir, Punch könnte schon vorfahren, um den Guilds zu versichern, daß wir tatsächlich kommen. Bei uns saß Red am Steuer, und ich habe ihm Anweisungen gegeben, wie er fahren mußte. Es war neblig, also sind wir langsam gefahren und haben uns bei jeder Abzweigung vergewissert. Und genau wie Punch ist auch der Rest von uns im Kombi hierher gekommen.«

»Ham Sie sich gemerkt, wo der Brief abgestempelt war? Kam Ihnen die Handschrift bekannt vor?«

»Auf den Stempel habe ich nicht geachtet. Der Brief selbst war mit der Maschine geschrieben. Wenn Sie so sicher sind, daß es niemanden namens Maynard Guild gibt, warum gehen Sie dann nicht zum Postamt von Weesit? Da werden Sie meinen Antwortbrief finden.«

»Wenn Guild ihn nich' schon abgeholt hat. Kemp, können Sie das übernehmen? Aber selbst wenn der Brief da is', Mr. Allen, hat das nich' viel zu bedeuten. Nur weil Sie 'ne Antwort geschrieben ham, heißt das noch nich', daß es auch 'n Brief gegeben hat, der zu beantworten war.«

Dan wollte von neuem aufbrausen, doch seine Frau warf ihm einen Blick zu, und er hielt sich zurück. »Meinen Sie, ich lüge?

Ich hätte den Brief selbst geschrieben, um Red hierher zu locken? Oder den Brief nur erfunden und ihn hergelockt? Aber selbst wenn ich Red Gilpin hätte umbringen wollen – und weiß Gott, mir wäre niemals der Gedanke in den Kopf gekommen –, meinen Sie nicht, ich hätte Gelegenheiten genug gehabt, auch ohne daß ich ihn in eine gottverlassene Ecke wie diese hier schleppe? Das gibt doch einfach keinen Sinn.«

»Vielleicht klingt's sinnlos«, entgegnete Asey, »aber 's funktioniert schon, wenn man's mal andersrum betrachtet.«

»Wie meinen Sie das?«

»Daß Sie – und das kann man sich sehr wohl vorstelln – den Brief geschrieben ham oder von jemand anderem ham schreiben lassen, um ihn und die übrige Gesellschaft hierher zu locken, weil's hinterher sinnlos scheinen würd', daß Sie so was getan hätten.«

»Meine Güte!« Dan warf Asey einen bewundernden Blick zu. »Was für ein Verstand! Ich käme niemals auf so komplizierte Gedanken. Wenn ich jemanden umbringen wollte, würde ich keine solchen Vorbereitungen treffen. Ich würde keine kunstvollen Pläne ausarbeiten. Könnte ich nicht. Das ist einfach nicht meine Art. Ich glaube, wenn ich jemals so wütend auf Red gewesen wäre, daß ich ihn hätte umbringen wollen, dann hätte ich mir das erstbeste gegriffen, was mir zur Hand gekommen wäre, und hätte es ihm an den Kopf geworfen. Natürlich nur«, fügte er hinzu, »wenn Edie nicht dagewesen wäre, um mich daran zu hindern. Ich muß zugeben, einmal habe ich mit einem Telefon nach jemandem geworfen. Sie sehen, ich nehme Sie beim Wort und verschweige Ihnen nichts. Jawohl, ich werfe mit Sachen um mich. Ich habe schon so manches durch die Gegend geschleudert. Aber bei Gott, ich gehe nicht hin und jage einem meiner besten Freunde vier Kugeln in den Leib! Und damit basta!«

Asey nickte. »Wo hat Gilpin letzte Nacht geschlafen?«

»Im Lastwagen. Punch und ich schliefen im Kombi. Das ist nicht ungewöhnlich. Normalerweise übernachten Edie und Hat und ich im Kombi, und Punch und Red bleiben im Lastwagen. Aber Red schnarcht. Schnarchte«, korrigierte er das Tempus. »Punch sagte, er wolle zur Abwechslung auch einmal in Ruhe schlafen, also nahm er Hats Pritsche.«

»Was passierte, nachdem Sie gestern abend das Haus hier verlassen hatten?«

»Wir gingen gegen Mitternacht. Ich habe noch etwas Nachtzeug – nein, das hatte ich den Mädels schon vorher gebracht. Nun, Punch und Red und ich haben uns im Lastwagen noch einen Schluck genehmigt. Dann marschierten Punch und ich zurück zum Kombi und sind schlafen gegangen.«

»Is' einer von Ihnen beiden in der Nacht aufgestanden?«

»Ich habe mich nicht gerührt«, antwortete Dan. »Punch kann das beschwören.«

»Das stimmt«, bestätigte Punch. »Und ich bin auch nicht mehr aufgestanden. Dan hätte das bemerkt, denn ich hätte über ihn klettern müssen.«

»Irgendwelche Geräusche gehört? Keine Schüsse?«

»Nein.«

»Wie is' das mit den andren?« Asey wandte sich an Edie Allen.

»Ich hab' keine Geräusche gehört. Ich bin nur in das Bett gefallen und hab' geschlafen wie ein Stein. Das erste Mal seit Monaten, daß ich in einem Bett geschlafen habe.«

»Ich bin noch draußen gewesen«, gestand Hat Allen. »Dan hat für Edie die Creme zum Abschminken mitgebracht, aber meine hatte er vergessen. Ich hätte natürlich ihre nehmen können, aber es ist ein furchtbar schmieriges Zeug –«

»Das ist es nicht«, wandte Edie an. »Es ist –«

»Darum geht es jetzt nicht, Ede. Jetzt gehört die Bühne mir, und ich sage, es ist schmierig. Also bin ich geschminkt zu Bett gegangen. Aber dann mußte ich immer an mein verklebtes Gesicht denken. Hört sich albern an, nicht wahr?«

»Gar nich'«, entgegnete Asey gelassen. »Ich kannte mal jemand, der fast durchgedreht is', wenn er sich nich' zehn Minuten nach jedem Essen die Zähne putzen konnt'. Erzähln Sie weiter.«

»Je länger ich daran dachte, desto sehnsüchtiger wünschte ich mir meine Creme. Ich hatte für die Guilds eine Menge Schminke aufgelegt, und ehrlich gesagt hatte ich Angst, daß ich mit meinem braunen Make-up Mrs. Ballards Bettzeug schmutzig machen würde. Also habe ich mir den Mantel übergezogen und bin hinausgeschlüpft, um mir die Creme zu holen.«

»Wo warn die Männer?«

»Im Lastwagen bei Red. Sie tranken noch einen Schluck. Ich wollte zu euch hinüberkommen, Dan, aber mir war kalt, und ich wußte, daß ihr mich auslachen würdet, weil ich herausgekommen war, nur um die Creme zu holen. Ich schlich mich zum Lastwagen und holte sie und ging dann zurück zum Haus. Ich schminkte mich im Badezimmer ab und ging dann wieder zu Bett und fühlte mich wie ein braves Mädchen. Aber später habe ich dann keine Geräusche mehr gehört. Ich habe wie ein Stein geschlafen, genau wie Ede.«

»Ich habe nicht einmal gehört, daß du hinausgegangen bist«, kommentierte Edie.

»Ich auch nicht«, fügte Judy hinzu. »Haben Sie die Vordertür genommen?«

»Eine andere Tür kenne ich nicht. Ich bin einfach nur hinaus- und wieder hineingeschlüpft.«

»Was ist mit Rose?« fragte Asey. »Können Sie sie hereinschikken?«

Roses Nervosität war nicht zu übersehen. Zunächst schrieb ich es ihrer Stellung zu. Mir muß man erst noch das Dienstmädchen zeigen, das keinen schuldbewußten Blick aufsetzen könnte, selbst wenn sie nicht persönlich für die gerade zerbrochene Platte verantwortlich wäre. Aber da ihre Zappligkeit nicht nachließ, kam ich zu dem Schluß, daß mehr daran sein mußte, als man auf den ersten Blick sah. Kein Zweifel, sie versuchte etwas zu verbergen – schon bevor sie überhaupt Aseys Frage gehört hatte und wußte, was es zu verbergen galt.

»Sind Sie letzte Nacht noch ausgegangen, Rose?«

»Nein. Bin ich nicht. Wirklich nicht! Ich bin gleich ins Bett gegangen, sobald ich abgewaschen hatte.«

»Wir haben noch einen Imbiß zu uns genommen, bevor wir zu Bett gingen«, erklärte ich.

»Und Sie sind nich' nochmal aufgestanden, Rose?«

»Nein, bin ich nicht. Ich meine – stimmt, ich bin nicht nochmal aufgestanden.«

Asey lächelte und entließ sie mit einer Handbewegung.

»Na gut«, sagte er, »das wär' fürn Augenblick alles. Niemand hat Geräusche gehört außer Mrs. Ballard und vielleicht Miss Dunham. Niemand war draußen außer Miss Allen. Richtig? Niemand von Ihnen hat von jemand gehört, der's auf Gilpin abgesehn ham könnte?«

»Nein!« kam die Antwort im Chor.

»Dann können Sie gehn; ich unterhalt' mich derweil mit Mrs. Ballard. Sie können sich nich' aus'm Staub machen; Parker hat nämlich 'n paar Männer draußen gelassen, und ansonsten hat Syl 'n Auge auf Sie.«

Gehorsam zerstreute sich die Gesellschaft, nur Dan zögerte.

»Was machen wir denn nun mit den Auftritten? Unser Terminplan –«

»Ich werd' Bescheid geben, daß Sie durch unvorhersehbare Ereignisse aufgehalten werden. Das hier is' einer von den Fällen, wo die Show eben nich' weitergeht.«

»Nun«, fragte ich, »was denken Sie?«

»Ich denk' überhaupt nichts. Ich überleg'. Warum belügt uns Ihr Dienstmädchen? Hat sie sich gestern nacht vielleicht noch draußen rumgetrieben?«

»Sie hat noch keine Gelegenheit gehabt, jemanden kennenzulernen, mit dem sie sich hätte herumtreiben können. Außer dem Eismann –«

»Pickrin' Nickerson, oder war's sein Junge Toby?«

»Toby.«

»Dann war sie mit ihm weg. Ich kenn' den Burschen. Jedes Jahr im Herbst is' er dünn wie 'n Handtuch – 'n ganzen Tag Eis schleppen und die ganze Nacht mit 'n Dienstmädchen unterwegs. Na, das können wir leicht rausfinden. Ich werd' die Geschichte aus Toby rauskriegen. Um Rose mach' ich mir sowieso keine großen Sorgen. Die sieht nich' aus wie jemand, der 'n Fremden mit vier Schüssen aus 'ner .45er durchlöchert, nur so zum Spaß sozusagen.«

»Wollen Sie denn nicht nach der Waffe suchen?«

»Syl is' schon dabei. Hat keinen Zweck, jetzt im Augenblick den Kombi oder 'n Lastwagen oder 's Haus zu durchsuchen. 'nen Revolver läßt man nich' einfach so liegen, wenn man jemand umgebracht hat, 's sei denn, man wäre sich ziemlich sicher, daß keiner einen mit der Waffe in Verbindung bringen könnt' oder daß sie bei jemand gefunden wird, von dem man sowieso noch nie viel gehalten hat. Wenn wir die finden, hat sie auch keiner von dem Haufen je zuvor gesehen, da können Sie Gift drauf nehmen. Dieser Punch macht 'n ganz netten Eindruck. Erinnert mich an Bill Porter.«

»Ich finde ihn sympathisch.«

»Auf'n ersten Blick hat er so wenig mit der Sache zu tun, daß er genausogut in Siam hätt' sein können. Allen scheint 'n hitziger Bursche zu sein; aber wissen Sie, was das Schlimme is', wenn man sich mit diesen Leuten abgibt, Mrs. Ballard? Das sind Theaterleute, ob nu echt oder bloß wegen 'n schlechten Zeiten. Und deshalb is' die ganze Welt 'ne Bühne für die, die ganze Zeit über, wenn Sie verstehn, was ich meine. Die wissen, wie sie vor 'nem Publikum auftreten und wie sie 'n Gesicht aufsetzen, das zu dem paßt, was sie sagen. Deshalb hab' ich mir auch gar nich' die Mühe gemacht, reinzukommen und zu sehn, wie sie die Sache aufnehmen. Bei den meisten Leuten merkt man's, wenn sie sich 'ne Geschichte ausdenken, aber diese Gesellschaft hier, die sind das gewöhnt. Allens Frau zum Beispiel. Sieht aus wie 'ne Märchenprinzessin. Und dann braucht sie nur die Augenbrauen zu heben, und Dan springt. Und diese Schwester, die is' aalglatt. Keiner hat was getan, keiner hat was gesehn, keiner hat was gehört. Taubstumme, wie sie im Buche stehn, die ganze Bande. Wie lange ham Sie diese Judy schon bei sich?«

»Seit vorgestern.« Ich erzählte ihm von Elizabeth Houghtons Brief.

»Oho! Ich dachte, die wär' schon 'ne Weile bei Ihnen. Da sieht die Sache ja gleich ganz anders aus, oder? Werd' Sie wohl um die Adresse dieser Frau bitten. Parker muß über die ganze Bande Nachforschungen anstelln, und ich werd' ihm sagen, daß er sich auch um sie kümmern soll. Wegen Gilpin sind die Ermittlungen schon im Gange. War nich' viel in seinen Taschen, was einem weiterhelfen könnt'.«

»Was ist mit der Presse, Asey?«

»Die Zeitungen? Tja, ich hoffe, Parker wird die Sache bis morgen zurückhalten können. Glaubt offenbar, daß das geht.«

»Und George, den habe ich ja ganz vergessen!« rief ich. »Ich sollte ihm ein Telegramm schicken. Ich werde ihm sagen, ich hätte die Reise gut überstanden, was ja auch der Wahrheit entspricht. Er wird toben vor Wut, wenn er von dieser Sache hört – wahrscheinlich wird er sagen, es sei alles meine Schuld. Er denkt ohnehin, ich sei zu leichtfertig in der Wahl meiner Bekanntschaften. Und natürlich wäre all das nicht passiert, wenn ich mich an seine Pläne gehalten hätte und mit meiner Cousine Mercy und meiner Haushälterin Mrs. Tavish hierher gekommen wäre. Die beiden hätten niemals zugelassen, daß ich die Allens und die übrigen zum Bleiben aufgefordert hätte. Na, einstweilen werde ich ihm nur sagen, daß es mir gutgeht. Wie kann ich ihm die Nachricht zukommen lassen?«

»Schreiben Sie's auf«, sagte Asey, »und ich geb's an einen der Polizisten weiter. Jawoll, in 24 Stunden kann allerhand geschehn, und ich brauch' 'n bißchen Luft, damit ich, wenn dann die Reporter kommen und von Kraut-und-Rüben-Detektiven erzähln, 'n paar Rüben habe, die ich denen um die Ohren haun kann. Da steckt viel Wahrheit in dem Sprichwort, daß man langsam gehn soll, wenn man's eilig hat. Seltsam, finden Sie nich' auch, wie diese Sprüche aus'm Poesiealbum einem immer wahrer vorkommen, je älter man wird? Aber je mehr man sich mit irgendwas abgibt, desto mehr Gelegenheit hat man auch, es sich sozusagen von allen Seiten zu betrachten. Sehn Sie das hier zum Beispiel.« Aus seiner Tasche holte er ein kleines verbogenes Stück Draht hervor.

»Was ist denn das für ein seltsames Ding?«

»Das ist 'ne Büroklammer. Genauer gesagt, 's war mal 'ne Büroklammer. Jemand hat die beiden Enden umgebogen und sie nach hinten gedreht. Solche Sachen macht man, wenn man nervös is' und 'ne Büroklammer irgendwo rumliegt. Ich hab' sie draußen vor der Tür entdeckt, und Syl hat noch 'n paar mehr gefunden.«

»Eine Spur!« rief ich begeistert. So harmlos die Klammer auch aussehen mochte, war ich doch ungeheuer erleichtert, daß sich eine Spur gefunden hatte. Für meinen einfältigen Verstand war das ein Zeichen, daß es voranging.

»Weiß nich'«, lautete Aseys Kommentar. »Vielleicht hat jemand sie letzte Nacht da fallenlassen. Hat sie verbogen, um seine Nerven zu beruhigen, genauso, wie jemand 'ne Zigarette raucht. Nur daß man die im Dunkeln hätt' glimmen sehn. Und wenn er – oder sie – die Kippen auf'n Boden geworfen hätt', dann hätten wir – wie sagt man doch gleich – das klassische Zigarettenkippen-Indiz. Und diese Wissenschaftler, die können heutzutage an so 'ner Kippe ablesen, ob's 'n Schwarzer oder 'n Weißer war, der sie geraucht hat, Blutgruppe A oder B und so weiter. Hab' ich erst letzte Woche gelesen. Andererseits liegt die Klammer vielleicht schon seit vorgestern abend hier. Oder seit 'nem Monat. Das Fleckchen hier is' abends sehr beliebt bei der hiesigen Jugend. Jedenfalls is' es schön, daß man sich darüber Gedanken machen kann.«

Er steckte die Büroklammer zurück in die Hemdtasche.

»Wenn wir herausfänden, daß einer der Beteiligten«, fuhr er fort, »die Angewohnheit hätte, Büroklammern zu verbiegen, und wenn der welche bei sich hätte, die er verbiegen könnt', und wenn der sie genauso biegen würde wie diese hier, dann wär' das was andres. Aber dann könnt' sie immer noch jemand mit Absicht dahin gelegt ham.«

»Sie betrachten die Dinge wirklich von allen Seiten«, sagte ich.

Asey gluckste. »Mein Vater hat immer gesagt, wenn 'n Mann 'n Pferd kauft und sich das nur aus'm Blickwinkel des Händlers anschaut, dann is' er 'n Dummkopf. Wenn er's aus seiner eigenen Perspektive und aus der des Händlers sieht, dann is' er 'n verständiger Bursche. Aber wenn er die ganze verdammte Geschichte dazu noch mit'n Augen des Pferdes sehen kann, dann is' er schlicht und einfach 'n Genie.«

Ich lachte bewundernd. Prue und Denny und Stephen hatten bei Asey kein Wörtchen übertrieben.

»Also, Mrs. Ballard«, fuhr Asey fort, »Sie können den Pfad des Genius beschreiten, und selbst wenn er Sie nich' zum Erfolg führt, können Sie den Erfolg doch, wie man so sagt, riechen. Frage mich, wo Kemp – hallo. Wo ham Sie denn so lange gesteckt, Ham?«

»Bin rüber nach Wellfleet gefahren«, antwortete Kemp, »nur um mich zu vergewissern, daß er den Brief nicht dahin statt nach Weesit geschickt hatte. Hatte er nicht. In Weesit gab's nämlich keinen Brief, der auf jemanden namens Maynard Guild gewartet hätte. Und in beiden Postämtern beteuern die Beamten, daß sie es wüßten, wenn jemand einen solchen Brief abgeholt hätte.«

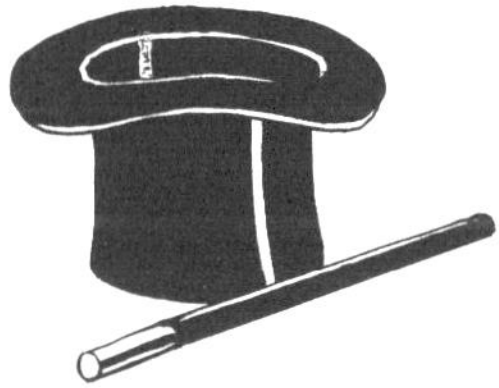

Kapitel 4

»Das«, bemerkte Asey, »is' interessant. Sehr sogar. Da wolln wir uns doch nochmal mit Dan Allen unterhalten.«

Dan Allen trat ein, gefolgt von seiner Frau. Mit einem Lächeln bedeutete Asey ihr, sie solle draußen warten.

»Haben Sie den Brief?« fragte Dan.

»Nein.«

»Warum nicht?«

»In Weesit gab's keinen Brief.«

»Warten Sie«, sagte Dan. »Ich hab' mir das durch den Kopf gehen lassen. Meinen Sie, ich habe ihn vielleicht nach Wellfleet geschickt? Das wäre nicht weiter verwunderlich, denn am selben Tag habe ich eine Sendung mit Plakaten für Wellfleet fertig gemacht. Die Namen sind sich ja ziemlich ähnlich.«

»Aber Kemp war auch in Wellfleet, nur so zum Spaß. Die hatten da auch keinen Brief.«

Dan fiel offensichtlich aus allen Wolken. »Ich verstehe das alles nicht. Ich kann das nicht begreifen. Ich habe den Brief am Samstag nachmittag in Hyannis aufgegeben, und das würde ich auf jede Bibel in Neuengland schwören. Aber warten Sie, vielleicht hat dieser Guild den Brief geholt –«

»Hat er nicht. Die Postbeamten in diesen Kleinstädten wissen furchtbar viel. Sie hätten sich annen Fremden mit einem solchen Namen erinnert. Wenn Guild seinen Brief geholt hätt', dann hätten die das gewußt, darauf können Sie sich verlassen. Ham Sie den Brief selbst aufgegeben?«

»Ja.« Dan schien sich seiner Sache sicher. »Das habe ich. Ich – nein, warten Sie. Ich muß mir das noch einmal ins Gedächtnis rufen. Ich habe die Sachen am Samstag nachmittag abgeschickt, bevor wir im Hotel aufgetreten sind. Von da bin ich zum Postamt gegangen. Stimmt. Punch war bei mir. Jetzt fällt's mir wieder ein, ich habe sie doch nicht selbst aufgegeben. Jetzt weiß ich es wieder. Ich bin gegen einen frischgestrichenen weißen Zaun gekommen und bin dann in einen Drugstore gegangen, um mir Fleckenwasser zu holen. Punch ist allein weitermarschiert, weil die Zeit knapp wurde. Er hat die Post aufgegeben und kam dann zurück zu mir zum Drugstore. Genau so war es.«

»Gut«, sagte Asey. »Dann wolln wir hörn, was Punch zu sagen hat.«

Punch war sicher, daß er den Brief aufgegeben hatte.

»Ich hatte sechs Briefe und zwei Päckchen, und ich habe sie alle aufgegeben. Ich habe sie gezählt, als Dan sie mir gab, und dann habe ich sie im Postamt noch einmal gezählt. Das mache ich immer.«

»Sagen Sie«, fragte Asey, »wie ist das mit Dan und seiner Frau? Kommen sie gut miteinander aus?«

Punch zögerte. »Ja. Das schon.«

»Aber?«

Von neuem zögerte er. »Es ist mir unangenehm, das gerade jetzt zu sagen. Es hört sich an, als ob ich den Verdacht auf Dan lenken wollte, und nichts läge mir ferner. Aber Dan ist sehr eifersüchtig auf Edie. Und Red – nun, er war ein sehr gutaussehender Bursche, und«, fügte Punch hinzu, und es schwang ein wenig Neid in seiner Stimme mit, »Red hatte einfach das gewisse Etwas.«

»Die Frauen mochten ihn, was?«

»Allerdings. Sämtliche Frauen, vom Wickelkind bis zur Urgroßmutter.«

Mir fiel meine eigene Reaktion auf John Gilpin wieder ein, und ich spürte, wie ich errötete. Und da kam es mir gar nicht gelegen, daß Asey sich umwandte und mit ernsthafter Stimme fragte, ob ich das bestätigen könne.

»Er bezauberte mich auf der Stelle«, gestand ich.

»Die Frauen lagen also dem Burschen zu Füßen, was?«

»Schon, aber verstehen Sie das nicht falsch«, sagte Punch nachdrücklich. »Red war kein Casanova oder so etwas. Er – nun, er verzauberte einfach wie von selbst jede Frau, der er begegnete. Er hat es nicht darauf angelegt. Ich habe oft gehört, wie er sich darüber wunderte, warum die Frauen ihm so nachliefen. Überall, wo wir auftraten, bekam er stapelweise Briefe, und die meisten davon waren von Frauen.«

»So 'ne Art Hahn im Korb«, meinte Asey.

»So könnte man's sagen. Aber er hat nie mehr als ein oder zwei davon beantwortet. Die meisten hat er weggeworfen, ohne auch nur einen Blick drauf zu werfen.«

»Manche Briefe hat er also beantwortet, was? Wissen Sie, wer sie war?«

»Nein. Red hat niemals Namen genannt. Er war keiner von denen. Er hat niemals geprahlt mit seinen – seinen Eroberungen, könnte man wohl sagen.«

»Könn' Sie sich an Poststempel erinnern?«

Punch schüttelte den Kopf. »Wissen Sie, Asey, es war ungefähr so. Red liebte gutaussehende Frauen. Man könnte auch sagen, er zog sie an. Ich weiß nicht, wie herum man es sagen soll. Aber man konnte sicher sein, daß die schönste Frau im Publikum am Ende der Vorstellung bei Red zu finden sein würde. Er umgab sich einfach gern mit ihnen, weil sie gut aussahen. Mehr war da nicht, jedenfalls nicht von seiner Seite. Aber die Frauen hatten so eine Art –«

»Ihm nachzustellen«, schlug Asey vor. »War das das Problem von Dan Allen und Edie?«

»In gewisser Weise schon. Edie sieht gut aus, keine Frage. Aber ich würde schwören, daß Red niemals etwas mit ihr hatte. Natürlich hat er ihr ab und zu Komplimente wegen ihrer Haare gemacht. Daß sie wie gewirktes Gold aussähen oder wie Mondschein schimmern würden. Sie wissen schon« – Punch machte eine Handbewegung, und man spürte, daß ihm das Thema unangenehm war –, »Dinge dieser Art. Mehr als das meinte er auch nicht. Aber Dan wurde puterrot und fing an zu schnauben und fletschte die Zähne und so weiter. Doch wenn ich es mir heute so überlege, dann hat Red nie einen Versuch unternommen, mit Edie allein zu sein. Meistens fuhren Red und ich zusammen im Lastwagen, und nachts schliefen wir darin. Ich hätte merken müssen, wenn er etwas mit Edie gehabt hätte. Aber da war nie etwas. Nur daß er ihre Schönheit und ihr Haar bewunderte. Mehr war es nicht, aber das reichte, um Dan immer wieder in Wut zu bringen.«

»Was war mit Edie? Mochte sie Red?«

»Das schon, aber nicht mehr, als sie mich mag. Sie liebt Dan abgöttisch, aber er ist einfach zu dumm, das zu merken. Wenn er sähe, daß ich ihr schöne Augen machte, würde er sich wahrscheinlich einen kleinen Wutausbruch gestatten und mir den Lastwagen an den Kopf werfen.«

»Wie war das letzte Nacht? Oh, hallo Rose. Was gibt's?«

»Das Mittagessen für Mrs. Ballard wartet, und wenn sie nicht bald kommt, ist alles verdorben.« Roses Stimme klang weinerlich. »Für Sie beide hab' ich auch was. Die anderen haben schon in der Küche gegessen.«

Das Häuschen verfügte nicht über ein eigenes Speisezimmer; der Eßtisch stand in einer Ecke des Wohnraums.

»Sie haben die ganze Gesellschaft versorgt?«

»Jawohl, Mrs. Ballard. Miss Judy und die anderen haben mir geholfen.«

»Ich hatte nicht die Absicht, daß Sie für eine ganze Kompanie kochen müssen«, sagte ich. »Es tut mir wirklich leid, daß Sie so viel zusätzliche Arbeit haben.«

»Und wir haben auch keine Vorräte für eine ganze Kompanie«, erinnerte sie mich.

»Es tut mir leid. Ich werde Ihnen mehr Lohn zahlen, solange diese Zustände dauern, Rose, aber ich weiß beim besten Willen nicht, wie wir das mit dem Essen regeln können.«

»Wär' ja auch nich' nötig, daß Sie alle verpflegen«, tadelte Asey mich.

»Nun«, entgegnete ich, »Sie haben den anderen gesagt, daß sie sich nicht von der Stelle rühren dürften, und da können sie sich natürlich nicht selbst etwas besorgen. Mir macht das gar nichts aus, sie zu verpflegen. Ich mache mir nur Sorgen um Rose.«

Asey schlug mit der Faust auf den Tisch. »Syls Frau! Das is' die Lösung! Rose, Sie und Mrs. Ballard stelln 'ne Liste mit allem auf, was Sie brauchen, und dann sorg' ich dafür, daß Syl einem von den Polizisten Bescheid sagt, daß er alles einkauft und Jennie mitbringt. Sie is' 'ne erstklassige Köchin, und sie wird Ihnen gut helfen können. Einverstanden, Mrs. Ballard?«

»Gewiß, aber wir hätten kein Zimmer mehr, wo wir sie unterbringen könnten.«

»Sie muß ja nich' hier übernachten. Die Frauen werden heut nacht wieder zurück innen Kombi müssen, Kemp übernachtet im Lastwagen, und ich nehm' das Sofa hier. Nur für alle Fälle. Gut, das wär' also erledigt.«

So kam es denn, daß nach dem Mittagessen Kemp und einer der Polizisten aufbrachen, um einzukaufen und Mrs. Mayo zu holen, und Asey wandte sich wieder Punch zu.

»Nun also zu letzter Nacht. Alles friedlich?«

»Ehrlich«, antwortete Punch, »ich wünschte, Sie hätten mich das nicht gefragt. Ich erzähle wirklich nicht gern weiter. Komme mir wie ein Verräter vor. Letzte Nacht, als wir unseren Schlaftrunk nahmen, hat's eine kleine Streiterei gegeben. Aber eigentlich ging es nicht um Edie. Jedenfalls anfangs nicht. Dan meinte lachend, Judy Dunham habe es Red wohl angetan, und Red wurde wütend deswegen. Normalerweise verliert er fast nie die Geduld, aber gestern abend waren wir alle ziemlich fertig mit den Nerven. Ich hab' Mrs. Ballard schon erzählt, daß wir eine schlimme Woche hinter uns haben. Der ewige Regen und Ärger mit den Autos und so weiter. Die Reifenpanne und der Kurzschluß und die 25 Dollar von Guild, die uns durch die Lappen gegangen waren, die gaben uns dann den Rest. Wir waren alle nicht gerade guter Dinge. Wie dem auch sei, Red geriet in Wut und sagte, er würde nicht jedem Mädchen schöne Augen machen, dem er zum ersten Mal begegne, und Dan antwortete, er glaube, daß es ganz und gar nicht das erste Mal sei, daß Red und Judy sich begegneten.

Wie er darauf komme, wollte Red wissen.

›Weil sie‹, entgegnete Dan, ›dir ohne zu fragen fünf Stückchen Zucker in den Kaffee getan hat.‹

Tja, und da ist Red explodiert. Sie habe ihn danach gefragt, und er habe ihr gesagt, wieviel Zucker er wolle, sagte er, und wenn Dan so weitermache, werde er eines Tages einen ordentlichen Fausthieb – muß ich wirklich weitererzählen? Es ist mir so unangenehm.«

Asey antwortete mit einem Nicken.

»Einen ordentlichen Fausthieb zwischen seine buschigen Brauen bekommen. Das machte Dan noch wütender, und Red wußte das. Wenn's um seine Augenbrauen geht, ist Dan sehr empfindlich. Dann sagte Dan, wenn Red nicht aufhören würde, Edie nachzustellen, dann würde er mehr als nur einen Fausthieb zwischen die Augen bekommen.«

»Das«, kommentierte Asey, »paßt ja beinahe zu gut, um wahr zu sein.«

»Das stimmt schon, Asey, aber verstehen Sie, in Wirklichkeit hat es überhaupt nichts zu bedeuten. Wir haben alle so sehr gefroren und waren müde und wütend und entmutigt. Ich weiß, daß Dan nichts mit dem Mord an Red zu tun hat. Auch wenn ihn das alles noch so sehr belastet, weiß ich, daß er's nicht war.«

»Was geschah dann?« wollte Asey wissen.

»Ich habe ihnen gesagt, sie sollen den Mund halten, habe jedem noch ein Glas eingeschenkt, und Red habe ich gesagt, ich würde im Kombi schlafen, weil ich sein Schnarchen nicht mehr ertragen könne. Das stimmte eigentlich nicht, weil mir das überhaupt nichts ausmacht. Aber ich hatte das Gefühl, Red war hundemüde und hatte von allem die Nase voll. Die letzten Tage hatte er fast seine gesamte Freizeit damit zugebracht, die Autos zu reparieren. Ich dachte, er hat es sich verdient, zur Abwechslung mal etwas Ruhe zu bekommen. Die Sache mit dem Schnarchen hat die beiden von ihrem Streit abgelenkt. Ich hatte befürchtet, daß sie sich wirklich in die Haare kommen könnten, und ich wollte nicht, daß sie mit ihrem Gebrüll Mrs. Ballard wecken. Nicht daß sie sich geprügelt hätten oder so etwas. Aber Sie wissen ja selbst, wie das ist, wenn etwas schiefgeht. Man wird reizbar und sagt plötzlich Sachen, an die man sonst nicht im Traum gedacht hätte.«

»Sind also als Freunde geschieden, die beiden?«

»Oh ja. Haben sich gegenseitig auf die Schulter geklopft. Was man dann so tut.«

»Nett. Und was war zwischen Red und der andren Allen, Schwester Hat?«

»Die beiden sind einfach nur gute Freunde. Hat ist ein anständiges, tüchtiges, verläßliches Mädchen. Außerdem ziemlich zurückhaltend. Dan sagt, Hat und Edie seien früher nie richtig miteinander ausgekommen, bis Hat zu der Truppe gestoßen sei. Ich weiß nicht, warum. Heute verstehen sie sich ja gut. Aber Hat ist ruhig, und Edie ist eine von der Sorte, die viel reden. Erzählt jedem von sich selbst und erwartet, daß sie von dem anderen ebenfalls alles erfährt. Hat ist da ganz anders. Sie spricht fast nie über sich. Red mochte sie und hat ihren Verstand bewundert. Hat einmal gesagt, sie hätte den Verstand eines Mannes.«

»Das is' merkwürdig«, bemerkte Asey mit einem Zwinkern, »immer wenn 'n Mann was Lobendes über 'ne Frau sagen will, dann sagt er, sie hätt' den Verstand eines Mannes. Hab' noch nie gehört, daß 'ne Frau, um 'n Mann zu loben, gesagt hat, er hätt' weibliche Intuition. Sie können sich also nich' vorstelln, daß Hat und Red mehr als nur gute Freunde warn?«

»Das ist ausgeschlossen. Er fand Hat klug und intelligent, aber eine Schönheit ist sie ja eigentlich nicht. Nur eine eindrucksvolle Erscheinung. Ich weiß nicht, wie ich Ihnen verständlich machen soll, was ich über Red sagen will. Oder vielleicht doch. Vor ein paar Wochen, so um den ersten Mai, gastierten wir in Nashua, New Hampshire. Wir hatten in der Gegend von Springfield gespielt und in Northampton und uns dann nach South Hadley hinaufgearbeitet, und von da gingen wir nach Manchester und dann nach Nashua. Ich hatte einen Freund, der uns für einen Club engagiert hatte, den er dort führt. Wir hatten so viel Erfolg, daß wir vier Tage blieben und zwei Vorstellungen am Tag gaben, in einem richtigen Theater. Normalerweise gehen wir nicht in die großen Städte, aber dort haben wir gute Geschäfte gemacht. Nun, am zweiten Tag – vielleicht auch schon am ersten – hat Red ein Mädchen kennengelernt. An den Namen kann ich mich noch erinnern. Sie hieß Aristene Satterlee. Irgendeine Dame der örtlichen Gesellschaft kreuzte auf und stellte sie uns allen vor.«

»Das is' ja auch 'n Name, den man so schnell nich' wieder vergißt«, meinte Asey mit einem Grinsen. »Aristene! Hab' ich noch nie gehört gehabt.«

»Nun, Aristene war ungefähr 18. Sie war schlaksig und anämisch, und sie hatte strähniges Haar. Sie war angezogen, als ob jemand ihr aus der Ferne ein paar Kleider übergeworfen hätte und sie sie hängengelassen hatte, wo sie eben hingefallen waren. Aber sie hatte die schönsten Hände, die ich jemals gesehen habe. Red sind sie auch aufgefallen, und die ganze übrige Zeit, die wir noch in Nashua waren, hat er damit zugebracht, sie in Restaurants einzuladen, damit er beim Essen ihre Hände beobachten konnte. Dann, kurz vor unserem letzten Auftritt, ging ihm plötzlich auf, wie der Rest von Aristene aussah. Hat sie fallenlassen wie 'ne heiße Kartoffel. Die traurige Wahrheit ist sogar, daß er sie in einem Restaurant hat sitzenlassen. Einfach so. Später hat er mir davon erzählt. Ich glaube, das war die einzige von seinen Affären, über die er jemals gesprochen hat. Ich kann Ihnen sagen, ich war verdammt froh, als wir diese Stadt hinter uns ließen; Aristenes Alter, Squire Satterlee, wie sie ihn da nennen, hatte nämlich wohl den Eindruck gewonnen, Red habe angebissen. Ich glaube, bis dahin hatten ihm die Männer wegen Aristene nicht gerade die Bude eingerannt. Aber das tut hier nichts zur Sache. Verstehen Sie nun, was ich Ihnen über Red erzählen wollte?«

»Allerdings. Sie ham uns sehr geholfen.«

Punch erhob sich. »Dann verdrücke ich mich mal, wenn Sie nichts anderes mehr wissen wollen. Eins wollte ich Ihnen noch sagen. Ich bin in Wyoming aufgewachsen, und ich war ein ziemlich guter Schütze, bevor ich hierher in den Osten kam, nach Boston, und da habe ich mir das Schießen abgewöhnt und mir den hiesigen Akzent angewöhnt. Aber mit 'nem Revolver umgehen kann ich immer noch. Ich habe auch einen draußen im Lastwagen. Keinen .45er Revolver, sondern einen .38er Colt, Ausführung Kriminalpolizei.«

»Der Bursche gefällt mir«, sagte Asey, als Punch gegangen war. »Nehm' all die kleinen unfreundlichen Gedanken zurück, die ich über ihn hatt'. Puh. Mittlerweile wird alles ganz schön kompliziert, nich' wahr? Dan is' wütend auf Red wegen Edie. Eifersucht. Das is' immer 'n schönes Motiv. Hat Allen is' eins von den stillen und tiefen Wassern. Den Eindruck hatt' ich auch schon. Und Red hat offenbar gebrochene Herzen zurückgelassen, wo immer er war. Da ham wir doch was zum Nachdenken. Und Judy kannt' ihn gut genug, um ihm fünf Stückchen Zucker innen Kaffee zu tun. Merkwürdig. Was meinen Sie – aber ich hab' ja ganz vergessen, daß Sie eigentlich noch krank sind. Wird Ihnen das nich' zuviel? Möchten Sie sich nich' 'ne Weile hinlegen oder so?«

»Ich neige zu der Annahme, Asey, daß mein Leiden hauptsächlich daher rührt, daß ich mich zuviel hingelegt habe. Es hört sich pervers an, aber ich habe mich schon seit Wochen nicht mehr so wohl gefühlt. Ich will damit nicht sagen, daß ein Mord notwendig gewesen wäre, um mich wieder auf die Beine zu bringen –«

»Ich weiß. Man wird träge auf'm Krankenlager. Ham Sie schon irgendwelche Vermutungen?«

»Keine einzige. Ich glaube, am besten suchen Sie sich jemand anderen für Ihre Besprechungen, Asey. Wie um alles in der Welt sollte ich Ihnen helfen?«

»Da bin ich anderer Meinung, Mrs. Ballard. Normalerweise sieht 'ne Frau viele Einzelheiten, die 'nem Mann überhaupt nich' auffalln. Und außerdem – wer käm' denn sonst noch in Frage? Sie sind die einzige hier, von der ich guten Gewissens sagen kann, daß sie unschuldig ist. Ham Sie je mit 'nem Revolver geschossen?«

»Niemals. Ich fürchte mich zu Tode vor Schußwaffen. Adin, mein Mann, der hatte ein Faible für Waffen. Aber mir war es schon unangenehm, so etwas überhaupt im Haus zu haben. Ich habe sie alle George geschenkt.«

»Unter diesen Umständen«, sagte Asey, »glaub' ich nicht, daß Sie es warn, die Gilpin mit Blei vollgepumpt hat.«

»Mir ist da gerade etwas eingefallen, Asey. Wie ist das mit den Schwarzbrennern und Schmugglern? Könnte Red nicht hinausgegangen sein – Punch hat uns doch erzählt, daß er in letzter Zeit oft lange einsame Spaziergänge unternommen habe –, und dann ist er mit solchen Leuten zusammengestoßen?«

»Hier wird immer noch 'ne Menge Alkohol angelandet«, sagte Asey, »obwohl der Ort zum Ozean hin liegt. Sie landen an der kleinen Bucht, da, wo die Sandbank ausläuft. Direkt unter der Nase der Küstenwache, gleich hinter Syls Haus, ungefähr fünf Kilometer weiter den Strand rauf. Sie kennen die Stelle so gut, daß sie auch landen können, wenn's 'n bißchen neblig ist. Aber ich glaub nich', daß sie Gilpin umgebracht hätten. Letzten Herbst, da is' Syl 'n paar von diesen Schmugglern in die Hände geraten. Die ham ihm die Augen zugebunden und ihm gesagt, er soll sich hinsetzen und 'n braver Junge sein und noch 'ne halbe Stunde warten, wenn sie weg sind. Das hat er getan, und hinterher sah er, daß sie ihm sogar 'ne Flasche guten Jamaica-Rum dagelassen hatten. Wenn sie Syl nich' umgebracht ham, warum dann Gilpin?«

Darauf gab es nichts zu erwidern. »Es sei denn, es wäre eine andere Bande gewesen; blutrünstiger als die vorigen.«

»Aber normalerweise hat jede Bande ihre festen Plätze; außerdem – wie soll das alles mit dem Brief zusammenzubringen sein? Rumschmuggler würden ja wohl kaum 'ne Theatertruppe hierher einladen.«

»Nein«, erwiderte ich, »aber sie könnten immer noch Red erschossen haben, auch wenn der Brief von jemand anderem stammte. Der Brief sollte vielleicht ein Witz sein. Es gibt Leute, die fänden das wahnsinnig komisch, eine Truppe hier herauszubestellen und ihnen Arbeit zu versprechen, wo sie dann nur ein leeres Haus vorfänden.«

»Schon wahr«, stimmte Asey mir zu, »aber ich hab' so 'n Gefühl, daß der Brief was damit zu tun hat. Sehn wir uns die Sache nochmal an. Hier liegt also Gilpin mit vier Kugeln im Leib. Kann auf zweierlei Arten gekommen sein, denk' ich. Entweder, jemand war fürchterlich in Wut geraten und hat ihn von einer Sekunde auf die andre erschossen – einfach abgedrückt und dann immer weiter gefeuert –, oder 's war jemand, der's kaltblütig und methodisch vorbereitet hat und der sichergehen wollt', daß Gilpin auch wirklich sofort tot war.«

»Die erste Variante«, sagte ich, »würde auf Dan schließen lassen.«

»Stimmt. Aber 's könnt' auch 'ne Frau gewesen sein. Die Damen nehmen ja nich' gern 'ne Pistole in die Hand, aber wenn sie dann mal schießen, dann verliern sie sozusagen alles Zeitgefühl. Bill Porter hat mir mal 'n Buch zu lesen gegeben, über 'n Mädchen namens Lorelei Lee. Kennen Sie das?«

»Aber ja«, lachte ich. »Das ist *Blondinen bevorzugt.*«

»Genau so hieß es. Nu, da war 'ne Stelle in dem Buch, die mir immer im Gedächtnis geblieben is'. Die war so typisch weiblich. 's hieß ungefähr so: ›Die Nerven gingen mit mir durch, und als ich wieder zu Bewußtsein kam, hatte ich scheint's einen Revolver in der Hand, und der Revolver hatte scheint's Mr. Jennings erschossen.‹« Asey gluckste. »Genau so gehn die Damen normalerweise mit 'ner Waffe um. Und Edie is' ja 'ne Blondine. Aber genausogut kann's 'n kaltblütiger Mörder gewesen sein. In dem Fall tipp' ich auf Guild.«

»Der Doktor schien nicht in der Lage zu sein, die Tatzeit festzustellen«, sagte ich. »Ich denke immer noch über diese Geräusche nach. Würde es uns nicht helfen, wenn wir wüßten, welches davon der Schuß oder die Schüsse waren?«

»Vielleicht waren's beide Male Autos«, meinte Asey. »Womöglich ham Sie die echten Schüsse gar nich' gehört. Sie sagen ja, Sie ham 'nen gesunden Schlaf. Andrerseits können's auch beide Male Schüsse gewesen sein. Da warten wir besser, bis wir den Bericht des Doktors bekommen.«

»Wie kann er das herausfinden?«

»Mageninhalt und so.« Ich erinnerte mich an die Frage des Doktors, was Red gegessen habe, und mir schauderte.

Es war gegen drei Uhr, als der Autopsiebericht bei uns eintraf.

»Kommt zu dem Schluß«, faßte Asey den umfänglichen Bericht zusammen, »daß er wahrscheinlich zwischen eins und halb zwei gestorben is'. Danach wär' die Wahrscheinlichkeit größer, daß die ersten Geräusche, die Sie gehört ham, die Schüsse warn, Mrs. Ballard. Wenn wir 'n Mittelwert nehmen, kommen wir auf ungefähr Viertel nach eins.«

»Aber beim zweiten Mal waren die Geräusche, wenn ich mich recht erinnere, wesentlich lauter, Asey. Das erste Mal hörte ich so eine Art schepperndes Knallen. Das könnte wirklich eine Fehlzündung gewesen sein. Die anderen Geräusche waren härter.«

»Hm. Eins hab' ich noch vergessen zu fragen. Können Sie sich an den Klang dieser Laute erinnern? Gab es bestimmte Abstände zwischen den einzelnen Geräuschen? Kamen sie alle kurz hintereinander? Oder wie war das?«

Ich versuchte, mich zu erinnern. »Das ist schwer zu sagen«, antwortete ich schließlich. »Mir scheint, daß es beim ersten Mal Abstände zwischen den Detonationen gab. Eine, danach eine Pause, dann zwei – drei – vier. Aber ich bin mir nicht sicher. Es wäre mir vermutlich nicht aufgefallen, wenn Sie es nicht erwähnt hätten. Beim zweiten Mal kann ich mich nicht einmal mehr erinnern, wievielmal es geknallt hat. Ich glaube, die Geräusche erfolgten in gleichmäßigen Abständen. Aber ich würde nichts davon vor Gericht beschwören können. Warum fragen Sie?«

»Wollt's einfach nur wissen.« Asey erhob sich und spazierte zum vorderen Fenster. »Da kommt Syl, und er rennt, als ob's um sein Leben ginge.«

»Ich habe den Eindruck«, sagte ich, »daß dieser kleine Mann jedesmal, wenn ich ihn heute gesehen habe, irgendwohin sprintete oder von irgendwoher zurückgesprintet kam.«

»Syl issen Sprinter, wenn er erstmal richtig in Gang kommt, und ich kann Ihnen versichern, sein Leben lang hat er drauf gewartet, daß er mal bei 'ner Mordsache dabei sein kann. Issen freundlicher, ruhiger, vernünftiger Bursche. Kein bißchen blutrünstig, nich' im geringsten. Aber aufs Detektivspielen, da ist er ganz verrückt. Drei Häuser müßte er jetzt für die Sommergäste zurechtmachen, aber er tut's nich'. Sagt, Häuser zurechtmachen kann er immer. Das hat er seit 20 Jahren getan und tut's vielleicht noch 20 Jahre weiter, aber das hier is' der einzige Mord, bei dem er jemals dabeisein wird. Irgendwas in der Art hat er gesagt. Wie steht's, Syl?« fragte er, als Sylvanus ins Zimmer gestürmt kam.

»He – Asey – schau dir das an!« keuchte er. »Sieh nur, was ich da – gefunden – hab' – draußen am Steilhang.«

In der Hand hielt er einen großen Revolver.

Kapitel 5

Asey streckte die Hand aus.
»Braver Junge, Syl! Kommt ja wie auf Bestellung. Armeerevolver, .45er Colt, altes Modell, Spannschloß. Hab' genau so einen zu Haus. Vier Schuß abgefeuert, zwei Patronen noch drin. Wo hast du den gefunden, Syl?«

»Tja.« Stolz zupfte Sylvanus sich am Schnurrbart. »Tja, 's war ungefähr auf halbem Wege den Steilhang runter, Asey. Und direkt neben 'nem Stinktierbau. 'n kleiner Schubs hätte genügt, und er wär' drin verschwunden gewesen.«

»Glück gehabt. Dann hätten wir 'n niemals bekommen.«

»Oh«, erwiderte Syl leichthin, »hab' heute schon vier Stinktierbaue abgesucht. Das hätt' mir nix ausgemacht. Mir nich'.«

»Vielleicht doch«, meinte Asey, »vielleicht doch. Wenn da 'n wütendes Stinktier drin gewesen wär', Syl, dann hätt' ich dich selbst innen Loch gesteckt, 30 Tage. Wie bist du überhaupt auf die Idee gekommen, am Steilhang zu suchen?«

»Nun, Asey, wenn jemand den Revolver runter Richtung Strand geworfen hätte, dann hätt's gut sein können, daß er inzwischen in drei Meter Tiefe unterm Sand begraben wär', bei der Strömung da, oder er wär' schon bis halbwegs Chatham. Sag, kannst du dich noch an die Geschichte von dem Burschen erinnern, dem 'n Pferd abhanden gekommen war, und keiner wußte, wo's geblieben war? Alle ham sie danach gesucht, und am Ende ham sie's aufgegeben, und dann kam noch jemand dazu und hat gefragt, was denn los wär', und dann isser losgezogen und hat das Pferd mitgebracht.«

»Geht die Geschichte noch weiter?«

»Allerdings. Diesen Burschen ham sie dann gefragt, woher er gewußt hätte, wo das Pferd zu suchen war, und er antwortete: ›Ich hab' mir vorgestellt, wo ich hingegangen wär', wenn ich 'n Pferd wär', und dann hab' ich da nachgeschaut, und schon hatt' ich's.‹

Und so hab' ich den Revolver gefunden«, beschloß Syl gravitätisch seinen Bericht.

Unsere Heiterkeit störte ihn nicht im geringsten.

»Ich hab' mich an die Stelle gestellt, wo Gilpin erschossen wurd'«, fuhr er fort, »und hab' mir dann überlegt, daß der Kerl, der's getan hat, ungefähr nach Südsüdost geblickt haben muß. Also hab' ich mich hingestellt und nach Südsüdost geblickt und mir ausgemalt, was ich getan hätt', wenn ich gerade Gilpin erschossen gehabt hätt'. Kam zu dem Schluß, daß ich den Revolver weggeworfen hätt'. Und da ich ja nu mal Rechtshänder bin, war es am wahrscheinlichsten, daß er –«

»Richtung Südsüdost oder Südost fliegen würde«, ergänzte Asey mit todernster Miene.

»Ganz genau, ganz genau. Andrerseits aber vielleicht auch nich'. Er hätt' ihn zwischen die Kiefern werfen können; aber das wär' Blödsinn, wenn man da 'n ganzen weiten Atlantischen Ozean vor sich hat. Jedenfalls hab' ich 'n Schraubenschlüssel genommen und ihn geworfen und hab' dann entlang der Linie gesucht, die er geflogen war. Hab' an der Stelle angefangen, bis zu der 's Hochwasser reicht, und hab' mich dann die Steilküste hochgearbeitet. Auf halber Höhe hab' ich ihn dann gefunden, keine drei Meter links von der Bank da. Du mußt direkt dran vorbei sein, als du heut morgen zu mir runtergeklettert kamst, Asey.«

»Wächst ziemlich viel Giftsumach da«, sagte Asey.

»'ne Menge davon hab' ich bei der Suche weggeschnitten. Aber eins versteh' ich nich' dabei. Mein Schraubenschlüssel is' bis weit runter zum Strand geflogen. Wenn dieser Bursche auch nur halb so fest geworfen hätt', wär' die Waffe ganz nach unten geflogen und wär' weggespült worden. Er kann überhaupt keine Kraft beim Werfen gehabt ham. Meinst du, es könnte 'ne Frau gewesen sein? Die können ja nie werfen.«

»Entweder das«, sagte Asey, »oder er wollte, daß die Waffe gefunden wird. Syl, hab' vielen Dank. Aber als ich dir sagte, du sollst nach der Waffe Ausschau halten, hab' ich nich' gemeint, daß du 'n Hals riskieren und über Steilküsten klettern oder dich Stinktieren und Giftsumach aussetzen sollst. Hast du heut überhaupt schon was gegessen, Syl?«

»Na, is' das denn zu fassen!« Grenzenlose Verblüffung sprach aus Syls Stimme. »Daran hab' ich überhaupt nich' mehr gedacht.

Das erste Mal in meinem Leben, daß ich's Mittagessen vergessen hab'!«

»Na, Jennie is' unterwegs hierher oder sogar schon da, und ich möcht', daß ihr beide uns helft. Und jetzt gehst du und läßt dir was zu essen geben!«

»Mach' ich. Übrigens, Asey, ist dir der Abzug aufgefalln? Ist mit 'm kleinen Stück Klebeband am Abzugsbügel festgemacht. Wofür?«

»Is' mir sofort aufgefalln, Syl. Der Bursche hat die Kanone gefächelt.«

»Aber warum hat er den Abzug festgebunden? Wär' doch nich' nötig gewesen. Er hätt' doch genausogut die Kanone in der rechten Hand halten können, und den Abzug hätt' er mit dem Finger festgehalten und mit der linken Hand gefächelt.«

»Wollt' wahrscheinlich nix riskiern. Hat den Abzug angeklebt, und dann konnt' er sich ganz aufs Schießen konzentriern.«

»Versteh'.« Und damit verließ uns Syl.

»Über was in aller Welt reden Sie denn da?« wollte ich wissen. »Was soll das heißen, fächeln? Wie kann man denn einen Revolver fächeln? Warum sollte man? Weil er sonst heißläuft?«

Mit einem Lächeln holte Asey die beiden verbliebenen Patronen aus der Trommel.

»Ich werd's Ihnen vorführn. Wenn man abdrückt und dann 'n Hahn zurückzieht, damit die Trommel sich drehen kann, dann dauert das seine Zeit. Aber wenn Sie 'n Abzug so hinten festgebunden ham, dann können Sie die Waffe in der rechten Hand halten und mit der Handfläche Ihrer linken Hand den Hahn zurückreißen oder zurückdrücken, bis die Trommel sich dreht. So. Dann lassen Sie den Hahn wieder zurückschnappen, sehn Sie?«

»Ich verstehe, worauf es hinausläuft. Man umgeht den Abzug und feuert direkt mit dem Hahn. Aber warum?«

»Jemand, der gut im Fächeln is', könnt' damit sechs Schüsse innen paar Sekunden abgeben. Hat mir Bernsdorf heute morgen noch gesagt, und ich – ähm – ich kenn' jemand, der das kann. Einmal hab' ich – na jedenfalls, damit hängt's auch zusammen, daß ich Sie vorhin nach dem Abstand zwischen den Schüssen letzte Nacht gefragt hab'. Stelln Sie sich vor, dieser Bursche hat mit seiner Kanone auf der Lauer gelegen, bis Gilpin kam. Gibt den ersten Schuß ab, hält die Kanone in der rechten Hand, schaun Sie hier, den Daumen überm Abzug, und feuert. Dann, nach dem Schuß, dauert's 'n Moment, bis er in der richtigen Stellung fürs Fächeln is', dann kommen die anderen Schüsse, ganz kurz hintereinander. Die Schüsse sind also eins, Pause, zwei – drei – vier zu hören.«

»Dann wäre die Frage der Tatzeit entschieden, oder? Die ersten Geräusche, die ich gehört habe, waren die Schüsse. Einige Minuten nach eins ist er erschossen worden.«

»Das wird wohl stimmen. Und jeder außer Hat Allen behauptet, er wär' nich' mehr draußen gewesen. Hm«, meinte er mit einem Blick auf die Patronen, »echt antike Stücke. Vermutlich verminderte Feuerkraft, wahrscheinlich schepperten die Schüsse deswegen so. Deswegen war's wohl auch nich' so laut.«

»Wie ist das mit Fingerabdrücken auf der Waffe?«

»Wenn wir überhaupt was finden, wird's 'n Pfotenabdruck von 'nem Stinktier sein. Außerdem is' sie schon ganz mit Salz von der Gischt überzogen. Glaub' nich', daß wir da viel finden. Kluger Täter hätte sowieso Handschuhe getragen.«

Jemand klopfte an die Tür, und Punch trat herein. Sein Gesicht war gerötet, und er machte den Eindruck, als ob ihm etwas sehr peinlich sei.

»Hören Sie, Asey, ich muß mich entschuldigen. Hier ist der Brief. Der Brief an Maynard Guild. Ich habe ihn in der Tasche meiner Jacke gefunden. Ich habe ein riesengroßes Loch in dieser Tasche, und dadurch ist der Brief ins Futter geraten. Es ging mir durch den Kopf, was wohl aus dem Brief geworden war, und da fiel mir dieses Loch ein.«

Asey nahm den Brief und las ihn.

»Scheint in Ordnung zu sein. Ham Sie's Dan schon gesagt?«

»Ja. Tobte vor Wut. Glaubt immer noch, daß es jemanden namens Maynard Guild gibt und daß alles in Butter wäre, wenn ich diesen Brief aufgegeben hätte.«

»Ham Sie den schon mal gesehn?« Asey deutete auf den Colt.

»Nein.« Punch musterte ihn interessiert. »So einen Colt habe ich nicht mehr gesehen, seit ich aus Wyoming fort bin. Mein Vater hat auf dieses Modell hier geschworen. Der gute alte ›Peacemaker‹. Hat ihn gefächelt, oder?«

»Genau. Wissen Sie, wie man das macht?«

»Mein Vater hat mir sämtliche Tricks beigebracht. Noch besser kann ich es mit dem Daumen statt mit dem Handballen. Ich konnte auch rückwärts über einen Spiegel schießen. Sämtliche Spezialitäten.«

»Aufrechter Bursche«, meinte Asey, als Punch wieder gegangen war. »Irgendwie denk' ich, ich hätt' unter diesen Umständen nich' so ohne weiteres zugegeben, daß ich 'n erstklassiger Schütze bin. Hätt' das Thema wohl mit dem behandelt, was Steve Crump 'n diskretes und unschuldiges Schweigen nennen würd'. Ich hab' sie ja aufgefordert, sie sollen ehrlich sein, aber man muß es mit der Ehrlichkeit nich' so übertreiben wie Punch. Merkt der Junge denn nich', daß er sich damit keinen Gefallen tut, wenn er sagt, er hätt' den Brief nich' aufgegeben? Am Ende is' Punch womöglich Maynard Guild höchstpersönlich.« Er wandte sich um, denn Syl betrat von neuem das Zimmer. »Was hast du nu schon wieder gefunden, Syl? Hab' ich dir nich' gesagt, du sollst erstmal was essen?«

»Hab' ich ja. Hab' 'n Schinkenbrot gegessen.« Syl sagte das mit einem dermaßen breiten Grinsen, daß er sich beinahe seitwärts drehen mußte, um durch die Tür zu kommen. »Und beim Essen ist mir 'n Gedanke gekommen. Meinst du, dieser Bursche hatte noch mehr Patronen dabei?«

»Glaubst du nich', daß sechs Kugeln reichen, um jemand umzubringen?«

»Schon, aber ich würde 'ne Reserve mitnehmen. Nun, wenn wir mal davon ausgehn, daß dieser Bursche noch mehr Patronen hatte, was würd' er wohl danach damit machen? Ich hab' mir gedacht, er wird sie genauso wegschmeißen wie die Kanone. Also –«

»Weiß schon«, meinte Asey grinsend. »Du hast überlegt, wo du hinfliegen würdest, wenn du 'ne Patrone wärst, dann gingst du hin, und schon hattest du sie.«

»Da kannst du lachen, soviel du willst; jedenfalls hab' ich sie hier.«

Aus der Tasche seines lehmverschmierten Rocks zog er eine kleine Pappschachtel hervor, die mit einem breiten Gummiband zusammengehalten war.

»14 Stück sind das«, berichtete Syl weiter. »Zwanzigerschachtel. Sechs Kugeln in seinem Revolver, vier steckten in Gilpin, zwei warn noch übrig, und hier is' der Rest. Einfache Rechnung. Aber das is' noch nich' alles.«

»Was gibt's denn noch, Syl?«

»Auf die Unterseite der Schachtel issen Name gestempelt.«

Asey drehte die Schachtel um. Er blickte verdutzt drein. Dann grinste er.

»Scheint«, sagte er, während er mir die Schachtel zur Begutachtung reichte, »als ob einer von Gilpins Liebespfeilen nach hinten losgegangen wär'.«

Auf der Schachtel stand in kleinen blauen Buchstaben der Name »Oscar P. Satterlee«. Darunter war zu lesen: »Eisenwaren, Farben, Lacke, Dinge des täglichen Bedarfs, Nashua, New Hampshire.«

»Satterlee! So hieß doch das Mädchen mit den schönen Händen! Von dem Punch uns erzählt hat. Oh Asey, ist das nicht wunderbar? Squire Satterlee, wie Punch ihn nannte, glaubte, Red habe seine Tochter Aristene kompromittiert, und ist mit dem Revolver auf ihn losgegangen. Das ist die Lösung, meinen Sie nicht auch?«

»Vielleicht, aber –«

»Und«, fuhr ich fort, »wahrscheinlich stammt auch der Brief von Vater Satterlee. Dan sagt, sie verteilen Handzettel und hängen Plakate auf, und daraus hätte er die Termine für ihre zukünftigen Auftritte ersehen können. Ach, paßt das wunderbar zusammen!« Asey lächelte. »Oder er hätte telefonische Nachrichten über die Truppe einholen und sich auf diese Weise aus der Ferne über ihre Aufenthaltsorte orientieren können. Das ist die Lösung, meinen Sie nicht auch?«

»'s wär' schon schön, wenn sich's so aufklärn würd'«, stimmte Asey mir zu. »Würd' sozusagen alle hier im Haus mit einem einzigen großen Guß reinwaschen. Nur daß es beinahe zu sauber wär'. Wenn Satterlee nämlich diesen Brief von Guild geschrieben und einen so komplizierten Plan ausgearbeitet hätt', um Gilpin umzubringen, warum hätt' er dann die Patronen mit seinem Namen drauf zurücklassen solln? Da hätt' er ja genausogut seine Visitenkarte mit Adresse und Telefonnummer dalassen können. Wo hast du die gefunden, Syl? Beim Revolver?«

»Kleines Stückchen unterhalb. Zwischen 'n paar Lorbeerbüschen. Mir war diese gelbliche Farbe von der Schachtel schon vorher aufgefalln, aber da hab' ich nich' drauf geachtet, weil ich ja nach der Waffe suchte.«

Asey öffnete die Schachtel. »Jawoll. Dieselben alten Patronen. Altmodisches Schwarzpulver. Hab' mich schon gefragt, wo man so was heutzutage noch bekommt. Syl, hast du dein Auto hier?

Ich fahr' in die Stadt und telefonier' mal 'n bißchen mit New Hampshire. Sie kommen mit, Mrs. Ballard. Frische Luft wird Ihnen guttun, und Sie sollten wirklich was für sich tun. Deswegen sind Sie ja schließlich hergekommen. Du kommst auch mit, Syl. Zuerst fahr' ich rüber nach Wellfleet und hol' meinen eigenen Wagen, und dann fährst du mit deinem zurück. Is' Kemp da draußen?«

»Jawoll.«

»Sag ihm, ich will ihn sprechen.« Asey half mir in den Mantel. »Da sind Sie ja, Ham. Wenn Sie 'n Blick in den Kombi und in den Lastwagen werfen können, ohne daß Sie deswegen groß Ärger bekommen, dann tun Sie das bitte. Schaun Sie, ob Sie irgendwelche Papiere finden können, die mit 'ner Büroklammer zusammengehalten sind. Spielt keine Rolle, was das für Papiere sind – auf die Klammer kommt's an.«

»Das kann ich jetzt gleich erledigen«, sagte Kemp. »Sie sind alle unten am Strand.«

»Eigentlich müssen Sie nicht Ihren Wagen holen«, meinte ich, als wir Syls Ford bestiegen.

»Ich weiß, Sie ham 'n hübschen Buick, aber ich fahr' lieber in meinem eigenen. Außerdem brauch' ich 'ne Waffe und 'n paar frische Hemden.«

An der ersten Kreuzung trafen wir auf zwei Motorradpolizisten am Straßenrand.

Asey hielt an. »Bald Ablösung hier?«

»Halb sechs.«

»Wenn ihr aufs Revier kommt, könnt ihr dann rausfinden, was gestern abend so los war? Ich brauch' 'ne Liste sämtlicher Festnahmen. Alles, was im Protokoll steht, und dazu alles Merkwürdige, was noch irgend jemand einfällt. Alle Nummern, die jemand aufgeschrieben hat, alle fremden Wagen, alle Geschwindigkeitsübertretungen. Unfälle, Blechschäden. Alles. Und ich will die Liste, so schnell es geht.«

»Warum wollten Sie eine solche Liste haben?« fragte ich, und ich kam mir vor wie der Stichwortgeber in einem Varieté-Sketch, der immer »Warum?« fragt.

»Wenn gestern abend tatsächlich jemand zu den Hendersons raufgefahren is', dann isses gut möglich, daß er's eilig hatte, wieder von da wegzukommen. Is' vielleicht vonnem Polizisten geschnappt oder verwarnt worden. Hat vielleicht 'n Unfall gehabt.

Womöglich is' jemand 'n Auto aus New Hampshire aufgefalln. Wenn irgendwas Ungewöhnliches vorgefalln wär', dann wär's doch hübsch, wenn man 'ne Verbindung finden könnt'. Nur 'n Versuch, aber man weiß ja nie, was man trifft. Ins Blaue geschossen. Dinge dieser Art, wie Punch sagen würde.«

»Da komme ich mir ganz dumm vor«, sagte ich. »Auf so eine Idee wäre ich niemals gekommen.«

»Weiß auch nich', wie ich drauf gekommen bin, außer daß ich grad über Zufälle nachgedacht hab'. Aber 's gibt schon 'ne Menge merkwürdiger Beziehungen in der Welt. Kommt einem immer komisch vor, aber das isses gar nich', wenn man mal richtig drüber nachdenkt. Mich wundert's, dasses nich' mehr seltsame Zufälle gibt statt weniger.«

»Wie meinen Sie das?«

»Ham Sie sich jemals, nur so zum Beispiel, überlegt, wie viele Leute Sie kennen? Und bei wie vielen sich rausstellte, daß sie mit anderen bekannt warn, die Sie auch kannten oder von denen Sie von noch jemand anderem gehört hatten? Sie kommen auf'n Schiff oder innen Zug, und Sie können Ihre Großmutter drauf wetten, Sie treffen jemand, den Sie kennen oder der über Soundso von Ihnen gehört hat oder womöglich übern Freund von Soundso. Und wenn Sie sich jetzt mal diese ganzen Verbindungen vorstellen, wie innem Spinnennetz – sich vorstellen, wie alle Leute, die Sie kennen, wieder andere Leute kennenlernen und so weiter und so fort und so fort und so weiter ohne Ende, dann kommt einem das doch gar nich' mehr so merkwürdig vor, das mit Satterlee und Red und dieser Patronenschachtel, die sich findet.«

»Halt, warten Sie, da bin ich nicht mitgekommen. Sie meinen, jeder Mensch hat so viele Verbindungen mit anderen, daß Zusammenhänge zwischen Ereignissen nicht nur denkbar, sondern wahrscheinlich werden? Natürlich erst, wenn und nachdem man die Verbindungen aufgespürt hat.«

»Ungefähr so. Überlegen Sie doch nur. Womöglich sind Sie mit Satterlee verwandt. Oder ich. Vielleicht is' er bei jemand im Nachbarstädtchen zu Besuch. Vielleicht is' er schon am Tag, nachdem die Allens aus Nashua aufbrachen, gestorben. Hat 'ne verdorbene Auster gegessen. Nein, das kann nich' sein, kein Monat mit ›R‹, oder? Na, womöglich erholt er sich von seiner Lungenentzündung und klärt 'n Mordfall auf. Verstehn Sie, was ich meine? Wenn man sich mal vor Augen führt, was alles möglich wäre, dann isses merkwürdiger, daß nich' mehr davon passiert, nich', dasses nich' weniger is'. Alles ist möglich. Wenn Sie an all die losen und rumliegenden Enden denken, die miteinander verknüpft werden könnten, dann wundert man sich eher, dasses die Verbindungen nich' tatsächlich gibt. Ich denke, das sind die verwickelten Überlegungen, die mich auf die Idee gebracht ham, den Polizisten diesen Auftrag zu geben.«

Mehr und mehr ging mir auf, wie zutreffend die Bemerkung war, die Prudence Whitsby einmal über Asey gemacht hatte:

»Vic, die Phantasie dieses Mannes ist zusammengesetzt aus der des Barons Münchhausen, der des Ananias und der der Scheherazade. Und das Komische daran ist, daß er durch und durch logisch denkt. Irgendwo hat er auch noch etwas von Euklid.«

In Wellfleet holte Asey sich seine Waffe und packte einige Sachen in einen Koffer, und dann ließ er mich in einen langgestreckten, sechzehnzylindrigen Roadster umsteigen, der mir beinahe den Atem verschlug. Ganz nebenbei erklärte er mir, daß der Wagen ein Geschenk von Bill Porter sei.

»Wußten nich', was sie bei Porter in der Fabrik damit machen sollten. Bill nennt ihn das Ungeheuer. Hab' mich früher selbst in der Fabrik da rumgetrieben, und ich hab' was übrig fürn ordentlichen Motor. Letzten Monat hab' ich diesen Burschen hier auseinandergenommen und wieder zusammengesetzt, nur daß ich nich' aus der Übung komm'. Bill lacht mich aus, weil ich nich' weiß, wie die einzelnen Teile heißen und sie Dideldu und Dummeldei nenne, aber verlassen Sie sich drauf, der läuft jetzt besser wie je zuvor!«

Wir rauschten wieder Richtung Weesit, und Syl holperte allein zurück. Am Rande der Stadt hielten wir an einem kleinen Cape-Cod-Haus, das entgegen allen Regeln gelb gestrichen war und schwarze Fensterläden hatte.

Vor dem Haus jätete Toby Nickerson lustlos Unkraut in einem Blumenbeet. Es schien ihn nicht gerade zu betrüben, diese Arbeit unterbrechen zu müssen, als Asey ihn rief. Asey begrüßte er in aller Herzlichkeit, aber den Blick, den er mir zuwarf, konnte man wohl nur mißtrauisch nennen. Ob es das Auto war oder der Umstand, daß ich Asey begleitete, oder ob er tatsächlich mit Rose angebandelt hatte, wollte ich nicht entscheiden.

»Tobe, bist du letzte Nacht mit Mrs. Ballards Dienstmädchen ausgegangen?«

»Nich', daß ich nich' den halben Tag lang versucht hätt', mich mit ihr zu verabreden«, meinte Toby grinsend.

»Aber es hat nich' geklappt?«

»Aber es hat nich' geklappt.«

»Is' irgend jemand sonst mit ihr ausgewesen?«

»Nich', daß ich wüßt'. Ich nehm' an, wenn's mir nich' gelungen is', dann ham die andren auch kein Glück gehabt.«

Asey nickte. »Na gut. Hm«, murmelte er, als wir wieder im Wagen saßen, »das überrascht mich irgendwie. Hätt' geschworn, daß sie mit Toby aus war, und ich weiß, daß er mich nich' belügen würd'. Hat ja auch keinen Grund dazu, wo er noch nix von Gilpin weiß. Na, mal hören, was Lonny Bangs sagt.«

Mr. Bangs wollte eben Feierabend machen, als wir in seinem Büro anlangten.

»Ah, wen haben wir denn da – Mrs. Ballard! Wie geht's, wie steht's?«

Diese gutgelaunte Begrüßung schockierte mich, doch dann fiel mir ein, daß Mr. Bangs ja ebensowenig wie Toby wußte, was im Hause der Hendersons vorgefallen war.

»Wunderbar«, krächzte ich, »wunderbar!«

»Mrs. Ballard möchte gern von Ihnen wissen«, hob Asey an, »ob Sie jemals von jemand namens Maynard Guild gehört ham, der hier oder in Wellfleet 'n Haus gesucht hat. Issen Freund von ihr, und sie dacht', er hätt' auch hierher kommen wolln –«

»Nie von ihm gehört, weder hier noch in Wellfleet. Ich hätte da noch ein paar sehr gute Häuser anzubieten, Mrs. Ballard –«

»Und noch was«, unterbrach ihn Asey, »ham Sie das Haus von den Hendersons vielen Leuten gezeigt, bevor Sie's Mrs. Ballard vermietet ham?«

»Warum?« Mr. Bangs war ein waschechter Neuengländer. Auf jede Frage hatte er eine Gegenfrage.

»Heute nachmittag is' 'ne Frau dagewesen«, flunkerte Asey mühelos, »und sagte, sie hätt' sich's zeigen lassen und hätt's mieten wollen. War furchtbar wütend, daß da schon Leute drin warn.«

»Sie hat gelogen«, antwortete Mr. Bangs ärgerlich. »Ich habe das Haus keiner Menschenseele gezeigt. Die Hendersons hatten mich ja erst an jenem Tag telegrafisch angewiesen, es zu vermieten, als ich auch den Brief bekam, in dem Mrs. Ballards Sohn mir auftrug, ein Haus für ihn zu suchen.«

»Wir ham uns schon gedacht, daß sie nur mal 'n Blick reinwerfen wollt'«, brachte Asey das Thema gekonnt zum Abschluß. »Danke, Lon. Wir sehn uns noch.«

»Wie kommt's eigentlich, daß Sie Mrs. Ballard begleiten?« fragte Bangs. »Stellen hier einfach Fragen –«

»Diene als Aushilfschauffeur. Miss Dunham fühlt sich nich' wohl. Man hat's Syl gesagt, und er hat's mir gesagt, und ich hab' mich zur Aushilfe angeboten.« Asey ließ den Wagen an. »Bis dann.«

»Meinen Sie, daß er das geglaubt hat?« fragte ich, als wir uns in einiger Entfernung von Bangs befanden.

»Keine Ahnung, Mrs. Ballard. Keine Ahnung. Ich hoff's. Wenn ich ihm die Wahrheit gesagt hätt', hätt's das ganze Cape in zehn Minuten gewußt. Klatschtanten sind ja nich' alles Frauen – he! Vorsicht!«

Ich habe niemals erfahren, ob das als Warnung an mich gemeint war oder ob es der Limousine galt, die rechts aus einer Seitenstraße geschossen kam. Doch ich klammerte mich an der Seite des Roadsters fest und schrie auf, als der Wagen mit einem gewaltigen Krachen mit uns zusammenstieß.

»Alles in Ordnung? Gut.«

Asey sprang hinaus, und ich rutschte auf die Fahrerseite und folgte ihm, so schnell ich konnte. Mit Ausnahme des vorderen rechten Kotflügels, der in Falten gelegt war wie eines der Spitzenhäubchen, die Rose trug, hatte der Roadster offenbar keinen Schaden genommen. Die schwarze Limousine hingegen war in einem beklagenswerten Zustand. Das linke Trittbrett, das unter unsere Stoßstange geraten war, war halb abgerissen. Der hintere Kotflügel war ganz eingedrückt, und das Rad schwankte wie betrunken. Die beiden Insassen der Limousine, ein stämmiger, apoplektischer Herr und ein hoch aufgeschossenes Mädchen, langten am Ort des Zusammenpralls zur gleichen Zeit an wie ich.

»Ich hatte Vorfahrt«, schnauzte der Apoplektiker Asey streitsüchtig an, »ich kam von rechts!«

»Ja«, entgegnete Asey verächtlich, »allerdings! Fährt mit 70 Stundenkilometern – unterbrechen Sie mich nich' – aus 'ner verdeckten Einmündung raus! Raus auf die Hauptstraße, ohne auf die Bremse zu treten! Ruhe! Wo 'n Blinklicht und drei Schilder einen drauf hinweisen, daß es 'ne gefährliche Kreuzung is'. Wenn ich – halten Sie 'n Mund! Wenn ich nich' im Schneckentempo gefahren wär', mit 'm Fuß auf der Bremse, weil ich die Stelle kenn', dann könnten Sie jetzt die Englein singen hörn, Mister.« Asey brüllte das in einem Ton, wie er wohl auf dem Achterdeck herrschen muß. »Halten Sie 'n Mund. *Ich* rede hier. Fremd hier, was, und da denken Sie, Sie können drauflos fahrn, wie's Ihnen paßt. Pah!«

Der stämmige Mann, nun vollkommen besiegt, war mäuschenstill, während Asey zum Hinterende des Wagens marschierte. Der Mann tat mir leid. Wenn Asey mich dermaßen angebrüllt hätte, dann hätte ich auf Knien um Gnade gefleht.

»Gibt's denn keine Verkehrsregeln, da, wo Sie herkommen?« legte Asey von neuem los. Er besah sich das Nummernschild. »New Hampshire, was? Wie heißen Sie, Mister?«

»Satterlee«, antwortete dieser kleinlaut. »Oscar P. Satterlee.«

Asey warf mir einen verdutzten, ganz und gar fassungslosen Blick zu. Ich sah, wie ihm die Kinnlade herabfiel, bis es nicht mehr tiefer ging. Die Worte blieben mir im Hals stecken. Ich hatte sie fertig formuliert, und sie warteten nur darauf, ausgesprochen zu werden, aber ich brachte keinen Ton hervor.

»Doch nicht etwa Oscar P. Satterlee«, fragte Asey, »Eisenwaren, Farben, Lacke, Dinge des täglichen Bedarfs? Aus Nashua? Squire Satterlee?«

»Ja, das ist mein Spitzname, Squire Satterlee. Aber woher wußten Sie das?«

Asey wandte sich an mich.

»Als ich vorhin da von komischen Zufällen schwadroniert hab'«, verkündete er mit einem schwachen Grinsen, »da hatt' ich keine Ahnung, wie schnell uns so 'n Zufall zustoßen würd'. Das Zeitalter der Wunder is' noch nich' vorbei, was? Satterlee. Satterlee! Heiliger Strohsack!«

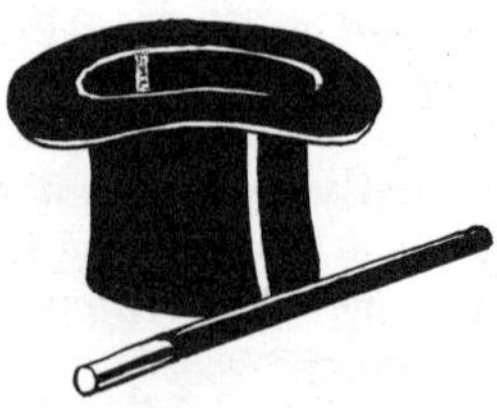

Kapitel 6

»Woher wußten Sie, wer ich bin?« fragte Satterlee.

»Ruhm verbreitet sich schnell«, antwortete Asey. »In diesem Falle is' er Ihnen sogar vorangeeilt. Is das Ihre Tochter da?«

»Ja.« Satterlee war verdutzt, und man sah es ihm an. »Das ist meine Tochter Aristene. Aber was soll das alles überhaupt? Ich habe nicht vor, hier den ganzen Tag zu verbringen und Ihnen persönliche Fragen zu beantworten. Was ich wissen will, ist, wer meinen Schaden bezahlt. Wie komme ich nun nach Orleans?«

»Den Schaden wird Ihnen wohl Ihre Versicherung bezahln müssen. Ich tu's jedenfalls nich'. Am Ende werden Sie wohl auch nach Orleans kommen. Was wolln Sie denn in Orleans? Wohnen Sie da?«

»Allerdings. Ich bin bei meinem Vetter Nate Hopkins zu Besuch, wenn Sie es wirklich wissen wollen.«

Asey wandte sich um.

»Nate«, raunte er mir zu, »is' mein Cousin dritten Grades. Finden Sie das nich' zum Schreien? Is' das zu glauben?«

Ich stimmte ihm zu, daß es nicht zu glauben sei.

»Wie lange sind Sie schon auf'm Cape, Mr. Satterlee?«

»Seit Montag abend«, antwortete der Squire grimmig. »Wir kamen von Nashua und machten Rast in Boston, und von dort kamen wir hierher. Wir trafen um Punkt sieben Uhr abends ein.«

»Grad noch rechtzeitig, um Amos und Andy im Radio zu hörn«, meinte Asey heiter. »Tja ja –«

»Ihr Wagen läuft doch noch«, unterbrach Satterlee ihn. »Können Sie nicht eine Werkstatt verständigen?«

»Im Augenblick noch nich'. Mir is' mehr danach, Ihnen Fragen zu stelln. Und 'n Polizist müßt' hier sowieso jeden Moment vorbeikommen.«

»Ich will nicht, daß die Polizei da mit hineingezogen wird«, wandte Satterlee beschwörend ein. »Ich bitte Sie lediglich, mir einen Automechaniker zu besorgen, der den Wagen in Ordnung bringt, so daß ich weiterfahren kann. Sie haben meinen Namen und meine Nummer. Was wollen Sie denn noch von mir?«

»Möcht' mir's gemütlich machen« – Asey hockte sich auf die Stoßstange seines Roadsters – »und Sie 'n paar Sachen fragen. Da gibt's vieles, was ich noch über Sie und über Ihre Tochter wissen möcht' –«

»Ist dieser Mann wahnsinnig?« wandte Satterlee sich an mich. »Was ist denn los mit ihm?«

»Gar nix. Oho!«

Einer der Polizisten, die wir zuvor beim Haus gesehen hatten, näherte sich auf dem Motorrad und hielt an.

»Was ist hier vorgefallen?« fragte er streng. Als er Asey sah, änderte sich sein Tonfall. »Hat der Bursche Sie angefahren?«

»Ich hatte Vorfahrt«, beteuerte Squire Satterlee schwach.

Der Beamte kümmerte sich gar nicht um ihn.

»Was war los?«

»Nur 'n kleiner Zusammenstoß«, erklärte Asey. »Aber er hat ziemlich was abgekriegt. Wenn Sie in die Stadt kommen, sagen Sie Randall, er soll mit 'm Abschleppwagen rauskommen, aber pronto. Machen Sie das?«

»Sicher.« Der Polizist kritzelte etwas in sein Notizbuch. »Was ist mit den Leuten hier?«

»Die kommen mit uns«, bestimmte Asey. »Ich nehm' sie mit zum Henderson-Haus. Brauch' sie für meine Ermittlungen.«

»Wachtmeister!« Satterlee zupfte den Beamten am Ärmel. »Wachtmeister, wer ist dieser Mann? Bisher hat er mir nichts als Fragen gestellt, und nun verkündet er, er wolle mich mit nach Hause nehmen! Ich glaube, er ist übergeschnappt! Jawohl, Sir, ich glaube, der Mann ist ein gefährlicher Irrer!«

»Wenn er Ihnen Fragen stellen will«, entgegnete der Beamte, »dann rate ich Ihnen, beantworten Sie sie. Er ist derzeit mein Boß.«

»Boß?«

»Allerdings«, bestätigte Asey, »auch wenn ich nich' so ausseh'. Nu machen Sie sich mal auf'n Weg, Carey, sagen Sie Randall Bescheid, und vergessen Sie nich' die Liste, die ich haben wollt'.«

»Sie sehen aber nicht wie ein Polizist aus.« Zum ersten Mal meldete Aristene sich zu Wort.

Asey zwinkerte ihr zu. »Ich weiß, aber ich bin trotzdem einer. Also, Leute, ich heiße Asey Mayo. Tut mir leid, wenn ich 'n bißchen ruppig gewesen bin, aber euch zwei hier so zu treffen hat mir sozusagen die Sinne verwirrt. 's is' 'ne Freude, aber irgendwie unerwartet, sagte der Verhungernde, als jemand die Suppe über ihn ausgoß. Ich bin auch 'ne Art Vetter von Nate, will sagen, wir beide sind so was wie Vettern. Gerade eben beschäftige ich mich mit 'ner Sache, wo Sie mir vielleicht bei helfen können. Schon mal von jemand namens Gilpin gehört?«

Aristene wurde puterrot, und ihren Vater schien wiederum der Schlag zu treffen.

»Das kann man wohl sagen, daß ich von diesem Herumtreiber gehört habe! Das kann man wohl sagen! Beim Zeus!« Ihm fehlten die Worte.

Ich dachte, so müßig das war, an all diejenigen aus meiner Bekanntschaft, die »Beim Zeus!« riefen, wenn sie wütend wurden. Ausnahmslos waren es stämmige, rotgesichtige Männer, die eindrucksvoll wirken wollten.

»Mögen diesen Gilpin wohl nich' besonders?« meinte Asey.

»Das kann man wohl sagen! Pah!« Satterlee schnaubte. »Habe ich das recht verstanden, daß Sie bei der Polizei sind? Hat Gilpin irgend etwas angestellt?«

»Ähm – das eigentlich nicht. Eher hat jemand was mit ihm angestellt. Aber er hat mit diesem Fall zu tun, an dem ich arbeite.«

»Lassen Sie sich gesagt sein«, sagte der Squire nachdrücklich, »was immer jemand mit ihm angestellt hat – er hat es verdient! Ich sage Ihnen, er –«

»Vater, bitte!«

»Versuche nicht, mich zu unterbrechen, Teen. Ich sage, was ich sagen will. Du kannst den Herrn in Schutz nehmen, so lange du willst. Du kannst ihn meinetwegen für einen Engel mit Heiligenschein halten, wenn dir danach zumute ist, aber ich sage, was ich von ihm denke. Ich sage, die Peitsche ist noch zu gut für ihn. Ihn aufzuhängen ist noch zu gut. Es würde mich gar nicht wundern, wenn jemand eines schönen Tages diesen Kerl umbrächte. Am liebsten täte ich es selbst.«

»Scheint, daß andre auch schon auf die Idee gekommen sind«, meinte Asey ironisch. »Hören Sie, Mr. Satterlee, würden Sie mir in puncto Gilpin behilflich sein? Würden Sie mit mir nach Weesit zurückkommen und mir alles erzähln, was Sie über ihn wissen? Da kommt Randall mit 'm Abschleppwagen. Ich sorge dafür, daß Sie mit Nate sprechen können, und er wird sich für mich verbürgen, und hinterher werd' ich Sie wohlbehalten wieder bei ihm abliefern.«

»Mr. Mayo, wenn ich Ihnen behilflich sein kann, dem Mann etwas anzuhängen, dann wird es mir ein Vergnügen sein. Du hältst den Mund, Teen. Ich bin dein Vater. Ich muß zugeben, anfangs hatte ich keine gute Meinung von Ihnen, Mr. Mayo, aber Sie hätten mir früher sagen sollen, weshalb Sie mich suchten und warum Sie mir diese Fragen stellten. Sind mir doch nicht mehr böse wegen dem kleinen Zusammenstoß, oder? Gut. Übrigens, woher wußten Sie, wer ich war? Woher kannten Sie meinen Namen?«

Asey zögerte den Bruchteil einer Sekunde lang.

»Im einzelnen is' der Fall sehr kompliziert«, sagte er nachdenklich.

Da wußte ich, daß er vorhatte, den Satterlees so lange wie irgend möglich zu verheimlichen, daß Red ermordet worden war. Das schien mir vernünftig. Der Squire ließ sich ja offensichtlich leicht beeindrucken, und er würde zweifellos mehr über Red ausplaudern, ganz zu schweigen von sich selbst und Aristene erzählen, solange er nicht wußte, was vorgefallen war.

»Sehr kompliziert«, fuhr er fort. »Ich hab' Ihren Namen mehr oder weniger durch Zufall bekommen; jemand hat angedeutet, daß Sie Gilpin kennen. Ich war gerade unterwegs, um Sie anzurufen, als wir uns trafen. Das war's, weswegen ich so verdattert war.«

»Tatsächlich? Na, die Welt ist klein, nicht wahr? Sieht wie eine göttliche Fügung aus«, fügte er fromm hinzu. »Er wird unsere Schritte lenken, wenn es gilt, der Gerechtigkeit zum Sieg zu verhelfen.«

Satterlee schien vollauf zufrieden mit Aseys Erklärung, aber seine Tochter blickte, wie mir auffiel, mißtrauisch drein. Sie entsprach übrigens ganz der Beschreibung, die Punch von ihr gegeben hatte. Sie war schlaksig und sehnig und wie aus Einzelteilen zusammengesetzt. Ich ertappte mich dabei, wie ich mir wünschte, sie möge ihre Handschuhe ausziehen. Ich wollte die Hände sehen, die Red Gilpin so sehr fasziniert hatten.

Asey beriet sich mit dem Mechaniker, der nach einer sorgfältigen Untersuchung und einigem Hin- und Herüberlegen zu dem Schluß kam, daß er bis zehn Uhr abends den Wagen der Satterlees wieder so weit instandgesetzt hätte, »daß Sie damit fahren können«. Gerade als Asey den Notsitz seines »Ungeheuers« aufklappte, hörten wir ein mächtiges Scheppern hinter uns. Es war Syl in seinem Ford.

»Gott sei Dank«, murmelte Asey vor sich hin, »ich dacht' schon, er wär' tot oder so was!«

»Haben Sie gewartet, daß er kommt?«

»Sicher, Mrs. Ballard. Er muß vorfahrn und dafür sorgen, daß im Haus keine Spur von unserm Besuch zu sehn ist. Ich will diese Theaterleute von der Bildfläche verschwinden lassen, bis ich so viel wie möglich aus diesen beiden rausbekommen hab'. Und kein Sterbenswörtchen drüber, was mit Gilpin passiert is'!«

»Sie führen ja richtig Regie«, flüsterte ich, als Syl eben ausstieg.

»Oh, ich hab' immer was fürs Regieführn übrig gehabt. Denk' mir oft, wenn ich an Deck gewesen wär', wie Gott sein kleines Drama hier inszeniert hat, hätt' ich ihm 'ne Menge guter Tips geben können.«

Er ging hinüber zu Syl und wechselte einige Worte mit ihm. Syl nickte, bestieg den Wagen und fuhr dann mit einer Geschwindigkeit davon, die zumindest ich diesem Vehikel niemals zugetraut hätte.

»Aber wir werden vor ihm zu Hause eintreffen«, wandte ich ein.

»Das würden wir, wenn wir 'n direkten Weg nehmen und uns eilen würden. Nur nehmen wir 'n langen Weg, und er nimmt 'n kurzen, und er wird vor uns in Weesit ankommen.«

Er zwängte die Satterlees auf den Notsitz, und auf ging's.

»Wir werden uns ordentlich Zeit lassen«, rief er zu ihnen nach hinten; »ich will nix riskiern. Vielleicht hat der Wagen doch was abbekommen. Randall hat zwar gesagt, 's wär' in Ordnung, aber ich seh' mich lieber vor, wo's jetzt auch noch dunkel ist.«

Aus den knapp fünf Kilometern bis zum Haus wurden durch Aseys Umwege sage und schreibe gut dreizehn. Unterwegs hielten wir, damit Satterlee seinen Vetter anrufen konnte, und dann krochen wir im Schneckentempo von einer Nebenstraße zur anderen. Die Satterlees schienen keinerlei Verdacht zu schöpfen. Ihre Gesichter, die ich im Rückspiegel sehen konnte, machten einen ganz entspannten Eindruck. Ich nehme an, Nate Hopkins' Versicherung, daß man Asey trauen könne, hatte alles Mißtrauen, das sie noch gehabt hatten, zerstreut.

Als wir die Straße zum Haus hinauffuhren, fand ich zu meiner Überraschung keine Spur mehr von Lastwagen und Kombi. Nirgends in der zunehmenden Abenddämmerung waren sie zu erblicken.

»Aus'm Weg geschafft«, flüsterte Asey mir zu, als er in die Garage fuhr. »'n Stück die Straße hoch. Ich weiß nich', wo Syl die Leute untergebracht hat, aber er hat seine Arbeit gut gemacht, finden Sie nich'?«

Das hatte er allerdings. Außer Judy und Rose war niemand im Haus zu erblicken.

»Was geht hier vor?« fragte Judy flüsternd, als sie mir aus dem Mantel half.

»Ermittlungen, Verdächtige«, klärte ich sie auf. »Kein Wort über das, was vorgefallen ist.«

Sie nickte verblüfft. Asey sorgte dafür, daß die Satterlees es sich bequem machten, bot ihnen ein gemütliches Plätzchen vor dem Feuer an und betrachtete einen Moment lang den für drei gedeckten Abendessenstisch.

»Ich werd' Rose Bescheid sagen, daß sie noch zwei Teller bringt«, sagte er.

»Oh«, hob Satterlee an, »wir wollen Ihnen keinesfalls die Mühe machen –«

»Nich' der Rede wert«, sagte er gastfreundlich und verschwand in der Küche. Umgehend erschien Rose und legte zwei weitere Gedecke auf. Sie war weitaus besser gelaunt, als ich erwartet hatte.

Als Asey nicht zurückkehrte, hielt ich es nicht mehr aus vor Neugierde und begab mich ebenfalls in die Küche.

Asey unterhielt sich angeregt mit Syl und Kemp und einer Frau, die ich bisher noch nicht gesehen hatte, von der ich aber annahm, daß sie Syls Gattin war. Jennie Mayo erwies sich als eine ein Meter achtzig große Amazone, die ihren Ehemann um anderthalb Kopf überragte.

»Mrs. Ballard, ich hab' ein ganz komisches Gefühl, hier bei Ihnen in Ihrer Küche zu sein, wo ich Sie doch sozusagen überhaupt nich' kenn', nich' wahr? Aber ich bin wirklich froh, daß Asey Verstand genug hatte, nach mir zu schicken. Wenn man sich das vorstellt, was Ihnen da alles passiert is', und dazu noch, wo Sie gerade erst krank warn!« Sie schnalzte mit der Zunge. »'n Jammer is' das, das kann man wohl sagen, und das, wo doch alle hier so nette Leute sind, wie man's sich nur wünschen kann. Diese beiden Frauen vom Theater, die ham uns geholfen, Pasteten zu machen, und wie geschickt die in der Küche warn! Stimmt's nich', Rose? Sagen, schon seit Monaten hätten sie sich danach gesehnt, mal wieder inner richtigen Küche zu arbeiten. Stelln Sie sich das nur mal vor, jede Mahlzeit auf'm Spirituskocher oder überm Lagerfeuer kochen! Das is' schon 'n Jammer, wirklich 'n Jammer!«

»Es ist ganz reizend von Ihnen, daß Sie uns helfen«, sagte ich. »Und wo haben Sie die anderen versteckt?«

»Anfangs wußten wir nich' recht, was wir mit ihnen machen sollten. Schließlich ham wir sie dann oben in Miss Judys Schlafzimmer gesteckt und ihnen das Abendessen mitgegeben, da können sie dann da oben essen und so lang bleiben, wie's nötig is'.«

»Parker war hier und is' wieder weg«, wandte Asey sich an mich. »Kommt später nochmal vorbei. Bernsdorf kommt auch nochmal mit; Kemp hat ihm erzählt, daß wir die Waffe gefunden ham. So, und jetzt bezirzen wir die Satterlees.«

»Worauf haben Sie's denn abgesehen?«

»Eigentlich fische ich nach Kabeljau«, antwortete Asey, »aber ich würd' auch nich' die Nase rümpfen, wenn ich 'ne Flunder finge.«

Wir verspeisten unser Abendessen in aller Ruhe, und Asey verwöhnte seine Gäste mit Anekdoten vom Cape Cod. Ich fragte mich, wie die vier Gefangenen im oberen Stockwerk wohl die Lachsalven aufnahmen, die zu ihnen hinaufdrangen. Die meiste Zeit beobachtete ich Aristene Satterlees Hände.

Es waren wirklich wunderschöne Hände. Sehr weiß, sehr lange, schmale Finger, extrem spitz zulaufend. Hände, wie fast jede Frau sie sich wünscht, ging mir durch den Kopf, und die es nur selten gibt – außer in der Phantasie von Zeichnern für Nagellackanzeigen.

Nach dem Essen versah Asey Mr. Satterlee mit einer dicken schwarzen Zigarre, setzte ihn in den größten, weichsten Sessel, den das Haus Henderson zu bieten hatte, und begann.

»Was war denn nu mit diesem Gilpin?« fragte er, als wäre noch zwei Sekunden zuvor von ihm die Rede gewesen. »Letzten Monat war er in New Hampshire, oder? So um den ersten Mai herum?«

»Vom ersten bis zum vierten«, antwortete Satterlee prompt. »Nun, Mr. Mayo, ich schlage vor, daß ich einfach erzähle, was ich über diesen Strauchdieb zu sagen habe. Wenn Teen noch etwas hinzufügen will, kann sie das anschließend tun, aber laß dir gesagt sein, Teen, ich wünsche keine Unterbrechungen. Also, es war so.«

Er lehnte sich in seinem Sessel zurück und streckte die Beine zum Feuer.

»Am ersten Mai lud ein Freund von mir Teen und mich zu einer Show in den Club ein, den er führt. Und dort trat jene Theatertruppe auf. Stämmiger Bursche mit Augenbrauen, der recht gut sang; eine Blondine, die tanzte und sentimentale Lieder zum besten gab; ein Mädchen, das so eine Art Monologe vortrug. Die war gut, dieses Mädchen. Dann kam ein Puppentheater. Und danach dieser Zauberer. Beim Zeus, der konnte sich ebenfalls sehen lassen. Ich habe sie alle gesehen, Thurston, Blackstone und die übrigen, und er hatte vielleicht nicht ganz ihr Format, aber gut war er doch. Ich werde niemals Harold Anselms Gesicht vergessen, als er ihm ein Kaninchen aus der Westentasche zog! Na, und das war dann auch schon das Ende der Show.

Ich ging früh nach Hause, und Teen durfte noch bei der Tanzveranstaltung bleiben, die anschließend stattfand. Um drei Uhr morgens kam sie nach Hause. Sie sagte, sie habe diesen Zauberer kennengelernt, und er habe sie nach Hause gebracht. Nun, am nächsten Tag und am übernächsten und am drittnächsten war es dasselbe, jedes Mal war es fast sechs Uhr in der Früh, da hätte man denken können, dieser rothaarige Zauberer gehöre zur Einrichtung unseres Hauses, das heißt, wenn er nicht gerade einen seiner Auftritte hatte oder mit Teen ausging. Schien völlig hingerissen von ihr, und sie fand ihn wunderbar.«

»Das tue ich noch immer, Vater. Ich finde –«

»Ich habe dir doch gesagt, du sollst mich nicht unterbrechen. Etwa am dritten Tag dachte ich mir, daß ich etwas mehr über den Herrn erfahren sollte. Er sah gut aus, war immer freundlich, auf den ersten Blick schien alles in Ordnung mit ihm zu sein. Aber bei diesen unsteten Theaterleuten, da weiß man nie, woran man ist, und das habe ich Teen auch gesagt. Ich bat ihn, etwas von sich zu erzählen, aber irgendwie hat er sich darum gedrückt. Ich erkundigte mich, so gut ich konnte, nach seinen Absichten. Sie wissen, was ich meine – von Mann zu Mann und so weiter. Er hat einfach nur gelacht. Lachte mir mitten ins Gesicht, stellen Sie sich das vor! Und ich kann Ihnen sagen, ich war ganz schön wütend!«

»Das glaub' ich gern«, meinte Asey.

Aristene warf ihm einen durchdringenden Blick zu.

»Ich habe ihm ordentlich die Meinung gesagt«, fuhr Satterlee fort. »Ich habe ihm gesagt, was ich von einem Mann halte, der mit der Zuneigung eines jungen Mädchens spielt und dann dem Vater ins Gesicht lacht, wenn der nach seinen Absichten fragt. Aber Gilpin lachte nur weiter und erklärte mir, daß ich da wohl einem Irrtum erlegen sei.

›Nein, beim Zeus‹, sagte ich, ›ich habe mich ganz und gar nicht geirrt. Ich weiß, was Sie für einer sind!‹

›Hören Sie‹, antwortet er, ›ich bin nicht verliebt in Ihre Tochter. Ich habe das niemals gesagt.‹

›Warum stecken Sie dann die ganze Zeit mit ihr zusammen?‹«

Satterlee sog an seiner Zigarre. »Genau das habe ich ihn gefragt. Warum hatte er denn dann die ganze Zeit mit ihr zusammengehockt? Was hatte er sich denn dabei gedacht? Nun, Sir, als er sah, daß es mir ernst war, da vergingen ihm die Faxen, das kann ich Ihnen sagen. Entschuldigte sich und sagte, er wolle sich nicht mehr mit Teen treffen. Sagte, er könne sich auch nicht erklären, warum er so oft mit Teen zusammengewesen und mit ihr ausgegangen sei.«

Ich sah ein, daß Red nur wenig bei Squire Satterlee bewirkt hätte – oder ihn noch weiter in Wut gebracht hätte, je nachdem, wie man die Sache sah –, wenn er von Aristenes schönen Händen gesprochen hätte.

»Nun, Sir« – Satterlee streifte die Asche von der Zigarre ab –, »ich habe ihm noch einmal ordentlich meine Meinung gesagt, und dann verabschiedete er sich. Aber Teen traf ihn noch im Flur und erinnerte ihn an ihre Verabredung zum Abendessen. Und können Sie sich vorstellen, was da geschah? Dieser rothaarige Windhund hat sie im Restaurant Knall auf Fall verlassen. Das wäre halb so schlimm gewesen, wenn nicht eine Reihe von Leuten dort gewesen wäre, die Teen kannten. Nun, schon das war schlimm genug für sie, aber schon bald machten Geschichten über sie und diesen Gilpin die Runde. Es gab einen anderen Jungen in Nashua, der an Teen Gefallen gefunden hatte, aber seit diese Geschichten kursieren, hat er sich kein einziges Mal mehr blicken lassen. Kurz, Gilpin hat meine Tochter zum Gespött der Leute gemacht und einen guten Heiratskandidaten vertrieben. Ein solcher Kerl war dieser Zauberer, Mr. Mayo.«

»Verstehe«, sagte Asey nachdenklich. »Verstehe. Hm.«

Aristene sagte nichts. Sie saß da, die Hände im Schoß gefaltet, und betrachtete das Muster des Teppichs.

»Wolln Sie noch was hinzufügen zu dem, was Ihr Vater gesagt hat?«

»Nur dies eine, Mr. Mayo. Vater hatte sich den dummen Gedanken in den Kopf gesetzt, und er glaubt es noch immer, daß Red« – sie sagte das mit einem Lächeln –, »nun, daß Red unehrenhafte Absichten hatte. Etwas in dieser Art wollte er wohl sagen. Aber das stimmt nicht. Red gefiel mir. Er gefällt mir noch immer. Ich finde, er ist der sympathischste Mann, der mir jemals begegnet ist. Das Finale war natürlich nicht so toll. Und das, was dann hinterher über mich verbreitet wurde. War eben Pech, daß so viele, die ich kannte, zusahen, wie er mich sitzenließ. Aber eigentlich bedaure ich nichts.«

»Durch und durch schamlos«, schnaubte der Vater.

»Jetzt bin ich an der Reihe, Vater. Du hast deinen Auftritt gehabt. Ich weiß nicht, warum Red so oft mit mir ausgegangen ist. Es waren viele gutaussehende Frauen da, die sich darum gerissen hätten, mit ihm auszugehen. Ich weiß nicht, warum er mich an jenem Abend verlassen hat. Irgendwie habe ich das Gefühl, daß es nicht an dem lag, was Vater gesagt hat. Das hat Red nicht ernstgenommen. Das würde überhaupt nicht zu ihm passen. Und das ist alles. Mehr gibt es da nicht zu erzählen.«

Sie versuchte, das lässig klingen zu lassen, aber ich spürte, daß sie noch immer weit davon entfernt war, den Vorfall mit Humor zu nehmen. Ich begann allmählich, die dunkle Seite von Reds Affären zu sehen, die Seite, die Punch nie kennengelernt hatte und die er sich nicht einmal im Traum vorstellen konnte. Wie viele andere Mädchen mochten wie Aristene Feuer und Flamme für ihn gewesen sein, und dann hatte er sie mitten im Abendessen sitzenlassen oder sich einer anderen gutaussehenden Frau zugewandt, einer mit schönen Augen oder schönem Haar? Und Red, das konnte ich schon nach den wenigen Minuten sagen, die ich ihn gekannt hatte, hätte niemals verstanden, welche Schmerzen er ihnen zufügte. Und er wäre niemals auf die Idee gekommen, etwas zu erklären. Ich fragte mich, wie viele Männer es wohl geben mochte, denen ebenso zumute war wie dem Squire Satterlee.

Wahrscheinlich ging die Zahl der erzürnten Väter und Brüder und der eifersüchtigen Ehemänner, die einen Groll gegen Red gehegt hatten, ins Unendliche. Hunderte wahrscheinlich. Wer immer Red getötet hatte, dachte ich, ohne Zweifel hatte er es wegen einer Frau getan. Wenn Punch und Satterlee uns nicht belogen hatten, dann galt von nun an für uns der alte Schlachtruf »cherchez la femme«.

»Verstehe, was da los war«, sagte Asey noch einmal. »Miss Judy, Sie ham doch neulich abends Gilpin zum ersten Mal gesehn, stimmt's?«

Bevor sie antworten konnte, sprach Aristene.

»Ist Red hier? War er hier? Ich habe nicht –«

»Er war hier.« Asey legte einen kaum spürbaren Nachdruck auf das »war«. »Was ham Sie von ihm gehalten, Miss Judy?«

»Ich fand ihn bezaubernd«, antwortete Judy ruhig. »Ich stimme mit Miss Satterlee überein – einer der sympathischsten Männer, die ich jemals gesehen habe. Aber ich hatte auch den Eindruck, daß er rücksichtslos sein könnte, ohne es zu bemerken. Wenn es um Frauen geht, meine ich. Ich habe schon andere Männer wie ihn gekannt. Sie gehen mit einem aus und führen einen hierhin und dorthin, bis man allmählich glaubt, sie seien der Mittelpunkt des Universums. Und mit einem Mal ist alles vorüber. Ohne jede Erklärung. Oder«, fügte sie mit einem bitteren Unterton hinzu, »sie geben eine Erklärung, die einen meist so sehr in seinem Stolz verletzt, daß man sich beinahe wünscht, sie hätten sich die Mühe gar nicht gegeben.«

Asey nickte wiederum. Er wollte eben etwas sagen, als Syl hereinkam und einen Brief brachte.

»Deine Liste mit'm Polizeibericht von letzter Nacht«, erklärte er.

Asey riß den Umschlag auf und studierte gründlich die drei eng beschriebenen Seiten. Dann legte er sie wieder in die richtige Reihenfolge und las sie noch ein zweites Mal. Am Ende faltete er die Blätter mit einer etwas übertriebenen Geste zusammen und steckte sie wieder in den Umschlag.

»Wie war doch gleich Ihre Autonummer?«

Satterlee nannte sie ihm.

»Warum sind Sie letzte Nacht gegen halb zwei weit weg von der Hauptstraße diese Straße hier in einem wahnsinnigen Tempo entlanggefahrn?«

Kapitel 7

Satterlee seufzte.

»Na«, begann er jämmerlich, »ich wußte ja, daß das kommen mußte, wenn Sie erst einmal die Polizei in unseren kleinen Unfall heute nachmittag mit hineinziehen! Ich habe Ihnen klipp und klar gesagt, daß ich nicht noch einmal etwas mit der hiesigen Polizei zu tun haben möchte. Vielleicht habe ich es nicht genau so formuliert, aber das war es, was ich meinte. Gütiger Himmel! Ich hätte gedacht, wenn Sie schon bei der Polizei sind, Mayo, daß Sie dann in der Lage sein würden, mir diese Sache mit der Geschwindigkeitsübertretung vom Hals zu schaffen. Schließlich habe ich mein Bestes getan, um Ihnen zu helfen!«

»Ja – ja, das stimmt. Ich will Ihnen was sagen«, versprach ihm Asey, »Sie werden keine Anklage wegen Geschwindigkeitsübertretung bekommen, wenn Sie mir erklärn können, und zwar in allen Einzelheiten, warum in drei Teufels Namen Sie letzte Nacht hier durch diese Gegend gerast sind. Warn allein im Wagen, oder?«

»Ja, ich war allein. Wissen Sie, alles läßt sich ganz leicht erklären. Gestern abend ging Nate das Bier aus, und ich erklärte mich bereit, ihm welches zu holen. Er war erkältet«, fügte Satterlee sinnigerweise noch als Erläuterung hinzu.

»Erzähln Sie weiter«, forderte Asey ihn mit einem Lächeln auf.

»Er sagte, um diese Zeit könne ich nirgends mehr Bier bekommen, und am liebsten hätte er sein Bier ohnehin von jemandem, der irgendwo in Eastham wohnt. Er sagte, ich würde niemals dorthin finden, und ich behauptete, das könne ich sehr wohl. Sein Husten war so schlimm, daß er nicht aus dem Haus wollte, aber er schrieb mir auf, wie ich zu dem Ort gelangen könnte, und ich nahm mein Auto und machte mich auf den Weg. Das war kurz nach zehn. Ich habe gut hingefunden. Es war kein Laden. Es war ein Haus. Portygee Soundso.«

»Portygee Pete. Alter Schwarzhändler.«

»Stimmt. Aber dann muß ich bei dem Nebel eine Abzweigung verpaßt haben, als ich von dort wieder zur Hauptstraße wollte. Mit einem Male stand ich neben einem Teich.«

»Das is' ja nich' weiter schwer. In diesem Teil des Cape gibt's so viele Teiche, da können Sie die ganze britische Marine schwimmen lassen.«

»Ein wahres Wort«, bestätigte Satterlee. »Das kann man wohl sagen. Nun, Sir, ich machte kehrt und fuhr zurück, und da stand ich wieder an einem Teich. Also entweder war ich viermal an ein und demselben Teich, oder ich bin auf vier verschiedene Teiche gestoßen. In meinem ganzen Leben habe ich nicht so viele Teiche gesehen. Und so viele Straßen, die zu Teichen führen, auch nicht. Man könnte denken, die Einwohnerschaft dieses Dorfes verbringt ihre ganze freie Zeit damit, Straßen anzulegen, die zu Teichen führen. Endlich fand ich eine kleine Asphaltstraße und kam an ein Haus. Der Mann dort gab eine sehr detaillierte Wegbeschreibung, aber ich verfuhr mich doch wieder. Einmal landete ich an einem Sumpf mit Preiselbeeren, ein anderes Mal an der Küste. Jedenfalls klang es wie der Ozean; deshalb bin ich lieber zurückgefahren. Endlich gelangte ich auf die Hauptstraße, und an einer Kreuzung fand ich einen Wegweiser nach Weesit, und da wußte ich, daß ich auf dem richtigen Weg war. Natürlich habe ich ordentlich Gas gegeben und sah zu, daß ich nun aber vorankam. Und da schnappte mich dann dieser Polizist, wegen Geschwindigkeitsübertretung und Fahrens mit nur einem Scheinwerfer.«

Asey gluckste. »Das erinnert mich, wie mal zwei Männer zum Haus von Porter kamen, annem nebligen Augustabend. Fragten, ob das 's Gasthaus von Chatham Bars wär'. Da warn sie aber gut 30 Kilometer von weg. In Orleans warn sie in die falsche Richtung gefahren, und ihre ganze Beschreibung paßte genausogut fürs Cape abwärts wie fürs Cape hoch. Das passiert leicht. Aber können Sie belegen, wo Sie um kurz nach eins gewesen sind?«

»Was weiß ich, in Jericho womöglich. Keine Ahnung. Gegen Viertel vor zwei oder zwei Uhr war ich wieder zu Hause, und dort mußte ich feststellen, daß das Bier aus dem Krug über den ganzen Rücksitz geschwappt war. Nate war inzwischen zu Bett gegangen. Ich kann Ihnen sagen, da hatte ich ganz schön die Nase voll.«

»Ham Sie schon jemals von jemand namens Maynard Guild gehört?« Aseys Frage kam wie aus der Pistole geschossen, und mit seinen Blicken durchbohrte er Satterlee.

Ich beobachtete Satterlee, um zu sehen, wie er auf den Namen reagierte, aber der Squire zuckte mit keiner Miene.

»Guild?« Er schob seine Zigarre von einem Mundwinkel in den anderen, ohne dabei seine Hand zu Hilfe zu nehmen – ein Vorgang, der mich immer wieder von neuem faszinieren kann. »Ich kenne einen Bob Guild, der ist Vizepräsident bei Acme Sägen und Werkzeuge, und der hat einen Vetter namens Morton Guild. Meinen Sie den?«

»Nein«, antwortete Asey. »Verkaufen Sie auch Waffen?«

»›Alles, was der Sportsmann wünscht.‹ Schießen hier wohl auf Enten, was, Mayo? Ich habe wunderbare zweiläufige –«

»Ham Sie in letzter Zeit 'n .45er Colt verkauft, Spannschloß, altes Modell? Oder wüßten Sie das nich'?«

»Lassen Sie mich überlegen. Ja, allerdings, das habe ich. Ich kann mich gut an diesen alten Revolver erinnern. Den hatten wir seit mindestens zehn Jahren im Laden. Ich habe ihn seinerzeit in Zahlung genommen von jemandem, der seine Rechnung nicht bezahlen konnte. Der war –«

»Erklärn Sie mir mal genau«, unterbrach Asey ihn ungeduldig, »wie in Ihrem Staat die Gesetze beim Waffenverkauf sind. Hier bei uns muß man 'n Paßfoto ham und 'ne ellenlange Liste von Fragen beantworten, und dann kommt die Nummer der Waffe zusammen mit 'n persönlichen Daten in die offizielle Kartei. Wenn ich mich recht erinnere, is' das bei Ihnen anders.«

»Stimmt. Der Käufer unterschreibt ein Formular, und die Nummer der Waffe wird notiert. Ich bewahre die Formulare in einem Ringordner in meinem Safe auf. Aber bei uns gibt es sie immer nur in einfacher Ausfertigung, und es geht nichts an die zentralen Behörden.«

»Wenn man also 'n Namen von jemand rausfinden wollt', der 'ne bestimmte Waffe in New Hampshire gekauft hat, müßt' man in sämtlichen Läden nachfragen?«

»Es sei denn, Sie veröffentlichen die Nummer in der Zeitung oder so. Es gibt jedenfalls keine Stelle, an der die Formulare gesammelt sind.«

»Da tut man ja gut daran, seine Waffe bei Ihnen zu kaufen, wenn man damit jemand umbringen will.«

»Da können Sie wohl recht haben. Übrigens, diesen alten Colt, den habe ich jemandem aus der Theatertruppe verkauft, zu der auch Gilpin gehörte. Am Nachmittag des vierten Mai. Unmittelbar, bevor sie abreisten. Ich weiß auch nicht, warum mir das im Gedächtnis geblieben ist«, fuhr er fort, ohne den Eindruck zu bemerken, den diese Neuigkeit auf Asey und mich machte, oder ihren Wert zu ermessen. »Nein, wirklich nicht. Merkwürdig, wie man sich an solche Dinge erinnert und gleichzeitig weitaus Wichtigeres vergißt. Letzte Woche zum Beispiel habe ich die Schlüssel meines Bankschließfaches irgendwo hingelegt, und, zum Teufel!, ich habe sie bisher nicht wiedergefunden, ja, ich habe nicht die geringste Ahnung, wo sie geblieben sind. Stellen Sie sich das einmal vor! So etwas vergesse ich, und dann erinnere ich mich an einen Kunden, den ich wahrscheinlich niemals in meinem Leben wiedersehen werde! Also dieser Mann, das war der mit der Gesangsnummer. Erinnere mich vor allem an seine Augenbrauen. Wie hieß er doch gleich? Irgendwas –«

»Er hieß«, hob Aristene an, aber mit einer Handbewegung gebot ihr Vater ihr zu schweigen.

»Sag es nicht! Sag es nicht! Ich komme gleich selbst drauf. Es liegt mir auf der Zunge. Etwas wie Dalton. Nein, Galton. Dalton. Dall –«

Das erinnerte mich daran, wie Adin einmal Angela Hoppler als Frau Hase angeredet hatte.

»Ah, ich habe es. Allen. So hieß er. Allen. Der Bursche mit der Gesangsnummer. Ein stämmiger Mann, und die Augenbrauen waren in der Mitte zusammengewachsen.«

»Dem ham Sie 'ne Waffe verkauft?« Asey hätte gar nicht nonchalanter klingen können.

»Ja. Diesen alten Colt.« Satterlee mußte lachen. »Ja, Sir, daran erinnere ich mich. Vor langen Zeiten habe ich eine Menge Sachen von Bannerman gekauft. Sie wissen schon, alte Lagerbestände der Armee. Tja, und darunter waren auch ein paar altmodische Schwarzpulverpatronen für die .45er. Verminderte Schußkraft, 28 Gran Pulver statt 40. Alte Armeepatronen, vor zig Jahren im alten Arsenal in Frankfort hergestellt. 1870 oder '80 ungefähr. Nun, Sir, als Allen den Revolver kaufte, erinnerte ich mich, daß ich noch eine letzte Schachtel dieser Patronen auf Lager hatte. Hatte außer jenem Colt nichts mehr im Laden, wozu sie gepaßt hätten, also holte ich sie hervor und bot sie ihm zum Sonderpreis an. Anfangs wollte ich sie ihm zu der Waffe dazugeben, aber dann habe ich es mir doch anders überlegt.«

»Hatte keine große Ahnung, oder, daß er sich die hat andrehn lassen?«

»Nein, ich glaube nicht, daß er viel von Waffen verstand«, gab Satterlee zu. »Hat sich für den Colt entschieden, weil er fand, er sehe aus wie eine Cowboypistole. Ha-ha! Genau das hat er gesagt. Hätte natürlich sein können, daß diese Patronen taub geworden waren. Aber ich sagte ihm, zum Herumballern wären sie schon noch gut genug. Würden vielleicht nicht mehr so knallen, aber sonst wären sie schon in Ordnung, sofern sie nicht explodierten.« Er lachte. »Aber einmal hatte ich selbst ein paar davon verschossen. Waren vielleicht ein wenig schwach, aber gut drei Zoll tief ins Kiefernholz sind sie doch noch gegangen.«

»Wie sind die verpackt? In Zwanzigerschachteln?«

»Genau. Sagen Sie, wird es nicht allmählich Zeit, daß wir aufbrechen? Wir können ja nicht die ganze Nacht hierbleiben.«

»Kein Grund zur Eile«, versicherte Asey ihm. »Randall meinte zwar, der Wagen würd' um zehn Uhr fertig sein, aber 'ne Stunde müssen Sie da schon noch dazugeben, mindestens. Vielleicht sogar mehr. So is' Randall nu mal. Schießen Sie eigentlich selbst öfter?«

»15 Jahre war ich in der Nationalgarde«, verkündete der Squire und holte Pfeife und Tabaksbeutel hervor. »War kein schlechter Schütze damals. Den alten Colt hab' ich immer gemocht«, fügte er versonnen hinzu. »Trage heute noch stets einen bei mir.«

Asey schluckte. »Ham Sie ihn jetzt hier bei sich?«

»Allerdings. Er ist immer im Wagen. Als wir die Limousine verließen, habe ich ihn in die Tasche gesteckt.«

In aller Ruhe erhob er sich und fischte ihn aus einer seiner Manteltaschen. »Ein schönes Stück.«

»Ja«, bestätigte Asey matt, »'n schönes Stück.«

Aristene hatte Asey schon seit einer Weile nicht aus den Augen gelassen. Nun erhob sie die Stimme. »Mr. Mayo, worauf wollen Sie eigentlich hinaus? Was wird hier gespielt? Was ist das, was Sie aus uns herausbekommen wollen?«

»Herausbekommen?« Asey nahm Satterlees Revolver und entlud ihn ganz nebenbei. »Tja –«

Ein Rattern über uns unterbrach ihn. Für meine Begriffe hörte es sich wie Maschinengewehrfeuer an, und ich sprang aus meinem

Sessel hoch, als ob ich getroffen sei. Ich schämte mich ein wenig, aber nach den Schüssen, die hier gefallen waren, ganz zu schweigen von dem ständigen Gerede über Waffen, schien mir, daß alles möglich war.

»Was ist hier eigentlich los?« fragte Satterlee. »Ist da noch jemand im Haus? Was ist geschehen?«

»Sekunde.« Asey sprang auf, denn es ratterte immer weiter. Er öffnete die Tür zum winzigen Flur und rief nach Punch, der auch sogleich heruntergepoltert kam. Sein Grinsen reichte von einem Ohr zum anderen, als er den Kopf zur Tür hereinsteckte, die er nur einen winzigen Spalt öffnete.

»Tut mir furchtbar leid, Asey. Ganz schrecklich leid. Es war alles meine Schuld. Wir haben einen langen Wandschrank unter der Dachschräge gefunden und nachgesehen, was drin ist. Fanden eine Menge Spiele für Kinder. Wir haben Flohhüpfen gespielt. Dann stieß ich auf ein Netz voller Golfbälle. Muß wohl brüchig gewesen sein, das Netz, denn als ich es aufhob, riß es auf. Die Bälle hüpften in alle Richtungen. Tut mir wirklich leid; aber wir haben uns genauso erschrocken wie Sie hier unten.« Er öffnete die Tür und kam ins Zimmer spaziert. »Darf ich hineinkommen und mich aufwärmen? Es ist kühl da oben. Oh. Oh!« Er hatte Aristene entdeckt. »Oh! Hallo, Miss Satterlee!«

Sie nickte ihm zu, erwiderte jedoch nichts.

»Holen Sie Dan«, befahl Asey.

Wie der Blitz schoß Punch nach oben.

Ich beobachtete Dan, als er das Zimmer betrat. Auf ihn hatte Aristene noch eine größere Wirkung, als sie auf Punch gehabt hatte.

»Aber das ist ja der Mann, von dem ich Ihnen erzählt habe, Mayo«, bemerkte der Squire mit einiger Überraschung. »Das ist Allen, der den Revolver gekauft hat. Wie haben die Patronen funktioniert, Mr. Allen?«

Dan starrte ihn an. »Was für Patronen?«

»Na, zu dem alten Colt, den ich Ihnen verkauft habe, als Sie in Nashua waren. Und die alten Patronen dazu, die von Bannerman. Wissen Sie das nicht mehr? Sie haben diesen Revolver gekauft, weil Sie meinten« – er brüllte vor Lachen –, »er sähe wie eine Cowboypistole aus.«

»Ist dieser Mann übergeschnappt?« fragte Dan. »Wovon redet er da? Ich habe ihn noch niemals in meinem Leben gesehen!«

»Was haben Sie?« schnaubte Satterlee. »Nein, Sir, ohne Zweifel haben Sie mich gesehen. Ich würde Sie unter Hunderten erkennen. Sie sind der Mann, dem ich diesen Revolver und diese Patronen verkauft habe. Sie haben ja sogar das Formular unterschrieben. Daniel Allen. Jawohl, Sir! Sie mögen mich vielleicht vergessen haben, aber ich habe Sie nicht vergessen.«

»Ich besitze keine Waffe.« Dan geriet in Wut. »Ich habe niemals in meinem Leben eine Waffe gekauft. Habe niemals eine besessen. Habe niemals eine von Ihren Ballermann-Patronen gekauft oder wie die heißen. Sie sind ja verrückt.«

»Wollen Sie mir etwa ins Gesicht sagen« – der Squire rang nach Worten –, »wollen Sie behaupten, ich sei ein Lügner? Ich sage Ihnen, Sie haben bei mir einen .45er Colt gekauft und die Patronen dazu. Und zwar am vierten Mai. Sie werden ja nicht leugnen wollen, daß Sie am vierten Mai in Nashua waren, oder?«

Dan überlegte. »Nein. Aber ich habe niemals Ihren –«

»Lügner!« brüllte Satterlee. »Spitzbube! Gauner! Da kannst du's sehen, Teen, ich hatte recht. Ich habe es dir ja gesagt. Diese ganze Schauspielerbande, alles Ganoven. Ich hätte gedacht, Gilpin wäre der Schlimmste davon, aber dieser Mann hier, der ist nicht besser. Unter sämtlichen unverschämten Lügnern, unter allen schmutzigen Betrügern sind Sie, Allen, und dieser Gilpin – Sie sind –«

»Hören Sie«, entgegnete Dan, »über mich können Sie sagen, was sie wollen. Ich habe keine Ahnung, wer Sie sind, es sei denn, Sie seien der Vater von Miss Satterlee hier. Aber Sie sagen kein Wort über Red Gilpin! Wenigstens unter solchen Umständen könnten Sie ja ein wenig Anstand zeigen und nicht so von einem Toten sprechen, auch wenn Sie noch so verrückt sind.«

»Was – was meinen Sie damit – von einem Toten sprechen?« fragte Aristene, und ihre Stimme stockte ein wenig.

»Na, Red Gilpin ist letzte Nacht hier ermordet worden! Das meine ich damit. Und ganz gleich, wer Sie sind, Sie nehmen das zurück, was Sie über Red gesagt haben, sonst schlage ich Sie zu Brei, Sie Fettwanst!«

»Tot?« fragte Aristene noch einmal. »Ermordet?«

»Erschossen«, fügte Asey hinzu. »Mit 'nem .45er Colt.«

Aristene wandte sich ihrem Vater zu.

»Deshalb warst du also letzte Nacht unterwegs? Kam mir ja gleich so vor, als ob deine Geschichte vom Nebel und von den

Teichen ziemlich an den Haaren herbeigezogen sei.« Ihre Stimme schwankte kein bißchen, trotz des Zorns, den man aus ihren Worten spüren konnte. »Schließlich hattest du angekündigt, daß du Red umbringen wolltest, wenn du ihn noch einmal zu Gesicht bekämst. Deshalb bist du also aufs Cape gekommen, nicht wahr? Du hast ihm nachgestellt. Mir war doch dein plötzliches Bedürfnis, die Dünen und längst vergessene Verwandte wiederzusehen, von Anfang an nicht ganz geheuer! Na, nun bist du also hingegangen und hast ihn erschossen und gehst diesem Mayo auf den Leim. Du bist mit offenen Augen in die Falle gelaufen. Ich wußte, daß er dich aufs Kreuz legen wollte. Mich hat er nicht einlullen können. Mir konnte er nichts vormachen. Aber dich hat er erwischt. Und ich bin froh darüber. Hörst du, was ich sage? Ich bin froh!«

Ihre Hände, noch immer im Schoß gefaltet, regten sich nicht, auch wenn die Knöchel vor Anspannung weiß geworden waren. Ich fragte mich, ob jemand wirklich dermaßen erregt sein konnte, wie es ihre Worte erahnen ließen, und doch nach außen hin so ruhig bleiben konnte.

Ihre Anklage traf Satterlee wie ein Messerstich.

»Aber Teeny! Ich habe diesen Mann nicht umgebracht. Wirklich nicht! Es stimmt alles, was ich über letzte Nacht erzählt habe. Ich habe mich verfahren. Als ich mich entschloß, hierher zu kommen und Nate zu besuchen, da wußte ich nicht, daß Gilpin auch nur im Umkreis von 1000 Kilometern sein würde. Und ich kann dir versichern, hätte ich es gewußt, dann wäre ich niemals gefahren! Ich wollte doch nur, daß du fort aus Nashua kommst. Ich bin doch nur deswegen gefahren. Ich hatte gehofft, eine kleine Reise würde dir – dich auf andere Gedanken bringen. Anfangs wollte ich mit dir auf eine Auslandsreise gehen, aber das Geschäft geht zu schlecht, und ich kann nicht fort. Wir sind gerade so weit gefahren, wie ich mir leisten konnte. Es war nicht viel.« Die Stimme versagte ihm. »Das war alles, was ich für dich tun konnte.«

»Ich glaube dir kein Wort.«

»Aber es ist die Wahrheit, Teen. Wirklich.« Er erhob sich aus seinem Sessel und ging zu ihr hinüber. »Ich weiß, Teen, ich habe gesagt, ich würde Gilpin umbringen, wenn er mir noch einmal unter die Augen käme. Ich habe verkündet, ich wollte ihn umbringen. Aber das habe ich doch nicht ernst gemeint. Ich hätte das niemals getan, und das weißt du auch. Ich – na, ich gebe zu, ich werde manchmal ziemlich laut. Aber du weißt doch, daß dein Vater niemals diesen Mann umgebracht hätte!«

Mit einer Handbewegung wies sie ihn ab. »Ich glaube dir kein Wort.«

Hilflos zuckte Satterlee die Achseln.

»Mayo«, wandte er sich an Asey, »Sie glauben mir doch, nicht wahr?«

Ohne ein Wort ging Asey zu dem Haken, an dem sein Rock hing, und holte aus einer der Taschen den Colt, mit dem John Gilpin erschossen worden war, und die Schachtel Patronen dazu.

»Is' das die Schachtel, die Sie Allen verkauft ham?«

»Er hat mir keine –« brauste Dan auf.

»Warten Sie mal noch 'ne Minute, Dan. Is' das die Schachtel, Satterlee?«

Er nahm die Schachtel und musterte sie. »Genau das ist sie. Das muß sie sein.«

»Warum?«

»Im April habe ich mir einen neuen Stempel machen lassen. Das ist der Beweis. Dies hier ist die letzte Schachtel, die ich von den Patronen hatte. Und auf der Schachtel ist der neue Stempel. Also muß sie es sein. Wo haben Sie die her? Und die Waffe? Ja, das ist auch die Waffe. Sehen Sie die Kerbe hier im Griff? Allen sagte, wegen der Kerbe müsse ich ihm den Preis etwas nachlassen. Woher stammt die? Wo haben Sie die gefunden?«

»Diesen Revolver und die Munition hat jemand die Steilküste runtergeworfen, nachdem er Red erschossen hatt'.«

Satterlees Miene war die reinste Charakterstudie.

»Dan, Sie sagen also, Sie ham diese Sachen nich' bei Satterlee in Nashua gekauft?«

»Ganz gewiß nicht. Ich habe sie niemals gekauft.«

»Warten Sie.« Asey wandte sich wieder an Satterlee, bevor dieser etwas sagen konnte. »Zu welcher Tageszeit ham Sie die Waffe verkauft?«

»Kurz bevor wir schlossen. Zwischen halb sechs und sechs etwa.«

»Also, Dan, meinen Sie, Sie können uns irgendwie belegen, wo Sie am vierten Mai zwischen halb sechs und sechs warn?«

Dan überlegte. »Lassen Sie mich nachdenken. Puh, Asey, das weiß ich nicht! Das ist über einen Monat her, und seitdem sind wir so viel umhergezogen. Wir sind ja ohnehin meist unterwegs, daß es schwierig ist, sich an ein paar Minuten eines bestimmten Nachmittags zu erinnern. Fünf Uhr dreißig bis sechs. Tja, die Vorstellung wäre da schon vorbei gewesen. In Nashua haben wir den Kombi vor der Stadt stehen gelassen, am Haus von Punchs Freunden. Sind immer mit dem Lastwagen in die Stadt und zurück gefahren. Red und Punch mußten ihre Sachen vom Lastwagen zum Saal bringen. Könnte ich nicht Edie fragen? Die weiß das vielleicht besser.«

»Denken Sie erst nochmal selbst nach«, drängte Asey ihn.

»Unwahrscheinlich, daß ich allein war. Wir sind selten allein unterwegs, selbst wenn wir mal die Zeit dazu haben. Außer Red, und bei dem war es auch nicht oft der Fall. Wahrscheinlich werden wir alle zusammen irgendwo Abendessen gegangen sein.«

Asey rief die übrigen nach unten.

»Mrs. Allen, ich möcht', daß Sie mal angestrengt nachdenken. Vierter Mai. Nashua. Nach Ihrer Nachmittagsvorstellung. Wo warn Sie da? Wo war Dan? Genauer gesagt, wo warn Sie allesamt zwischen fünf Uhr dreißig und sechs?«

Edie schloß die Augen. »Gütiger Himmel, das weiß ich nicht. Kann mich nicht erinnern. Ich glaube, wir haben zusammen zu Abend gegessen. Red kam später nach. Er –« Sie hielt inne, schlug die Augen auf und warf einen Blick in Richtung Aristene. »Red kam später. Was wir unmittelbar nach der Vorstellung getan haben, daran kann ich mich nicht mehr erinnern. Weißt du es noch, Hat?«

»Doch, ich erinnere mich. Wir beide wollten neue Strümpfe kaufen, aber die meisten Geschäfte hatten schon zu. Wir sind ewig lang umhergewandert, bis wir einen kleinen Laden fanden, der offen war. Ich erinnere mich noch so gut daran«, meinte sie mit einem etwas bemühten Lächeln, »weil ich ein Hühnerauge hatte. Ich konnte kaum noch laufen, bis wir uns mit den anderen zum Essen trafen. Punch kümmerte sich gerade um Judy –«

Asey blickte verdutzt auf, dann lachte er. »Oh, seine Kasperlepuppe. Stimmt's, Punch?«

»Ja, mit Judy hatte ich in jener Woche meine Schwierigkeiten.«

»Und Dan«, fuhr Harriet fort, »war mit Red unterwegs. Ihr wolltet irgendein neues Spielzeug für den Kombi kaufen.«

»Hattie«, rief Dan begeistert, »du bist ein Goldstück! Jetzt erinnere ich mich wieder an alles. Punch, weißt du noch, daß wir einen neuen Kühlerverschluß für den Kombi brauchten? Wir waren es leid, dauernd neue Dichtungen zu kaufen. Und einen neuen Gepäckträger brauchten wir auch. Red und ich waren in einem halben Dutzend Läden. Ja, das ist es, Asey, ich war mit Red zusammen. Als wir die Sachen zusammenhatten, trennten wir uns, und ich traf mich mit Punch und den Mädels im Restaurant. Red stieß später dazu.«

»Also nochmal der Reihe nach«, sagte Asey. »Sie meinen, Sie wärn zwischen fünf Uhr dreißig und sechs mit Red zusammen gewesen?«

»Da bin ich mir sicher.«

»Wann ham 'Sie Ihre Auseinandersetzung mit Red gehabt?« wandte Asey sich an Satterlee.

»Nachdem ich aus dem Laden zurückgekehrt war. Kurz nach sechs, würde ich sagen.«

»Und danach sind Sie, Miss Satterlee, mit Red ausgegangen?«

»Ja.«

»Hm.« Asey runzelte die Stirn.

»Aber das beweist doch, daß ich nicht diesen Revolver gekauft haben kann«, beharrte Dan, »oder etwa nicht?«

»Vergessen Sie nich', daß wir das nich' genau nachprüfen können«, erinnerte Asey ihn. »Genau wie bei dem Brief von Guild, von dem Sie sagen, Sie hätten ihn Red gezeigt. Da sagen Sie auch, Sie ham's getan, aber wir können's nich' beweisen.«

Dan ließ sich auf das Sofa fallen.

»Hören Sie, Asey. Wenigstens einen Strohhalm habe ich noch, an den ich mich klammern kann. Er sagt, ich hätte irgend etwas unterschrieben. Ich gebe Ihnen meine Unterschrift, und die können Sie dann damit vergleichen lassen, nicht wahr? Ich weiß, daß er im Unrecht ist, und ich wette meinen Kopf darauf. Sie lassen sich meine Unterschrift geben und werden feststellen, daß die andere eine Fälschung ist.«

»Das hätt' ich sowieso gemacht. Ich werd' sehn, daß wir 'ne Fotokopie oder so was bekommen. Satterlee, Sie müssen irgend jemand verständigen und durchgeben, daß noch heut nacht jemand in Ihren Laden geht. Ham Sie 'n Angestellten?«

»Vier.« Der Squire räusperte sich.

»Na, dann werden wir uns mal ans Telefon klemmen. Das Formular is' in Ihrem Safe, oder?«

»Aber – aber – das geht nicht«, stotterte Satterlee.

»Was geht nich'?«

»Sie können keine Kopie von diesem Formular anfertigen. Oder von dieser Unterschrift.«

»Da wüßt' ich aber doch gern«, sagte Asey mit Nachdruck, »was zum Teufel mich davon abhalten soll.«

»Weil ich es in mein Schließfach in der Bank getan habe. Zusammen mit einer Menge anderer Papiere. Es war ein Versehen. Ich wollte nicht –«

»Die Schlüssel ham Sie doch, oder? Wir können genauso schnell annen Schließfach rankommen wie annen Safe.«

»Nein, eben nicht. Das habe ich Ihnen ja vorhin schon gesagt, als ich versuchte, mich an Allens Namen zu erinnern. Ich sagte Ihnen, daß ich diese Schlüssel verlegt habe. Ich habe sie verloren, beide. Den, den ich benutze, und den Zweitschlüssel.«

»Ham Sie die beiden zusammen aufbewahrt?« fragte Asey ungläubig.

»Aber gewiß doch.«

»Hm. Na, die Bank hat höchstwahrscheinlich irgendwo noch 'n weiteren Schlüssel für alle Fälle.«

Satterlee schüttelte den Kopf.

»Ich fürchte nein. Ich habe nämlich gerade ein neues Schließfach bekommen, ein größeres. Damals sagte man mir, daß nur diese beiden Schlüssel dafür vorhanden seien. Den dritten hatte der Mann, dem das Fach vorher gehörte, verloren.«

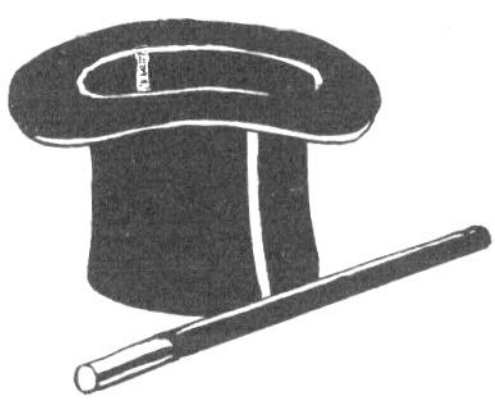

Kapitel 8

Einmal, in einem kleinen Park in einem Vorort von Paris, gleich nach dem Krieg, sind Adin und ich Riesenrad gefahren. Irgend etwas an der Mechanik funktionierte plötzlich nicht mehr, und eine geschlagene Stunde lang ging es in großen Bögen hinauf und wieder in die Tiefe. Je mehr sie an dem Ding bastelten, desto schneller lief es. Als wir endlich wieder den Boden erreichten, war mir so schwindlig und so übel, daß mir die Knie versagten, und unsanft und gegen alle Absicht kam ich auf Mutter Erde zu sitzen. Ich blieb eine Weile dort, während ganz Paris – ja die ganze Welt, das ganze Universum – um mich herum schaukelte und schwankte. Besorgte Gendarmen, erregte Soldaten, schnatternde Verkäuferinnen und übermütige Kinder zerflossen zu einem einzigen Meer von Körpern und Gesichtern in diesem gewaltigen Durcheinander.

Als ich mich wieder aufrappelte, begriff ich, daß ich das Äußerste an Verwirrung kennengelernt hatte. Ich wußte, von nun an würde ich niemals mehr wirklich verwirrt sein können. Ja, seither bin ich nicht müde geworden, vor meinen Freunden zu prahlen, daß es nach diesen Erlebnissen im Riesenrad nichts mehr gebe, was mich aus der Fassung bringen könne. Diesem Abenteuer verdankte ich jene relative Ausgeglichenheit, derer ich mich seither erfreut hatte. Nichts hatte mich aus dem Gleichgewicht bringen können. Nichts hatte mich in Verwirrung stürzen können.

Es war ein Schock für mich, als mir am Mittwoch abend, als ich auf mein Zimmer ging, klar wurde, daß ich mir das all die Jahre nur eingebildet hatte. Im Vergleich zum Wahnwitz des Tages, der nun zu Ende ging, waren meine Erlebnisse im Riesenrad kaum der Rede wert gewesen.

Ich war schon im Begriff, zu Bett zu gehen – einen Schuh hatte ich bereits ausgezogen –, da beschloß ich zu versuchen, Ordnung in dieses Chaos zu bringen. Ich schlüpfte wieder in meinen Pantoffel, zog den Gürtel des Morgenmantels enger und begab mich an das kleine Schreibpult in der Ecke. Ich muß die Dinge schwarz auf weiß vor mir sehen, bevor ich weiß, woran ich bin.

Ich hatte das Pult bisher nicht geöffnet. Nun sah ich, daß es Schreibpapier in großen Mengen enthielt: einzelne Bögen, Doppelbögen, graues Papier, weißes Papier – alle in der oberen rechten Ecke mit einem hübschen kleinen Schriftzug bedruckt. Offenbar waren die Hendersons eifrige Briefeschreiber, dachte ich, während ich meine Lesebrille aufsetzte. Und schwarzen Humor, dachte ich, als ich den kleinen Schriftzug entzifferte, mußten sie auch haben.

»Das friedliche Fleckchen, an dem nie etwas geschieht« war der Name, den sie sich für ihr Haus hatten einfallen lassen.

Ich nahm mir vor, ihnen, wenn diese ganze Geschichte überstanden war, zu schreiben und ihnen einen passenderen Namen vorzuschlagen. »Fort, du verdammter Fleck« aus *Macbeth* war im Augenblick mein Favorit.

Ich nahm mir einen der größten Bögen, strich den Aufdruck durch und teilte das Blatt in verschiedene Segmente ein. Meine Memoranda müssen ordentlich sein. Ich bin eine der wenigen Frauen, die mir jemals begegnet sind, die in ihrem Scheckbuch zuerst den Belegabschnitt und erst dann den Scheck ausfüllen. Adin pflegte immer zu sagen, ich hätte einen Verstand wie ein Buchhalter.

Als erstes faßte ich die unbestreitbaren Fakten zusammen:

Gilpin war mit einem .45er Colt erschossen worden – (wie sehr ich den Namen Samuel Colts allmählich verabscheute!) –, kurz nach ein Uhr in der Nacht von Dienstag auf Mittwoch. Die Schauspieltruppe war vom Brief eines gewissen Maynard Guild zum »Friedlichen Fleckchen« gelockt worden – sofern es einen Brief gab und sofern es Maynard Guild gab.

Unter der Rubrik BRIEF gab es eine ganze Reihe von Einträgen:

– Wenn wir einmal davon ausgingen, daß Maynard Guild ein erfundener Name war, wer hatte dann den Brief geschrieben? Dan vielleicht. Wenn er nicht davon gesprochen hätte, wüßten wir nicht, daß es einen solchen Brief gab. Andererseits könnte Punch ihn geschrieben haben. Ebenso Satterlee. Und warum sollte man nicht auch die Frauen in Betracht ziehen? Warum sollte man annehmen, Guild sei ein Mann? Hat Allen hatte den

Verstand eines Mannes. Edie ließ sich von niemandem etwas vormachen. Aristene, war sie auch noch so jung und ihr Haar noch so strähnig, verfügte über eine grenzenlose Selbstbeherrschung.

Das Wort meines Vaters fiel mir ein: »Sieh dich vor, wenn jemand sich selbst beherrschen kann. Ein solcher Mensch kann alles beherrschen.«

Rose und Judy klammerte ich aus.

Beide hatten erst am Montag nachmittag erfahren, daß sie nach Weesit fuhren, und Dan sagte, er habe den Brief am Samstag bekommen.

Die Abteilung REVOLVER nahm den ganzen ihr zugedachten Platz und noch eine Extraseite ein.

Squire Satterlee (schrieb ich) behauptet, Dan habe ihn gekauft. Dan bestreitet das. Was den Kauf angeht, kann man die Frauen zweifellos ausschließen. Aber was Punch am vierten Mai getan hatte, läßt sich nicht zweifelsfrei belegen. Wenn Dan den Revolver nicht gekauft hatte, wer war es dann? Es wäre nicht schwer, die Augenbrauen zurechtzumachen, so daß sie denjenigen Dans ähnelten. Als Satterlee sich an Dan erinnerte, sprach er zuerst von den zusammengewachsenen Augenbrauen. Punch wußte vermutlich genug über Maskenbildnerei. Er hätte sich als Dan Allen ausgeben können.

Andererseits könnte Satterlee ja auch die Unwahrheit sagen. Er hätte die Waffe selbst nehmen und Dans Namen auf das Formular schreiben können. Es wäre möglich, daß seine ganze Erzählung darüber, wie Dan zu ihm gekommen sei und die Waffe gekauft habe, erlogen war.

Und auch wenn die Frauen die Waffe nicht selbst gekauft hatten, hätten Hat oder Edie sie doch stibitzt haben können, entweder von Punch oder von Dan.

Die Abteilung MOTIV beschränkte sich auf das Notwendigste. Ich wurde allmählich müde.

Satterlee: Rache für die Art, wie Red mit seiner Tochter umgegangen war.

Dan: Eifersüchtig wegen der Aufmerksamkeit Reds gegenüber Edie und seiner Komplimente.

Punch: Weiß der Himmel.

Aristene: »Mehr als die Hölle rast die Frau, die man ...« etc. Und sie war verschmäht worden.

Edie: Sie liebt Dan, aber Red könnte ihr, auch wenn Punch das Gegenteil versichert, mit seiner Aufmerksamkeit zur Last gefallen sein.

Hat: »Stille Wasser ...«

Rose und Judy: Keine, soviel ich wußte.

Ich gähnte herzlich, als ich mich der letzten Abteilung zuwandte, GELEGENHEITEN, RED UMZUBRINGEN.

Satterlee hätte ohne weiteres zum »Friedlichen Fleckchen« fahren können. Selbst wenn seine Geschichte vom Bier und dem portugiesischen Schwarzhändler der Wahrheit entsprach, konnte er immer noch unsere Straße genommen haben.

Dan und Punch hatten gesagt, sie seien während der Nacht nicht aufgewesen. Aber sie hatten auch gemeint, daß es eine anstrengende Woche und ein anstrengender Tag gewesen waren. Jeder von beiden konnte fest geschlafen haben, während der andere hinausgegangen war. Wir hatten angenommen, daß Aristene zu Hause geblieben war, doch war, wie Asey gesagt hatte, alles möglich. Harriet hatte zugegeben, draußen gewesen zu sein. Aber Edie hatte sie nicht gehört. Warum hätte dann im umgekehrten Falle Hat Edie hören sollen, wenn Edie hinausgegangen wäre? Gut möglich, daß sie es nicht gehört hätte. Außerdem sprach, da niemand von uns Hats Ausflug bemerkt hatte, nichts dagegen, daß auch Rose oder Judy hinausgegangen waren.

Der Stift fiel mir beinahe aus den müden Fingern, als ich bei den SCHLUSSFOLGERUNGEN angelangt war.

Alles scheint mir, schrieb ich, auf das Formular anzukommen. Wenn die Unterschrift darauf wirklich von Dan stammte, wenn er die Waffe kaufte, wenn er tatsächlich an jenem Abend mit Red in Streit geriet – dann ist es, da wir wissen, daß er ein Motiv hatte, daß er jähzornig ist, über eine Waffe verfügte und die Gelegenheit dazu hatte, logisch anzunehmen, daß er Red ermordet hat. Wenn sich andererseits die Unterschrift als Fälschung erwies, dann kommen Satterlee oder Punch –

Entnervt schraubte ich meinen Füllfederhalter zu. Ich stopfte die Papiere in die Schublade und fiel ins Bett.

Ich gab gerne zu, daß ich nicht zur Detektivin geboren war.

Beim Einschlafen kam mir mit einem Male der entsetzliche Gedanke, daß dieses Durcheinander – anders als damals beim Riesenrad, wo alles nach höchstens anderthalb Stunden vorüber war – womöglich noch endlos weiterging. Vor meinem inneren Auge erschien das Bild einer langen Reihe von Tagen, die ich damit verbringen würde, unter der Überschrift »Ordnung aus dem Chaos« krause Gedanken auf dem Briefpapier des »Friedlichen Fleckchens« festzuhalten.

Es schien mir, als hätte ich kaum das Kissen berührt, als Jennie Mayo mich schon wieder weckte.

»Sieben Uhr, Mrs. Ballard, und 'n wunderschöner Tag. Ich hab' Ihnen Ihr Frühstück hier gleich mitgebracht; und sein Sie leise – Asey will nämlich nich', daß sonst schon jemand aufsteht.«

»Was um alles in der Welt ist denn aus den Satterlees geworden?« fragte ich gähnend. »Gestern abend war ich zu müde, um mir um sie Gedanken zu machen. Hat er sie auch noch im Haus untergebracht, nachdem ich zu Bett gegangen war, oder hat er sie zurück zu ihrem Vetter Nate geschickt?«

»Das Mädchen hat das andre Bett in Miss Judys Zimmer bekommen, und der Mann schläft noch auf dem Sofa im Wohnzimmer.«

»Und was wurde aus Asey?«

»Oh, der hat auf'm Fußboden geschlafen.« Jennie fand nichts dabei. »Dem macht das nix aus, wo er schläft. Dienstag nacht is' er die ganze Nacht draußen im Holzschuppen bei unserm Hund geblieben. Der is' wie aus Gummi. Aber jetzt frühstücken Sie erst mal. Lassen Sie sich Zeit; aber Asey sagt, wenn Sie die neuesten Neuigkeiten hörn wollen, dann kommen Sie besser zu ihm raus, sobald Sie mit 'm Frühstück fertig sind. Er ist draußen vorm Haus. Sagt, er wünscht', in dem Haus gäb's mehr abgeschiedne Ecken.«

Ich schlang mein Frühstück hinunter, so schnell ich konnte, und auch wenn Jennie genug serviert hatte, um eine ganze Kompanie zu verpflegen, ertappte ich mich bei dem Wunsch, sie hätte noch mehr gebracht. Die Seeluft schien bereits ihre Wirkung zu tun. Seit Monaten war ich nicht mehr so hungrig gewesen.

Ich fand Asey auf der Holzbank sitzen, wie er nachdenklich aufs Meer hinaus blickte. Er erhob sich und begrüßte mich herzlich.

»Ist das hier etwa«, fragte ich, »der Club der Frühaufsteher?«

Er lachte. »Neulich is' mir noch durch'n Kopf gegangen, wie wütend all die anderen Vögel auf das erste Rotkehlchen gewesen sein müssen, das sich diesen Quatsch mit dem Frühaufstehen ausgedacht hat. Tut mir leid, daß ich Sie schon hab' wecken lassen, aber ich wollt' gern mit Ihnen allein sprechen. Schau' mir schon seit 'ner halben Stunde die Wellen hier an. 's stimmt nich', daß jede siebte größer is' als wie die sechs davor. Ich hab' mir immer gewünscht, ich hätt' mal Ruhe genug, um das rauszufinden, aber bis jetzt hatt' ich nie die Zeit dazu. Hat was sehr Beruhigendes, das Wellenzählen.«

»Wie ging es weiter, nachdem ich zu Bett gegangen war?«

»Oh, ich hab' versucht, daß alle sich mit 'nem freundlichen Handschlag voneinander verabschiedeten, wie der alte Pfarrer Howes immer zu sagen pflegte. Nach Mitternacht warn Parker und Bernsdorf nochmal hier. Parker hatte 'ne Menge über unsere Theatergesellschaft zu erzähln. Aber eigentlich kaum was, was wir nich' schon wußten. Scheint, daß die Polizei nich' viel über die Leute weiß, die in ihrem Revier wohnen. Wahrscheinlich hätt' ich vom Schornsteinfeger mehr erfahrn. Jedenfalls wußten sie wenig über Gilpin. Er hatte 'ne Autohandlung weit draußen an der Commonwealth Avenue, hat er vor acht Jahren von dem Geld gekauft, das 'n Onkel ihm hinterlassen hatte. Im Januar mußt' er den Laden aufgeben. Wechsel geplatzt, Hypotheken auf'm Grundstück und so weiter und so fort. Die Firma, der er 's Geld schuldete, hat ihn mehr oder weniger aus'm Geschäft gedrängt. War eigentlich nich' nötig, aber sie ham's halt gemacht. Von da an hat Red dann Kaninchen aus'm Zylinder geholt. Keine Vorstrafen, nur einmal wegen Geschwindigkeitsübertretung und einmal wegen Ruhestörung aufgefalln; das war noch im College, nach irgendwelchen Festivitäten. Das is' alles. 's gibt keine, wie das so heißt, pikanten Details aus seinem Liebesleben.«

»Haben Sie noch irgend etwas über Judy herausgefunden?«

»Verflixt!« Asey schlug sich auf die Schenkel. »Ich wußt' doch, daß ich was vergessen hatt'. Das war's. Ich hab' völlig vergessen, Parker zu sagen, daß er Nachforschungen über sie anstelln soll. Ich werd' gleich zu Syl gehn und sehn, daß er das weiterleitet.«

»Was«, fragte ich, als er zurück war, »wurde aus dieser Sache mit dem Schließfach?«

»Das war einfach. Hab' dafür gesorgt, daß Satterlee uns gestattet, es zu öffnen.«

»Wie das, wenn die Schlüssel nicht mehr da sind?«

»Bohrer und Schneidbrenner. Eigentlich muß der Besitzer dabei sein, wenn das gemacht wird, aber Parker kümmert sich drum. Wir ham Dans Unterschrift nach Boston weitergeleitet, und wenn das Schließfach offen is', dann geht 's Formular auch nach Boston, und 'n Handschriftenexperte untersucht's. Für alle Fälle hab' ich die andren auch ›Daniel Allen‹ auf'n Stück Papier schreiben lassen. Bernsdorf hat beide Waffen mitgenommen, die eine, die Sylly gefunden hat, und die vom Squire, und er wird beide genau unter die Lupe nehmen. Irgendwie beruhigend, wenn man 'n Experten zur Hand hat. Nur eine Schwierigkeit gibt's dabei. Wenn man mit 'ner Sache vor Gericht geht, wo 'ne Menge Experten mit zu tun ham, dann holt sich die andere Seite auch ihre Experten, und dann geht der Spaß erst richtig los.«

»Aber wenn sie Experten sind, warum sind sie denn dann nicht einer Meinung?«

»Warum? Das weiß ich auch nich'. Ist einfach nich' üblich. Erinnern Sie sich noch an Mister Dooley? Tatsächlich? Die Bücher von Dunne über diesen Burschen gehörn zu meiner liebsten Lektüre. Einmal hat er was über Sachverständige geschrieben, das gefällt mir immer wieder. Es ging so: Mister Dooley hatte drüber gewettert, daß die Leute um so mehr Sachverständige innen Gerichtssaal schleppen, je mehr Geld sie ham, und desto ungeschorener kämen sie davon. Hennessy fragt, wo denn dann der Unterschied zwischen Sachverständigen und falschen Zeugen läge, und Dooley sagt, der Unterschied zwischen einem Sachverständigengutachten und einem Meineid hängt von der Frage ab, was man sich leisten kann. Manchmal isses tatsächlich so.«

»Was gab es sonst noch?« fragte ich. »Was war mit den Papieren, die Kemp für Sie organisieren sollte?«

»Die Büroklammern, meinen Sie? Sind nur zwei Stück. Andre Klammern als die, die ich gefunden hatte. Die hatten so 'nen kleinen Grat. Ich wollt' nur sehn, ob's die gleichen sind.«

»Und was stand sonst noch auf der Liste, die Sie von den Polizisten bekommen haben?«

Asey seufzte. »Die Jungs ham mich wirklich beim Wort genommen. Da sind über 40 Punkte auf dieser Liste. Im Augenblick, wo die Sache mit dem Revolver und mit der Handschriftenprobe noch in der Schwebe is', da hab' ich einfach keine Geduld, mich um ›Roadster auf Hügel gesichtet‹ und dergleichen zu kümmern. Natürlich können wir die Nummern, die aufgefalln sind, überprüfen, eine nach der andren, und dann sehn, was das für Leute sind, aber das is' 'ne Knochenarbeit. Außerdem geht mir allmählich auf, daß ich, wenn *ich* Gilpin umgebracht und mich dann mit 'm Wagen davongemacht hätt', wahrscheinlich 'ne Nummer oder zwei auf meinem Nummernschild übermalt hätt', und ich wär' schön langsam und ordentlich gefahrn. Wär' kein Risiko eingegangen.«

»Was ist mit den Zeitungen?«

»Kommt alles heute ganz groß raus.«

»In der Spätausgabe, hoffe ich?«

»Jawoll.«

»Ich muß George telegrafieren«, fiel mir ein. »Wenn ich das versäume, wird er wutschnaubend hier angebraust kommen. Wahrscheinlich muß ich dann wieder extrafette Vorzugsmilch trinken, und er nimmt mir meine sämtlichen Zigaretten fort. Und Janet muß ich auch telegrafieren. Sie werden beide glauben, es sei ihre Pflicht zu kommen, und ich kann sie hier wirklich nicht unterbringen. Ach Asey, ich wünschte, ich wäre nicht hergekommen. Ich wünschte, ich wäre daheim geblieben. Es geht mir sehr nahe, was da mit Red geschehen ist. Ich bin nach wie vor entsetzt von all dem, aber ich stelle fest, daß ich mittlerweile mehr an mich selbst und den Rest von uns hier denke als an ihn. Ich denke an die Zeitungen und an das, was uns noch bevorsteht, wenn wir da mit hineingezogen werden. Das scheint unpassend, aber –«

»Aber nein«, unterbrach mich Asey, »aber nein, das stimmt nich', Mrs. Ballard. Bedenken Sie doch, Selbsterhaltung is' immer der erste Impuls, dem die Leute nachgeben. Manchmal isses sogar der einzige. 'n Mord is' was ganz andres als wie 'n normaler Todesfall. Anfangs is' einem genauso zumute, aber bei 'nem Mord kommt einem dann nach und nach der Gedanke und verdrängt den Schmerz: ›Was, wenn sie sich mich ausgucken und sagen, ich hätt's getan?‹«

»Aber trotzdem«, beharrte ich, »ich schäme mich für mich selbst, weil wir uns alle so benommen haben. Wir haben –«

»Aber warum sollten Sie? Mrs. Ballard, ich hab' ziemlich oft mit Parker zusammengearbeitet, und ich bin inne Menge Fälle reingeraten, mal hier, mal da, die warn genauso merkwürdig. Bei so 'nem Mord geht's den meisten Leuten genauso schlecht, wie wenn jemand natürlich stirbt. Schlimmer. Nur daß ihre Angst, jemand könnte ihnen Handschellen anlegen, noch größer is' als die Trauer um den, der da umgebracht worden is'. Das is' ganz normal, so sind die Menschen nu mal. Bei so 'nem Mord geht's um mehr als nur um dieses Gefühl von Vergänglichkeit, wenn jemand, den man kannte und den man gern gehabt hat, stirbt.

Mehr als nur den Gedanken an das, was war, und das, was jemand andrem zugestoßen is'. Man denkt da auch: ›Was passiert jetzt mit mir?‹«

Ich nickte. »Gestern fand ich, daß sich Dan und Punch und die anderen – nun –«

»Ich weiß. Aber ich kann Ihnen versichern, denen geht das viel näher, als wie's den Anschein hat. Kemp sagt, Punch hätte gestern abend draußen im Lastwagen geheult wie 'n kleines Kind. Sie müssen sie nur erwischen, wenn sie sich unbeobachtet fühln. Da können Sie sehn, wie denen wirklich zumute is'. Aber ich hab' ja gestern schon gesagt, das sind eben Schauspieler. Sie verstecken ihre Gefühle, so gut es geht, aber sie verstecken sie eben nur. Warten Sie erst mal ab, was Sie für Leute hier zu sehn bekommen, wenn die Zeitungen raus sind. Dann werden Sie erst merken, was für gemeine Leute 's gibt. Dafür hab' ich auch die Beamten da an der Kreuzung postiert. Damit die uns die vom Leibe halten.«

»Die Reporter, meinen Sie?«

»Auch. Reporter sind mir immer 'n Greuel. Aber hauptsächlich denke ich an die Touristen. Das, was Bill Porter ›Hoi-Poloi‹ nennt. Die Touristen bringen dem Cape 'ne Menge Geld ein, aber ich würd' die ganze Bande am liebsten chloroformieren. Sonnenblenden und kunstseidene Hemden und Sonnenbrand! Lassen ihren Abfall in schönen saubren Kiefernwäldchen liegen und machen die Straßen unsicher und werfen ihre Blechdosen und Bierflaschen an die Strände, wo andre baden! Warten Sie nur, bis die Touristenhorde hier herkommt und loslegt. Den Leuten, die was mit 'm Mord zu tun ham und hauptsächlich an sich selbst denken, denen kann man das verzeihn, aber denen, die nix damit zu tun ham und so tun, als ob's 'n Picknick wär' oder 'ne Grundstücksbesichtigung mit Gratisimbiß und Schauspieleinlagen, denen nich'. Und die kommen. Das hab' ich oft genug erlebt.«

»Jetzt fühle ich mich ein bißchen besser«, meinte ich. »Sagen Sie, Asey – was halten Sie denn nun eigentlich von der ganzen Geschichte?«

»Was halten Sie davon, Mrs. Ballard?« konterte er.

Ich erzählte ihm von meinen kläglichen Versuchen.

»Ungefähr so weit bin ich auch gekommen«, sagte er. »Im Augenblick tut mir dieses Mädchen Aristene ganz furchtbar leid. Neulich, als ich Red in der Tankstelle in Hyannis gesehn hab', da hat die Kassiererin sich die Nase an der Scheibe plattgedrückt, damit sie so viel wie möglich von ihm mitbekam. Ich fand ihn sympathisch, aber 's scheint, daß so was auch 'ne Schattenseite hat. Merkwürdig – man hört oft von Frauen, die mit Männern flirten und sie dann wieder fallenlassen, aber man trifft nich' oft jemand oder hört von jemand, der so wie Gilpin war. Eins ist sicher. Wer immer ihn umgebracht hat, 's war entweder 'ne verschmähte Frau oder 'n eifersüchtiger Mann, und das hilft uns ja schon. Jedenfalls wissen wir, daß sie's nich' auf sein Geld abgesehn hatten.«

An dieser Stelle kam Judy herausgeschlendert und verkündete, das Frühstück stehe bereit. Sie war bleich, aber die Anzeichen des Hungers, die ihr am Montag noch im Gesicht geschrieben standen, verschwanden allmählich.

»Ich habe zwar schon gefrühstückt«, meinte ich, als ich mich erhob, »aber ich glaube fast, ich werde es noch ein zweites Mal tun. Ich bin einfach ein Vielfraß.«

»Es geht Ihnen wieder besser, Vic. Sie bekommen Farbe, und der Pergamentton Ihrer Haut verschwindet allmählich.«

Ich verzehrte mein zweites Frühstück und wanderte dann zum Strand hinunter. Es war ruhig dort unten, abgesehen vom Tosen der Wellen und dem Rauschen des Strandhafers, der im Wind hin- und herschwankte. Ich stellte fest, daß Asey wieder einmal recht gehabt hatte. Wellenzählen hatte etwas Beruhigendes. Bei der 310ten schlief ich ein und erwachte erst wieder, als Punch mich zum Mittagessen rief. Beim Essen wurde wenig gesprochen, und hinter der forcierten Fröhlichkeit spürte ich ein allgemeines Unbehagen. Jeder wußte von dem Bankschließfach, und jeder wußte, daß – ganz gleich, wie der Schuldspruch lauten mochte, wenn er verkündet wurde – irgend jemand, wie Punch es ausdrückte, sein Fett abbekommen würde. Eine Ruhe-vor-dem-Sturm-Stimmung herrschte, als wir nach dem Essen eine Partie Bridge spielten. Gegen halb drei kam Sylly Mayo hereingekeucht.

»Sachen von Parker.« Er überreichte einen Brief und ein in braunes Papier eingeschlagenes Bündel.

Es ist nun einmal das Wesen der menschlichen Neugierde, daß wir allesamt das Bündel anstarrten, statt auf Aseys Reaktion auf den Brief zu achten, den er las. Und alle schienen zutiefst enttäuscht zu sein, als er keinerlei Anstalten machte, das Päckchen zu öffnen.

»Sie können allesamt noch 'n Weilchen die Füße von sich strekken«, verkündete er. »'s gibt Schwierigkeiten mit dem Schließfach. Werden vielleicht erst spät am Abend erfahrn, ob sie's überhaupt aufbekommen ham. Dann müssen die Sachen noch nach Boston geschickt werden. Wenn Sie das erleichtert, Satterlee, kann ich Ihnen sagen, daß Red mit der Waffe erschossen wurde, die Syl gefunden hat, und nich' mit Ihrer. Miss Judy, würden Sie und Mrs. Ballard bitte mit mir rauskommen?«

Er nahm das Bündel mit hinaus, und Judy und ich folgten ihm zur Gartenbank.

»Ich hab' Nachforschungen über Sie anstellen lassen, Judy, aber die Polizei hat einfach nix zutage gefördert. Würd's Ihnen was ausmachen, wenn Sie mir 'n bißchen was von sich erzähln würden?«

»Natürlich nicht. Ich bin nach dem zweiten Jahr vom College abgegangen und besuchte dann die Handelsschule. Meine Eltern starben, und ich mußte arbeiten. Sie hatten nichts, was sie mir vererben konnten. Ich hatte zunächst zwei schlechtbezahlte Jobs, und dann fand ich eine wirklich gute Stelle bei der Werbeagentur Silverman & Harris in Boston. Ich dachte, ich könnte dort bleiben, aber voriges Jahr sind sie pleite gegangen. Seitdem habe ich in einem möblierten Zimmer nach dem anderen gewohnt, immer, bis die Miete fällig wurde. Ich habe einfach keine Arbeit finden können, höchstens einmal etwas zur Aushilfe, und auch das nur selten. Mehr ist da nicht zu erzählen. Ich habe ein Zeugnis von Silverman. Wollen Sie es sehen?«

»Nich' nötig.«

»Sagen Sie, Vic«, meinte Judy dann, »es wird allmählich kühl. Kann ich Ihnen Ihren Mantel holen oder eine Decke oder so? Da fällt mir übrigens ein, was ist aus der Reisedecke geworden, die wir mitgebracht haben? Ich wollte sie gestern mit an den Strand nehmen, aber ich habe sie nirgends finden können.«

»Ich habe sie Dienstag nacht aus dem Wohnzimmer geholt. Sie ist bei mir im Schrank, und Sie können sie gerne haben. Ich würde zur Zeit genausogut unter einer Betondecke schlafen.«

»Dienstag nacht? Ich habe Sie gar nicht gehört«, sagte Judy nachdenklich.

»Es war ungefähr Viertel nach drei. Sie schliefen fest unter Ihrer weißen Decke.«

»Meiner weißen Decke? Ich habe keine weiße Decke.«

»In jener Nacht hatten Sie jedenfalls eine.« Ich war mir meiner Sache sicher. »Ich war schläfrig, aber ich habe sie deutlich gesehen. Ich wollte ohnehin fragen, wo Sie die gefunden haben. Sie steht nicht auf unserer Inventarliste.«

»Ehrlich, Vic, ich hatte keine weiße Decke. Es muß der Widerschein des Feuers gewesen sein.«

»Oder«, fügte Asey hinzu, »'n Bettuch.«

»Unsinn, ein Bettuch! Sie würde doch in einer so kalten Nacht nicht nur mit einem Bettuch schlafen, Asey!«

Judy warf ihm einen unsicheren Blick zu.

»Das hab' ich auch nich' gemeint«, erklärte Asey leichthin. »Ich meinte, daß die Bettdecke überm Fußende des Sofas zurückgeschlagen war.«

»Aber das ist doch noch viel unsinniger«, wandte ich ein. »Sie wissen doch selbst, daß es in jener Nacht so kalt war, daß man ein halbes Dutzend Decken hätte brauchen können.«

»Worauf Asey hinauswill«, erklärte Judy, »ist, daß ich seiner Meinung nach gar nicht im Bett war, Vic.«

»Und das warn Sie auch nich', oder, Judy?«

Sie schüttelte den Kopf. »Nein, das war ich nicht.«

»Weshalb waren Sie auf?« fragte ich. Auch wenn Red bereits um eins erschossen worden war, konnte Judy ja von jenem Zeitpunkt an draußen gewesen sein. Oder vielleicht hatte sie sich auch schon vorher dort aufgehalten.

»Das«, antwortete Judy kurz angebunden, »ist etwas, worüber ich Ihnen, glaube ich, nichts sagen möchte.«

»Sie meinen«, hakte Asey nach, »wo Sie sich weigern, was zu sagen?«

Sie zögerte. »Ich glaube schon. Ja. Wenn Sie es so formulieren wollen, Asey, es ist eine Sache, zu der ich mich weigere, etwas zu sagen.«

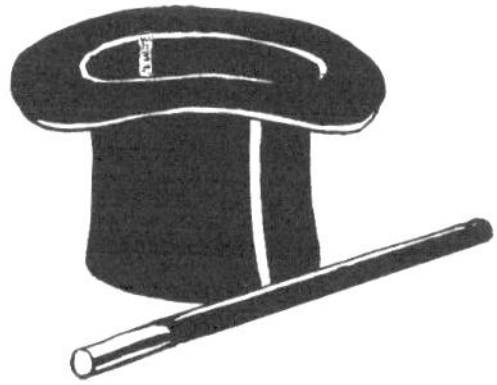

Kapitel 9

Aseys nächste Frage überraschte Judy ebenso, wie sie mich überraschte.

»Ham Sie 'n Morgenrock, der fusselt?«

»Einen was?«

»Sie wissen schon. 'n Morgenrock, der fusselt. Kamelhaar oder einer von diesen wolligen. Einer, von dem Fusseln abgehn.«

»Nein.« Judy schüttelte den Kopf. »Mein Morgenrock ist ein langer, mantelartiger mit weiten Ärmeln. Er ist aus Baumwollpongé.«

»Ham Sie 'n Sommermantel? Kamelhaar?«

»Ja.«

»Neu?«

Judy errötete. »Meine Kleider sind alle neu. Mrs. Ballard mußte mich ausstatten, als sie mich anstellte.«

»Macht's Ihnen was aus, den mal herzubringen?«

»Aber nein.« Judy erhob sich und ging ins Haus.

»Welche verqueren Gedanken«, fragte ich verwundert, »bringen Sie denn nun dazu, sich mit fusselnden Morgenröcken und Sommermänteln abzugeben?«

»Warum nich'? Is' doch nich' komischer als wie Büroklammern und die Satterlees, oder?«

Ich sagte nichts weiter.

Judy kehrte mit ihrem Mantel zurück, einem ganz gewöhnlichen hellbeigen Kamelhaarmantel mit Raglanärmeln und großen braunen Lederknöpfen.

»Verliert leicht Haare, was?«

»Wie bitte?«

»Fusselt. Reibt sich ab. Hat irgend jemand im Haus 'n blauen Sergemantel?«

»Punch hat einen.«

»Dann bringen Sie ihn raus, sein Sie so nett.«

Judy trottete davon.

»Asey Mayo«, sagte ich mit letzter Kraft, »was wird hier gespielt? Ihnen scheint das hier eine Menge Spaß zu machen, aber Sie könnten mich ja daran teilhaben lassen. Ich gehöre schließlich«, fügte ich scharf hinzu, »nicht zur Kategorie der Satterlees.«

»Gibt noch nix zu erzähln. Probier' nur grad was aus. Da sind Sie ja, Punch. Also Judy, würden Sie jetzt bitte Ihren Mantel überziehn? Danke. Und jetzt lehnen Sie sich mal an Punch, nur gerade so viel, daß die Mäntel sich berührn. Nochmal danke. So, Punch, Sie können uns jetzt Ihren Mantel dalassen und wieder ins Haus gehn. Keine Fragen. Ab mit Ihnen.«

Mir fiel auf, daß am Ärmel des Mantels einige Fusseln hängengeblieben waren. Eigentlich konnte man kaum von Fusseln sprechen. Eher, dachte ich, war es ein Flaum.

Asey war damit beschäftigt, das in Packpapier geschlagene Bündel zu öffnen, das er mit hinausgebracht hatte. Hervor kam ein zweiter blauer Sergemantel, dem Mantel Punchs sehr ähnlich, nur daß dieser ein Zweireiher war. Asey warf einen Blick darauf und reichte ihn mir dann herüber.

An beiden Schultern fanden sich zwischen der Spitze des Revers und dem Ärmelansatz Stellen mit einem ähnlichen Flaum.

»Jawoll«, kommentierte Asey. »Fusselt leicht. Hm. Mir warn diese Fusseln auf Gilpins Mantel aufgefalln – dies hier is' nämlich sein Mantel –, aber vorher hab' ich mir nix dabei gedacht. Dacht' einfach, er hat sich nich' die Mühe gemacht, seine Sachen zu bürsten. Aber Parker hat drüber nachgebrütet und hat 'n hergeschickt. Bin froh, daß er das hat. Sie ham sich also Dienstag abend mit Gilpin getroffen, Judy?«

»Wie kommen Sie denn darauf, Asey? Mein Mantel ist doch nicht der einzige wollige Kamelhaarmantel, den es gibt. Die muß es zu Millionen geben.«

»Stimmt, aber in diesem speziellen Teil der Welt gibt's höchstens ungefähr neun.«

»Punch trug einen, als er hier ankam.« Judy ließ sich nicht beirren. »Ich habe Hat Allen in einem gesehen. Selbst Aristene Satterlee besitzt einen, der beinahe genauso aussieht wie meiner. Gestern abend wollte sie sogar aus Versehen meinen mitnehmen, als sie zu Bett ging.«

Asey seufzte und streckte seine langen Beine aus. »Na gut. Ich treib' sie zusammen. Ich hol' alle Sommermäntel her, die hier im

Haus zu finden sind, und seh' dann, was man damit anfangen kann.«

Judy setzte sich neben mich auf die Bank.

»Mittlerweile verfluchen Sie wohl den Tag, an dem Sie mich angestellt haben, nicht wahr, Vic?«

»Warum sollte ich?«

»Sie sind so freundlich zu mir. Aber diese Antwort ist typisch für Sie. Ich hatte so sehr gehofft, ich würde da nicht mit hineingezogen. Ich gebe Ihnen mein Ehrenwort, Vic, ich habe nichts mit Red Gilpins Tod zu tun. Und wenn Asey – ich wage gar nicht daran zu denken, was Ihr Sohn dann von mir halten wird.«

»Ich wage ohnehin nicht daran zu denken, was George von alldem halten wird. Nur eins möchte ich Ihnen raten, Judy. Sagen Sie Asey die Wahrheit. Er wird sie nicht zu Ihrem Nachteil auslegen, auch wenn es vielleicht keine angenehme Wahrheit ist.«

»Hm-hm.« Man konnte nicht sagen, daß sie meinen Rat mit Begeisterung aufgenommen hätte.

Asey kehrte zurück, drei Mäntel über dem Arm.

»Der von Punch war so abgeschabt, daß der nich' mal auf 'm Fliegenfänger Spuren hinterlassen würde. Der von Hat is' nich' viel besser.«

Eifrig rieb er die Ärmel an Punchs blauem Mantel. »Fehlanzeige, da bleibt kein Fädchen hängen. Jetzt der von Aristene. Die Farbe stimmt, aber 's issen Flanellstoff, und Ihrer is' flauschig. Nein, bei keinem von denen klappt's. Judy, kommen Sie her, und probiern Sie's selbst aus. Reiben Sie diese drei Mäntel an dem blauen von Punch, und dann nehmen Sie Ihren eigenen.«

»Ich glaube es Ihnen auch so.«

»Also, Judy«, schnurrte Asey. »Sie sind draußen gewesen und ham sich mit Red getroffen, nich' wahr? Ham sich an ihn gelehnt?«

»Ich war n i c h t draußen. Außerdem ist Red doch gegen eins ermordet worden, nicht wahr, Asey? Und es war um drei, daß ich nicht im Bett war. Das müssen Sie bedenken.«

»Sie hätten ja seit eins weg sein können. Nu sagen Sie's schon, Judy.«

»Ich gebe Ihnen mein Ehrenwort, ich habe das Haus nicht verlassen.«

»Aber Gilpin, den ham Sie schon gut gekannt, bevor Sie hierher gekommen sind, stimmt's?«

»Wie kommen Sie denn darauf?«

»Fünf Stückchen Zucker in seinem Kaffee zum Beispiel. Und auch was Sie gestern morgen gesagt ham. Daß keiner wüßt', was da noch ans Tageslicht kommt. Das hätten Sie nich' gesagt, wenn Sie nich' was gehabt hätten, von dem Sie nich' wollten, dasses rauskommt.«

»Und«, fügte ich hinzu, denn ich fand, man solle ihr noch deutlicher vor Augen führen, wie notwendig es war, nichts zu verschweigen, »als Punch Red zum ersten Mal erwähnte, fragten Sie, ob er Kilpin heiße. Aber es klang nicht so, als ob Sie das wirklich fragen wollten. Eher, als wollten Sie sich vergewissern, daß es Red war, aber nicht direkt danach fragen wollten.«

Judy lächelte. »Sie beobachten scharf, Vic. Ich hätte nicht gedacht, daß Sie das bemerken würden.«

»Also, Judy«, sagte Asey, »nu sein Sie mal vernünftig. Sie wissen doch verdammt gut, wenn Sie mir nich' die Wahrheit sagen, dann quäl' ich Sie so lang, bis Sie's tun. Und wenn's um Hartnäkkigkeit geht, da schlag' ich die Bluthunde, die hinter Eliza aus *Onkel Toms Hütte* her warn, um Längen. Im Vergleich zu mir sehn die aus wie 'n hektischer Schwarm Moskitos.«

»Sie haben gewonnen«, sagte Judy leise. »Ich hätte es Ihnen von Anfang an erzählen sollen. Nur hatte ich ja anfangs verschwiegen, daß ich Red kannte – als er eintraf, meine ich, oder als Punch von ihm sprach –, und nach dem gestrigen Morgen hätte ich mich selbst in Schwierigkeiten gebracht, wenn ich es getan hätte. Ja, ich kannte Red. Ich habe ihn vor zwei Jahren in Boston kennengelernt, als ich für Silverman & Harris arbeitete.«

»Ich will ja nich' allzu persönlich werden« – Asey klang, als ob er das tatsächlich so meinte –, »aber was genau war das für 'ne Beziehung zu Red? 'n guter Freund, oder was?«

»›Oder was‹.« Geschickt entzündete Judy im Wind eine Zigarette. »Ich bin eine zweite Aristene.«

»Sie –?«

»Eine von denen, die er sitzengelassen hat. Bei mir waren es nicht die Hände. Ich nehme an, ihre Hände waren es, die es Red angetan hatten. Sie sind einfach wunderschön, nicht wahr? Bei mir war es das Haar.«

»Haar?« fragte Asey.

Beide starrten wir ihren Kopf an, als ob uns nie zuvor aufgefallen sei, daß sie einen hatte. Ihr Haar war braun, naturgelockt, und offensichtlich hatte sie es am Montag bei einem Friseur schneiden lassen, der sein Handwerk verstand, denn es lag eng am Kopf an, und der Nacken war geradezu ein Kunstwerk. Aber ihr Haar unterschied sich nicht wesentlich von dem Dutzender anderer Mädchen, die ich kannte.

»Ich kann schon verstehen, daß Sie überrascht dreinblicken«, sprach Judy ruhig weiter. »Damals hatte ich langes Haar, müssen Sie wissen. Sehr langes Haar. Mutter hatte immer so gern langes Haar, und das erste Mal, daß meines überhaupt geschnitten wurde, war letzten Januar. Es war lang und lockig und, wenn ich das sagen darf«, meinte sie lächelnd, »es sah wirklich ziemlich gut aus. Es hatte nichts Ungebändigtes. Ich habe es mir immer um den Kopf gewunden wie –«

»Wie 'n Heiligenschein«, schlug Asey vor und musterte sie kritisch, wobei er den Kopf ein wenig schief hielt. »Jawoll, kann mir schon vorstelln, wie das ausgesehn hat. Damit ham Sie anders ausgesehn als andre Mädchen, irgendwie würdiger. Nich' so sehr wie 'n Collegemädchen, das unterwegs is', um mal eben 'ne Partie Tennis zu spielen.«

»Genau so war es, Asey. Danke, daß Sie das für mich formuliert haben. Den Haaren hatte ich es zu verdanken, daß ich meine Stellung bekam. Harris, mein Chef, schwärmte für langes Haar und stellte keine Mädchen mit Bubikopf ein. Von diesem kleinen Vorurteil abgesehen, war er aber ein sehr netter Mann. Tja, und Red habe ich bei einem Amateurtheater kennengelernt. Er kehrte den Zauberer heraus, und ich war sein Dornröschen. Wir spielten *Die Schöne und das Tier* zugunsten eines Kinderkrankenhauses. Ich hatte eine Menge Goldstaub im Haar, und das muß ihn wohl beeindruckt haben. Selbst als der Staub wieder herausgebürstet war, hatte mein Haar es ihm angetan. Das ist alles. Nur daß Red mich nicht so sitzengelassen hat wie Aristene. Wir trennten uns freundlich, aber entschieden.«

»Wann?«

»Letzten Januar. Aber ich kann Ihnen genausogut alle ekelhaften Details erzählen. Damals litt ich genauso sehr, wie Aristene jetzt zu leiden scheint. Aber es besserte sich sehr schnell. Im Juni werden es zwei Jahre, daß wir uns kennenlernten. Von da an bis zum letzten Januar sind Red und ich oft zusammen gewesen. Nach einem Jahr war unsere Beziehung für mich selbstverständlich; letzten Herbst hielt ich uns gar für verlobt. Das war einer der

Gründe dafür, warum es mir anfangs gar nicht so viel ausmachte, daß ich keine Arbeit fand. Wir hatten es zwar nie in solcher Deutlichkeit gesagt, aber ich ging davon aus, daß ich, wenn mir wirklich das Geld ausging, Red heiraten würde. Ich fragte mich, warum er mir keinen Antrag gemacht hatte, als ich meine Stellung verlor.«

Sie hielt inne, um eine weitere Zigarette zu entzünden.

»Im Januar geriet Reds Geschäft in Schwierigkeiten. Ich war selbst auch ziemlich am Ende. Seit einem halben Jahr war ich arbeitslos. Es schien Zeit für eine Aussprache, und eines Abends fragte ich ihn, was wir tun wollten. Er sagte, er habe da jemanden von einer wandernden Schauspieltruppe kennengelernt, und er überlege, ob er mit ihm ziehe. Er wollte seine Zauberei zum Beruf machen. Irgendwie war von mir dabei gar nicht die Rede. ›Und was wird aus mir?‹ fragte ich.

Er rieb sich lediglich über das Kinn und meinte, das sehe für mich wohl nicht besonders gut aus, und da fragte ich mich allmählich, ob ich mich vielleicht geirrt hätte, als ich glaubte, er empfinde etwas für mich. Sein nächster Satz vertrieb gründlich alle Illusionen, die ich in dieser Hinsicht noch gehabt hatte. Er erklärte mir, er habe sein Geschäft vernachlässigt, das sei der Grund für seinen Konkurs, deshalb habe die Firma, der er das Geld schuldete, ihn zur Zahlung gezwungen, obwohl sie es eigentlich nicht nötig gehabt hätte.«

»Sein Geschäft vernachlässigt? Wieso das?«

»Das Beste kommt noch. Er meinte, oh, ganz nebenbei, er habe da eine Frau kennengelernt, in die er sich verliebt habe, und mit der habe er die ganze Zeit verbracht, die er im Geschäft habe sein sollen. Das war der Punkt, an dem ich begriff, daß ich mir alles nur eingebildet hatte, denn ich wußte verdammt gut, daß er mit mir nicht viel Zeit verbracht hatte.«

»Wer war diese Frau?«

»Das weiß ich nicht. Ich habe es nie erfahren. Ich habe nie nach ihrem Namen gefragt, und ich glaube, er hätte ihn mir auch nicht gesagt. Ich war – nun, ich war schockiert. Wenn man glaubt, ein Mann sei in einen verliebt, und man selbst liebt diesen Mann, und man rechnet damit, daß man ihn heiratet, dann bringt einen das schon – ein wenig aus der Fassung –«

»Wenn man von ihm erzählt bekommt, daß er sein Geschäft zugrunde gerichtet hat, weil er ’ne andere Frau liebt«, brachte

Asey den Satz für sie zu Ende. »Puh, das kann ich mir vorstelln. Und ich hab' Gilpin fürn netten Burschen gehalten!«

»Asey, das war er tatsächlich. Bedenken Sie, er hat nie auch nur mit einem Wort gesagt, daß wir verlobt seien oder heiraten wollten. Das wurde mir in jenem Augenblick klar. Natürlich war ich fürchterlich wütend. Aber eher, weil ich mich selbst so zum Narren gemacht hatte als seinetwegen. Ich sagte, mit so großer Ruhe, wie ich nur aufbringen konnte, daß es unter diesen Umständen wohl besser sei, wenn wir uns nicht mehr sähen. Er verstand überhaupt nicht, warum ich das sagte. Und das war nicht gespielt. Er verstand es wirklich nicht. Er sagte, wir seien doch immer gute Freunde gewesen, und es gebe keinen Grund, warum wir das nicht weiterhin sein sollten. Doch ich bestand darauf, und nach einer Weile sah er es ein. Er benahm sich sehr anständig. Versuchte, mir Arbeit bei einem seiner Freunde zu besorgen. Er hatte immer sein Bestes getan, um Arbeit für mich zu finden.«

»Nett von ihm.« Asey schleuderte mit dem Fuß einen Stein über den Rand und lehnte sich dann vor, um zu sehen, wie er die Klippe hinunter und über den Strand hüpfte. »Wirklich sehr nett. Pah!«

»Nun seien Sie doch nicht so streng, Asey. In jenem Augenblick begriff ich, daß alles mein Fehler gewesen war, weil ich geglaubt hatte, er sei verliebt in mich, wo er die ganze Zeit doch nur mein Haar bewundert hatte. Red mochte gutaussehende Frauen, schon immer, aber er wollte nicht mehr als sie bewundern. Jedenfalls, nachdem wir uns schon in aller Freundschaft Lebewohl gesagt hatten, fügte Red noch recht bitter hinzu, die Ironie des Schicksals für ihn sei dabei, daß er sich nach all den Jahren, die er die Frauen bewundert habe, nun in eine verliebt habe, die verheiratet sei und ihrem Ehemann treu.«

»Geschah ihm recht«, meinte Asey.

»Ich fragte ihn, was er denn tun wolle, und er antwortete, er wisse es nicht. Er gab zu, daß die Frau ihn gern hatte –«

»Ganz wie er's gewohnt war.«

Judy lachte. »Aber mehr als das war es nicht, erfuhr ich. Das war alles. Und ein wenig ironisch war es schon, wenn man sich das einmal überlegt. Rechts und links verliebten sich die Frauen scharenweise in Red, und er hatte sie nichts als gern. Und dann ging er hin und verliebte sich ausnahmsweise einmal selbst, und da war es die Frau, die ihn nichts als gernhaben wollte.«

»Schicksal«, war Aseys Kommentar. »Freut mich zu hörn, auch wenn offenbar alle denken, Gilpin habe 's gut gemeint mit seinen Liebchen und die Liebchen wärn sowieso selbst schuld gewesen. Wie sollte 's denn weitergehen?«

»Das habe ich ihn auch gefragt. Er sagte, er könne nichts machen. Sie habe ihm erlaubt, ihr zu schreiben, wenn er wolle. Also wollte er ihr einfach täglich einen Brief schreiben.«

»Sie wollen mir doch wohl nicht erzählen«, sagte ich, »daß er vorhatte, die einzige Liebe seines Lebens in Form eines Haufens Briefe zu verschwenden?«

»Hört sich blöd an, nicht wahr, Vic? Aber genau das hatte er vor. Aus allem, was er erzählte, schloß ich, daß er einfach sentimental geworden war. Passiert Leuten wie ihm fast immer. All die ollen Kamellen – daß er bis ans Ende der Welt wandern wolle, es sei denn, sie braucht ihn, daß er ihr sein Leben opfern wolle, selbst wenn sie es mit Füßen träte. Daß er immer nur warten und hoffen und sie lieben wolle. So eine Art Troubadour. Als er fort war, mußte ich ein wenig kichern. Am nächsten Tag schnitt ich die Haare ab, und im Handumdrehen hatte ich ihn vergessen.«

»Und die Frau ham Sie niemals gesehn und wissen nich' mal ihren Namen?«

»Nichts.«

»Haben Sie daran gedacht, Asey«, sagte ich, »daß es Edie sein könnte?«

»Hab' ich; aber wozu dann die Briefe? Was meinen Sie, Judy?«

Sie zuckte die Schultern. »Das weiß ich nicht. Alles, was ich weiß, ist, daß sie eine Schönheit ist und ihrem Mann treu ergeben. Red schien es überhaupt nicht zu kümmern, daß es da einen Ehemann gab. Kannte ihn nicht und wollte ihn auch nicht kennenlernen. Ignorierte ihn einfach, als ob er eine Statue sei. Sagte, er wolle nicht, daß jemand es für ein Dreiecksverhältnis halte – diese Art von Liebe sei das nicht.«

»Hmh.« Asey rümpfte die Nase. »Was war mit Aristene? Warum is' er der nachgelaufen, wo er doch so verliebt war?«

»Aristenes Hände zu bewundern hätte Red nicht als Untreue gegenüber seinem Ideal empfunden. Erkannte wahrscheinlich in ihren Händen etwas vom Großen Unbekannten. Das kann ich mir gut vorstellen.«

»Als Junge«, sagte Asey nachdenklich, »hat Bill Porter mal die letzte echte Windmühle, die's hier auf'm Cape gab, in die Luft gejagt, weil er so tat, als ob er 'n Spanier wär'. Don Irgendwas.«

»Don Quichote?«

»Genau. Red muß wohl auch solche Ideen im Kopf gehabt ham. Seitdem ham Sie Gilpin also nich' mehr gesehn, Judy?«

»Nicht vor letzten Dienstag.«

»Warum hat er Sie nicht erkannt?« fragte ich.

»Weil ich mich entschlossen hatte, ihn nicht zu kennen. Und das habe ich auch nicht. Red war ja kein Dummkopf. Als ich ihm nicht um den Hals fiel, verstand er, was gespielt wurde. Außerdem denke ich mir, daß er auch keine große Lust hatte, mich seinen Freunden vorzustellen. Vielleicht wegen Edie oder wegen Hat. Ich weiß es nicht. Jedenfalls, als er ging, flüsterte er mir zu, er wolle mich später sehen. Ich sagte nein. Als ich ihn nach so vielen Monaten wiedersah, begriff ich, wie wenig er mir im Grunde bedeutet hatte. Ich war einfach nur in diese ansteckende gute Laune verliebt gewesen, die er verbreitete. Eigentlich hatte Red viel von einem kleinen Jungen. Er war niemals wirklich erwachsen geworden, und ich glaube, sein Charme beruhte hauptsächlich darauf. Jedenfalls habe ich nein gesagt. Aber kurz bevor ich zu Bett ging, hörte ich jemanden an der Küchentür. Und da stand er.«

»Sie ham uns also die Wahrheit gesagt, daß Sie nich' draußen gewesen wärn; er kam rein, was?«

»Genauso war es, Asey. Ich wollte nicht, daß er hereinkommt, aber ich wollte auch nicht, daß er ein großes Theater macht.«

»Was hatte er zu sagen?«

»Er kam gar nicht zu Wort. Ich habe ihm gesagt, was ich in der letzten Zeit alles durchgemacht hatte. Erklärte ihm, Vic habe mich bei sich aufgenommen, ohne Fragen zu stellen, und ich wolle nicht die Vergangenheit wieder aufwühlen. Er solle sie auf keinen Fall wecken oder ihr den Eindruck vermitteln, ich triebe mich herum. Erklärte ihm, ich wolle die schlafenden Hunde nicht wecken, und er solle sich davonscheren. Und das tat er.«

»Wie kamen die Fusseln auf seine Schulter?«

»Oh, er hat mich geküßt«, antwortete Judy kühl. »Er stand an der Schwelle zur Hintertür. Wie ein Dienstbotenpärchen. Ich schlang die Arme um seine Schultern. Ich hatte den Mantel angezogen, weil er neben dem Sofa hing, und mein Morgenrock war zu dünn für dieses Wetter.«

»Sie sagen, Sie hätten ihn nich' geliebt«, sagte Asey nachdenklich, »un' trotzdem ham Sie ihn geküßt. Is' wohl eine von diesen typisch weiblichen Reaktionen, nehm' ich an?«

Judy kicherte. »Asey, Sie sind süß. Das war einfach die leichteste Art, ihn loszuwerden, und er machte ein Gesicht wie ein ungezogener Junge, als ich ihn fortschickte.«

»Sind Sie gleich wieder ins Bett gegangen? Wie spät war's da?«

»Ungefähr Viertel nach zwölf. Ich habe nicht darauf geachtet. Ich bin wieder zu Bett gegangen und blieb dort bis nach drei. Aber daß ich dann noch einmal aufgestanden bin, das hat nichts mit dem Mord zu tun. Das schwöre ich Ihnen.«

»Mehr wolln Sie uns nich' verraten?«

Judy schüttelte den Kopf. »Es hatte nichts mit dieser Sache zu tun. Das würde nur bedeuten, daß vollkommen unschuldige Menschen mit hineingezogen würden.«

»Die würden nich' hineingezogen, wenn sie unschuldig wärn«, philosophierte Asey.

»Das stimmt, aber ich habe Ihnen alles erzählt, Asey.«

»Hat's was mit jemand aus der Truppe zu tun?«

»Versuchen Sie nicht, mit mir Frage und Antwort zu spielen, Sherlock! Ich habe Ihnen mein Wort gegeben, daß alles, was ich erzählt habe, der Wahrheit entspricht. Es ist die Wahrheit. Und das ist alles, was ich über Red weiß, und darüber, was vorgefallen ist.«

»Na gut«, sagte Asey nach einer Weile, »wir heben uns den Rest für später auf. Ab mit Ihnen, und nehmen Sie die Mäntel mit.«

»Glauben Sie ihr?« fragte ich, als sie fort war.

»Tu ich. Mir war gestern morgen schon klar, daß sie Gilpin kannte. Das stand ihr im Gesicht geschrieben, in großen roten Lettern. Und daß jemand das spieln kann, wie sie sich benommen hat, als ich ihr sagte, er wär' umgebracht worden, das kann ich mir nich' vorstelln. Ich glaub' ihr. Außerdem wußt' sie ja nich', daß sie herkommen würd'. Auch wenn sie Red hier wiedergetroffen hat und vielleicht nich' alles ganz so war, wie sie's uns erzählt hat, dann hätt' sie ihn doch nich' umgebracht. Dazu hat sie zu viel vonner Dame. Hört sich komisch an. Aber –«

»Ich weiß schon, was Sie meinen«, sagte ich. »Sie kann schon in Wut geraten, aber sie hätte Red nicht in einem Wutanfall umgebracht. Sie ist zu vernünftig, und sie betrachtet alle Probleme von mehreren Seiten. Ihre Erzählung zum Beispiel, wie sie ihr Haar abgeschnitten und sich auf Anhieb wohler gefühlt habe, ist ein Beweis. Ich glaube, sie ist einfach nicht der Typ, der länger als einen Moment lang wütend sein kann. Im einen Augenblick könnte sie noch außer sich sein, und im nächsten würde schon ihr Humor die Oberhand gewinnen, und sie würde sich wieder beruhigen. Jedenfalls scheint sie sich schon lange vor Dienstag abend beruhigt zu haben. Wie hätte sie außerdem die Waffe gekauft oder von jemandem aus der Truppe gestohlen haben sollen, immer vorausgesetzt, jemand aus der Truppe besaß diese Waffe? Und mit dem Brief von Guild läßt sie sich nicht in Verbindung bringen.«

Asey nickte. »Stimmt. Na, jetzt gehn wir erst mal wieder ins Haus. Wieder 'n paar Puzzlesteinchen mehr an ihrem Platz, aber ich kann nich' sagen, daß ich 's Bild schon erkennen könnte. Nur 'n großes Stück Himmel. Ich frage mich, was wohl Aristene für eine is'.«

»Das frage ich mich auch.«

»Wir sind einfach davon ausgegangen, daß sie Dienstag abend bei Nate war. Ich denke, wir fahrn da mal hin und besuchen Nate Hopkins. Meine Güte, schaun Sie sich Jennie an! Syl hat sie dermaßen angesteckt, daß sie auch nur noch im Laufschritt unterwegs is'. Heiliger Strohsack, schaun Sie doch nur, wie die rennt!«

Jennie kam dermaßen angestürmt, daß Asey sie festhalten mußte, damit sie nicht über die Kante hinausschoß.

Ihr sonst so rotes Gesicht war aschfahl.

»Was issen los? Mein Gott, Jennie, was is' passiert?«

»Asey – komm schnell – schnell! Im – Keller! Da stöhnt einer. Es ist fürchterlich. Oh, komm, schnell, schnell!«

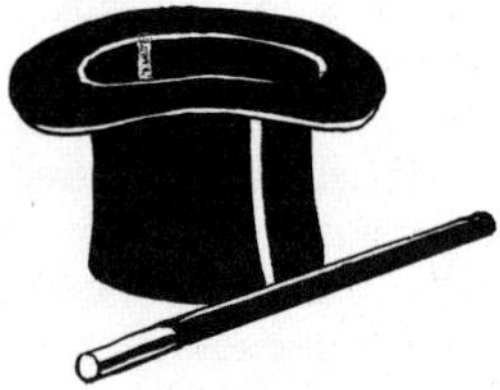

Kapitel 10

Asey zog eine Trillerpfeife aus der Tasche und ließ einen schrillen Pfiff ertönen, während er bereits in Richtung Haus sprintete. Kemp, der irgendwo in der Nähe des Kombis gewesen war, stürmte herbei, und Syls Kopf erschien am Rand des Steilhangs wie ein Springteufel. Seine kurzen Beine strampelten den langen Aseys nach.

Ich ließ Jennie zurück, damit sie zu Atem kommen konnte, straffte meine Schultern und stürzte mich ebenfalls in das Wettrennen.

Der Keller, das wußte ich, obwohl ich selbst noch nicht unten gewesen war, befand sich unter der Küche. Man gelangte dorthin durch eine Falltür im Küchenboden oder durch einen Verschlag links von der Hintertür.

Ich hatte die drei Männer fast eingeholt, als sie die äußere Treppe hinunterkletterten.

In der Mitte des kleinen quadratischen Kellers stand Rose, die sich an einen Strandspaten klammerte. Ihr Brüllen hätte den sprichwörtlichen Löwen vor Neid erblassen lassen.

Mit einer Hand schaltete Asey die Kellerbeleuchtung ein, mit der anderen zog er einen Revolver aus dem Gürtel. Als sie die Waffe sah, schrie Rose noch ein wenig lauter.

»Was is' los hier?« brüllte Asey mit seiner Achterdeckstimme.

Sie wimmerte und hob den Spaten.

»Was is' passiert? Wer stöhnt da? Wer is' das? Was is' los?«

Rose wies mit zitterndem Finger auf den kleinen Kohlebehälter, der zwischen dem Wassertank und der Pumpe stand, die unsere Wasserversorgung sicherte.

»Der Kohlenkasten?« fragte Asey. »Wer stöhnt da im Kohlenkasten? Hat's euch die Sprache verschlagen? Jennie, was zum Teufel is' denn los?«

Jennie kam die Treppe heruntergepoltert.

»Wir ham Kohle fürn Herd holn wolln, Asey. Ich bin mit runtergegangen, um 'n paar Kienspäne zu holn. Sie hat 'ne Schaufel voll Kohle genommen, und da hörten wir's stöhnen! 's war schrecklich! 's klang gar nich' wie 'n Mensch! 's wurd' lauter, und dann ließ es wieder nach!«

»Von wo kam es?«

»Von irgendwo da drin. Erst, als es wieder vorbei war, dacht' ich, 's is' jemand draußen, der sich 'n Spaß macht. Als Rose wieder die Schaufel reinstach, fing's von vorn an. Ach, es war schrecklich, Asey! Schrecklich!«

Asey drückte Kemp seine Waffe in die Hand und griff zur Kohlenschaufel. Er nahm eine Schaufelvoll und ließ sie in die halbleere Küchenschütte gleiten.

Und sofort erfüllte das grauenhafteste Geräusch, das ich jemals gehört habe, den Keller. Wie Jennie schon gesagt hatte – es war ganz und gar kein menschlicher Laut. Es war weder Seufzen noch Stöhnen noch Schluchzen. Es war all das zusammen. Gleich darauf verstummte es so jäh und unerklärlich, wie es begonnen hatte.

»Heiliger Strohsack!« sagte Asey.

Als er in den Kohlenkasten hineinstach, begann das Geräusch von neuem. Diesmal grub er weiter, ohne zu warten, daß es aufhörte.

»Meinen Sie, es is' noch 'n Mord?« brüllte mir Jennie Mayo erwartungsvoll ins Ohr. Sie mußte brüllen, denn das Geräusch von Aseys Schaufel und das seltsame Stöhnen wurden noch übertönt von Roses Kreischen, das so regelmäßig wie ein Wecker und hundertmal so schrill klang.

»Meinen Sie, es is' noch einer?« brüllte Jennie zum zweiten Mal und klammerte sich an meine Schulter.

»Würde nicht stöhnen, wenn er tot wäre«, brüllte ich zurück. »Das ist immerhin ein Trost, wenn man es so sehen will.«

Mit einem Male hörte Asey auf zu schaufeln, und das gespenstische Geräusch verstummte ebenfalls.

Ich hielt die Luft an, als er sich vorbeugte, und Gott sei Dank hatte auch Rose zu kreischen aufgehört.

In die Stille drang der Klang von Aseys Kichern. Er hob etwas auf und hielt es uns hin.

Es war schmutzig, und ein Bein hatte es verloren, doch mit seinem fröhlichen roten Bändchen um den Hals war es ohne jeden Zweifel ein Spielzeuglamm.

Das erleichterte Lachen, das nun anhob, blieb in seiner Lautstärke um nichts hinter den panischen Schreien, die zuvor erschollen waren, zurück.

»'n Wollämmchen für Kinder«, sagte Asey, und in seiner Stimme schwang fast so etwas wie Erleichterung mit.

Er drückte darauf, und von neuem erfüllte das merkwürdige Geräusch den Keller.

»Wahrscheinlich hat eins vonnen Henderson-Kindern 's letztes Jahr in dem Kasten gelassen, und als sie Kohle reingefüllt ham, hat's keiner gemerkt, und sie ham's zugeschüttet. Als dann die Kohle nach und nach rausgeholt wurde, hat es sich bewegt. Und jedesmal, wenn man 'ne Schaufelvoll nahm, sagte es ›Mäh‹.«

Kemp steckte Aseys Revolver ein. Beinahe verstohlen wischte er sich die großen Schweißperlen ab, die ihm auf der Stirn standen.

»Jesus!« war sein einziger Kommentar.

Sylly schluckte zweimal, und Jennie atmete tief durch.

»Na«, sagte sie dann munter, »ich bin froh, daß keiner hier über mich lachen kann, weil ich Angst hatt', und über Rose auch nich'. Wär' mir 'n Vergnügen, euch dran zu erinnern, daß ihr allesamt genauso gezittert habt wie wir beide. Mehr sogar, glaub' ich.«

»Jennie«, sagte Asey und drückte ihr feierlich das struppige Lamm in die Hand, »da hast du recht. Wenn Syl sich jemals über dich lustig macht – ich werd's nie tun, da kannst du Gift drauf nehmen –, dann laß es mich wissen, und ich sag' ihm die Meinung. Dem ham die Hände kaum weniger gezittert wie mir. Oh – heiliger – heiliger Strohsack! Mein Lebtag hab' ich so was wie diese Töne noch nich' gehört. Niemals! Jennie, dieses Untier« – das Licht fiel auf eines der Glasaugen, und das Lamm schien uns beinahe zuzuzwinkern – »gehört von nun an dir. Behalt's als Jagdtrophäe. Heiliger Strohsack! Ich muß hier raus!«

Er griff sich die gefüllte Kohlenschütte und trug sie hinauf zur Küche.

»Nie zuvor«, verkündete er mir, als wir uns ins Wohnzimmer begaben, »hab' ich solche Angst gehabt. Ehrlich! Nich' mal, als dieser Hüne von einem Schweden auf der ›Betsey B.‹ durchdrehte und mit 'ner Axt auf die Männer losging. So jemand, dem kann man immer aus'm Weg gehen, aber 'nem Geräusch, dem kann man nich' entkommen. Hab' mehr oder weniger damit gerechnet, daß ich jemand halbtot da unter den Kohlen find'. Oder jemand, der gevierteilt und dann in kleine Stücke zerlegt worden is'. Jetzt weiß ich, wie den Leuten zumute war, als dies Kind ›Ein Wolf!‹ brüllte, und 's war keiner da. Aber – nu schaut euch doch nur mal die Typen da an!«

Dan, Punch, Edie und Aristene saßen am Bridgetisch. Satterlee – er hatte den ganzen Tag über noch kaum den Mund aufgemacht, außer um seine Pfeife herauszunehmen oder sie wieder zurückzustecken – saß mit Hat Allen beim Backgammon. Judy schien, wie man so sagt, zu kiebitzen.

»So ruhig, kühl und gefaßt, wie man es sich nur wünschen kann«, sagte ich empört. »Hat denn niemand etwas gehört?«

Judy blickte auf. »Ist irgend etwas nicht in Ordnung?«

»Nicht in Ordnung!« zischte ich. »Nicht in Ordnung!«

»Was ist los, Vic? Sie sehen ja, Hat geht gerade mit einem hübschen 32er baden, und Dan hat eben geboten und einen Grand Slam gemacht. Mir war, als hätte ich irgendwo etwas brüllen gehört, aber wir waren auch nicht gerade leise, wegen Dan. Ich habe überlegt, ob ich draußen nachsehen soll, aber ich konnte mich einfach nicht losreißen. Was ist geschehen?«

Asey blickte mich an, und ich blickte Asey an.

»Ich denk' nich' im Traum dran«, sagte er mit unendlicher Beherrschung, »Ihnen das zu erzähln. Spielt ihr eure Spiele, ihr kaltblütigen Zocker!«

Er ging hinüber zum Bridgetisch. Dan war an der Reihe, die Karten zu geben, und Edie, seine Partnerin, mischte sie. Sie beherrschte den Trick, die Karten ineinander zu schnippen, und ich beobachtete sie neidisch. Es ist ausschließlich eine Frage der Fingerbeherrschung, dieses Schnippen, aber jahrelang habe ich immer wieder die Karten über das ganze Zimmer verstreut, wenn ich versuchte, es zu lernen.

Asey hingegen hatte keine Augen für Edies Mischkünste. Er beobachtete Dan aufmerksam, wie er gab, und ich wußte beim besten Willen nicht, warum.

»Geben Sie immer so?« fragte er, als Dan eben seine Karten aufnehmen wollte.

»Wie meinen Sie das?«

»Daß Sie 'n Packen in der rechten Hand halten und mit der linken verteiln?«

»Nein, das nicht. Manchmal nehme ich den Packen auch in die linke Hand und verteile mit der rechten.«

»Beidhändig, was?«

»Stimmt. Mein Vater konnte mit 30 die rechte Hand nicht mehr gebrauchen. Unfall.« Dan ordnete seine Karten. »Er mußte lernen, sich mit der Linken zu behelfen, so gut es ging. Ist ihm furchtbar schwer gefallen. Von da an ließ ihm das keine Ruhe mehr. Zwei Pik, Edie. Hörst du, Edie? Zwei Pik. Jedenfalls hat unser Vater dafür gesorgt, daß Hat und ich auch die linke Hand zu gebrauchen lernten. Hat ist heute trotzdem eine reine Rechtshänderin, aber bei mir hat die Übung besser angeschlagen. Ich tue heute noch vieles mit der Linken. – Zwei Pik, Punch. Schläfst du? – Tennis spiele ich nur mit links. Früher habe ich auch linkshändig Geige gespielt. Beim Golf bin ich noch immer mit linkshändigen Schlägern besser.«

»Schreiben Sie mit links?«

Dan nickte. »Nun mach schon, Punch. Zwei Pik.«

»Aber«, kam Asey unvermittelt zu dem, worauf er hinaus wollte, »aber als Sie mir gestern abend Ihre Unterschrift gegeben ham, die ich nach Boston schicken wollt', da ham Sie mit der rechten Hand geschrieben.«

»Stimmt.« Dan schien nicht im geringsten verunsichert. »Meine offizielle Unterschrift bei der Bank ist nämlich die rechtshändige. Die beiden Handschriften unterscheiden sich sehr. Paßt du, Punch? Das hat aber gedauert. Zwei Pik, hab' ich gesagt, Edie.«

Edie Allen legte ihre Karten nieder und lächelte Asey zu.

»Dan«, sagte sie sanft, »du Schwachkopf! Merkst du denn nicht, worauf – ach, ich hätte daran denken sollen. Aber ich habe es nicht.«

»Verdammt nochmal, Ede, zwei Pik! Was hätte ich merken sollen?«

»Du hättest merken sollen, was du da sagst, du Idiot! Verstehst du denn nicht – Asey versucht, deine Unterschrift mit derjenigen auf dem Formular vergleichen zu lassen, und dann prahlst du vor ihm, daß du auch mit links schreiben kannst! Das nicht nur kannst, sondern es auch tust. Du weißt doch, daß du deine Briefe oft mit der linken Hand unterzeichnest. Sie ist so wunderbar krakelig und unleserlich, richtig geschäftsmäßig!«

»Daran habe ich überhaupt nicht gedacht«, antwortete Dan unschuldig. »Haben Sie einen Stift?«

Asey reichte ihm einen Füllfederhalter, und Dan riß ein neues Blatt von seinem Bridgeblock und schrieb seinen Namen darauf, dreimal mit der rechten Hand und dreimal mit der linken

»Da haben Sie sie. Beide zusammen. In meiner Truhe draußen im Kombi finden Sie jede Menge anderer Papiere, wenn Sie die Unterschriften mit meiner üblichen Handschrift vergleichen wollen. Es tut mir leid, Asey. An diese Sache mit der Linkshändigkeit habe ich einfach nicht gedacht.«

»Ich glaube nicht, daß Mr. Allen«, meldete sich Satterlee zu Wort, »oder wer immer der Käufer der Waffe war«, fügte er hastig hinzu, »mit der linken Hand unterschrieben hat. Linkshänder fallen mir in der Regel auf.«

»Das ist doch etwas«, sagte Dan dankbar. »Ich hatte schon halb damit gerechnet, daß Sie sagen würden, dieser Bursche hätte mit links geschrieben. Dann hätte ich mich noch ein wenig schlechter gefühlt, als ich mich ohnehin fühle. Wenn das noch möglich wäre.«

Asey nahm das Blatt und ging zur Tür.

»Ich bring' das Syl. Er soll's Parker geben, und der kann's nach Boston weiterleiten.«

»Zwei Pik«, verkündete Dan geduldig. »Zwei Pik, Ede, und Punch hat gepaßt.«

»Sagen Sie«, fragte Satterlee, als Asey zurück war, »wieso kommen Sie eigentlich mit dem Schließfach überhaupt nicht weiter?«

»Scheint, daß sie da auf'n Felsen von Gibraltar gestoßen sind«, meinte Asey mit einem Grinsen. »Jedenfalls ham sie 'n Bohrer abgebrochen, und nun isses 'n großes Durcheinander. Scheint wohl 'n Fach in der obersten Reihe zu sein.«

»Oberste Reihe, Ecke.«

»Hm-hm. Na, sie sind an allen Enden auf Schwierigkeiten gestoßen und kommen nirgends mehr weiter. Das Schloß ham sie auch kaputtgemacht. Alles ein einziges Chaos.«

»Na prima«, meinte Dan. »Aber diese gewisse Spannung erheitert mich nicht gerade. Können Sie sich denn wirklich nicht erinnern, wo Sie diese Schlüssel haben, Mr. Satterlee?«

»Nichts zu machen«, antwortete Satterlee mit Bedauern.

»Selbst wenn er jetzt 'n Geistesblitz hätt' und sich erinnerte«, erklärte Asey, »würd' das wahrscheinlich keinen Unterschied mehr machen. Nich', wenn das Schloß kaputt is'. Oh, Miss Satterlee, ob ich Sie wohl mal 'ne Minute sprechen dürft'?«

»Aber gewiß.« Aristene erhob sich vom Bridgetisch und winkte Judy heran. »Springen Sie für mich ein.«

Wir gingen hinaus zur Rückseite des Hauses. Jemand – ich hatte Sylly im Verdacht – hatte einige Korbstühle und eine Hängematte vom Dachboden über der Garage geholt, und die Fläche zwischen Haus und Garage sah, wie Asey meinte, ganz nach Country-Club aus. Sogar ein gestreifter Sonnenschirm war da, der, wenn auch ausgebleicht und nicht gerade standfest, dem Ganzen eine heitere Note gab.

»'s geht um den Montag«, sagte Asey. »Wann sind Sie hier angekommen?«

»Um sieben Uhr«, antwortete Aristene. »Wir fuhren am frühen Morgen los und hielten in Boston zum Mittagessen. Vater traf sich dort mit einigen Leuten, und wir brachen erst um halb vier wieder auf.«

»Was ham Sie am Abend getan?«

»Ich war den größten Teil der Strecke gefahren, und ich war fürchterlich müde. Ich habe ein Bad genommen, und dann bin ich praktisch unmittelbar nach dem Abendessen schlafen gegangen.«

»Und Dienstag?«

»Vater war angeln, mit seinem Vetter Nate. An irgendeinem Teich. Onkel Thophs Teich, gibt es den? Jedenfalls sind sie um acht Uhr morgens losgefahren und ließen sich erst um sechs wieder blicken. So lange haben sie gebraucht, um zwei wirklich winzige junge Hechte zu fangen. Cousine May sollte sie zum Abendessen zubereiten, aber sie hat die beiden nur ausgelacht. Sie meinte, wenn die ausgenommen würden, würde nicht einmal ein Happen für die Katze übrigbleiben.«

»Was ham Sie 'n ganzen Tag über gemacht?«

»Oh, am Morgen habe ich Cousine May geholfen, Orangenmarmelade einzukochen. Das heißt, ich habe den Herd mit Paraffin versorgt und die Etiketten geschrieben. Am Nachmittag sind wir mit ihrem Wagen spazieren gefahren. Sie zeigte mir die Stelle, an der 1812 das erste Gefecht mit den Engländern stattfand, oder vielleicht war es auch 1777 oder '78. Dann haben wir uns etwas angesehen, das sie als ein Indianergrab bezeichnete, und danach fuhren wir nach Provincetown zum Denkmal und zu der Stelle, an der die Pilgerväter ihre Wäsche wuschen.«

»Hm. Historische Rundfahrt.« Asey überlegte eine Weile. »Ich frag' mich, ob Ihnen dabei keins von den Plakaten aufgefalln is', wo die Auftritte unserer Truppe angekündigt werden.«

»Nein. Hingen da welche?«

»Auf der Straße nach Wellfleet hab' ich gestern jede Menge gesehn«, sagte Asey. »An Telegrafenmasten und Zäunen und so. Die Plakate warn fast 'n Meter im Quadrat.«

»Aber Asey«, sagte ich, »die habe ich ja überhaupt nicht bemerkt!«

Aristene warf mir einen dankbaren Blick zu.

»Tatsächlich? Ich hab' mich schon oft gefragt, wenn all diese Schausteller hingehn und die schöne Gegend mit Reklametafeln und Handzetteln und dergleichen vollpflastern, ob die sich jemals überlegen, daß nich' einer unter tausend die Dinger wirklich ansieht? Sehn tut man sie schon. Aber man kann nich' gerade sagen, daß sie einen beeindrucken. Nehm' an, mit den Plakaten von unserer Truppe is' das auch nich' anders. Sie wußten also tatsächlich nich', daß Red Gilpin hier in der Gegend war?«

»Ich wußte nicht, daß er im Augenblick hier war«, antwortete Aristene zögernd. »In groben Zügen hatte er mir schon gesagt, was sie vorhatten, und ich wußte, daß sie früher oder später auf dem Cape aufkreuzen würden.«

»Was ham Sie Dienstag abend gemacht?«

»Zu Hause gesessen und die *Saturday Post* gelesen. Cousine May war zu einer Clubversammlung gegangen –«

»Dienstagssitzung des Frauenvereins?«

»Ja. Es wurde Bridge gespielt, und sie drängte mich mitzukommen. Aber es ist todlangweilig, wenn man nur rumsitzt, während die anderen spielen, und wenn ich sie recht verstand, hatten sie eine gerade Zahl zusammen. Deshalb bin ich zu Hause geblieben.«

»Tatsache is', daß die Truppe Montag abend in Orleans gespielt hat«, beharrte Asey. »Hat Ihnen das denn niemand gesagt?«

»Nate hatte gesagt, am Montag liefe eine Show in der Stadt, aber ich war viel zu müde, um hinzugehen, und Vater auch. Außerdem dachten wir beide, er spreche vom Kino.«

»War es Ihnen ernst damit, als Sie gestern abend Ihren Vater beschuldigten, er hätt' Red umgebracht?«

Aristene bohrte die Spitze ihres braunen Pumps in den sandigen Boden, als ob sie sonst nichts auf der Welt mehr interessieren würde. Sie saß vorgebeugt auf dem Fußteil eines Liegestuhls, die Schultern eingezogen und die Hände in ihren Taschen vergraben.

Als ich sie so betrachtete, ging mir auf, daß es hauptsächlich ihre Kleider waren, weswegen sie so unvorteilhaft aussah. Sie war beinahe angezogen wie eine Matrone in mittleren Jahren. Sie trug solide hochgeschlossene Schuhe mit Blockabsatz, und ihre Strümpfe waren aus unverwüstlichem Zwirn. Im Vergleich zu Judy und Edie und Hat sah sie wie eine Landpomeranze aus. Entsprechend gekleidet hätte sie es mit jeder von den dreien aufnehmen können. Mit entsprechenden Kleidern und einer entsprechenden Frisur, verbesserte ich mich.

»War Ihnen das ernst?« wiederholte Asey.

»Ja, ich glaube, gestern abend schon. Aber inzwischen habe ich eingesehen, daß ich unrecht hatte. Vater könnte so etwas niemals getan haben.«

»Wieso ham Sie sich's anders überlegt?«

»Sie sagten doch, es sei nicht Vaters Waffe gewesen, mit der Red erschossen wurde.«

»Stimmt. Aber bisher wissen wir nich', ob Ihr Vater die andre an Allen verkauft hat oder an jemand, der wie Allen aussah, oder ob er sie selbst genommen und den ganzen Rest erfunden hat. Und gestern abend warn Sie sich Ihrer Sache ja ziemlich sicher.«

»Vergessen Sie nicht, daß ich da auch ziemlich erregt war. Vater ist herzensgut, aber es ist nicht immer einfach, mit ihm auszukommen, und es gibt schon manchmal Meinungsverschiedenheiten zwischen uns beiden, zum Beispiel bei dieser Sache mit Red. Ich konnte einfach nicht verstehen, warum er dabei so den unerbittlichen Vater herauskehren mußte. Ich konnte nicht verstehen, warum er mich zum Cape hinausschleppte. Aber inzwischen sehe ich ein, daß er dabei beide Male nur an mich dachte.«

Sie begann die kleine Kuhle, die sie gebohrt hatte, mit ihrer anderen Schuhspitze wieder zuzuschütten. Unablässig bewegte sie ihre Hände in den Taschen.

»Gestern abend habe ich zum ersten Mal begriffen, wie mein Vater wirklich ist«, fuhr sie fort. »Ich habe ihn niemals so reden hören, bevor ich – so richtig loslegte. Er meinte das alles ernst, was er sagte. Das war nicht gespielt.«

»Verstehe. Sie wußten also nich', daß Gilpin hier war, und Sie glauben nich', daß Ihr Vater ihn umgebracht hat. Und Dienstag nacht ham Sie das Haus nich' verlassen?«

»Nein.«

»Wer hat denn Ihrer Meinung nach Red umgebracht?«

»Dan Allen«, antwortete Aristene, ohne zu zögern. »Red hat mir erzählt, daß Dan eifersüchtig auf ihn sei. Und Vater lügt nicht. Ich denke mir, daß Dan die Waffe gekauft und es dann so eingerichtet hat, daß Vater in die Sache hineingezogen wird.«

»Aber warum sollt' er sich Ihren Vater ausgucken? Warum grad den?«

»Warum nicht? Wahrscheinlich hat Red ihm von – von allem erzählt.« Ihre Stimme zitterte. »Wird wohl nett zu erzählen gewesen sein. Schauen Sie sich doch nur einmal an, wie Dan Bridge spielt. Er ist so beherrscht und so gerissen. Er ist einer von denen, die eine wertvolle Karte abwerfen, um irgendwo sechs Stiche später ans Spiel zu kommen. Und selbst wenn sich die Unterschrift auf diesem Formular als Fälschung erweist, heißt das ja noch nicht, daß er nicht jemand anderen geschickt haben könnte, um die Waffe für ihn zu kaufen.«

Asey holte eine gefährlich aussehende Maiskolbenpfeife hervor, stopfte sie und paffte dann ein, zwei Minuten lang schweigend.

»Is' nur ein Haar in der Suppe. Punch meint, Dan hätt' Dienstag nacht nich' aus'm Kombi klettern können, ohne daß er's gemerkt hätt'. Natürlich, möglich isses trotzdem. Ich dank' Ihnen jedenfalls. Na, nun gehn Sie mal wieder zu Ihrem Bridge, wenn Sie wolln; mir für meinen Teil, mir würd's ja keinen Spaß machen, mit 'nem Mörder zu spielen.«

Aristene lächelte. »Sie haben mich gefragt, wer meiner Meinung nach Red umgebracht habe, und ich habe Ihnen gesagt, was ich denke, das heißt, die Gedanken, die sich mir aufdrängen. Aber eigentlich weiß ich, daß Dan es nicht war.«

Asey kicherte. »Na gut. Und jetzt ab mit Ihnen.«

Aristene erhob sich rasch. Offensichtlich war sie froh, daß sie gehen konnte. Sie knotete sich ein quadratisches Seidentuch um den Hals und schickte sich an, zum Haus hinüberzugehen, aber Asey hielt sie noch einmal auf.

»Sekunde noch.« Er stand auf, beugte sich hinunter und hob etwas vom Boden auf. »Ham Sie das nich' gerade fallnlassen?«

Es war ein gewundenes Stück Draht, eine verbogene Büroklammer wie diejenige, die Asey mir am Tag zuvor gezeigt hatte.

»Ach, das da? Ja, das stimmt. Aber das ist wirklich nicht der Rede wert. Nur eine verbogene Büroklammer. Ich hatte welche in der Tasche und habe damit gespielt. Alberne Angewohnheit, nicht wahr? Vater macht es auch.«

Kapitel 11

»Bei mir sind's Pfeifenreiniger«, meinte Asey fröhlich. »Mit denen mach' ich's genauso. Gut. Dachte, 's is' vielleicht 'ne Haarnadel oder so was.«

Ich war überrascht, daß er sie ohne weitere Fragen ins Haus gehen ließ, und als sie außer Hörweite war, fragte ich ihn, warum.

»Wenn sie Verdacht geschöpft hätt', hätt' sie mich ja doch belogen. Um ihretwillen oder wegen ihrem Papa. Sein großes Theater, daß er doch nur 's Beste wollte für seine kleine Teen, das hat sie schwer beeindruckt. Mittlerweile weiß ich nich' mehr, ob sie ihn fürn Täter hält und meint, sie müßt' einfach aus Mitgefühl zu ihm halten, oder ob sie ihn wirklich für unschuldig hält. Sie is' einfach noch in der Ado-, Ado-, wie sagt man da doch gleich?«

»Adoleszenz.«

»Genau, das mein' ich. In dieser Ado-dingsbums ändert man ständig seine Meinung, als ob's um 'ne Krawatte oder 'ne Perlenkette ging'. Konfrontiert man sie mit der einen Seite der Medaille, dann denken sie, das isses. Bringt man 's Gegenteil zur Sprache, dann denken sie, so isses gewesen, bevor man selbst 'nen Entschluß fassen kann. Ich wünschte«, schloß er kritisch, »sie säh' nich' so ungepflegt aus.«

»Was haben Sie als nächstes vor?«

»Was ich schon längst hätte tun solln, Mrs. Ballard. Nate Hopkins besuchen fahrn und sehn, was er über seine lang verschollenen Verwandten hier weiß und was sie so am Dienstag abend getrieben ham. Aber wo wir's jetzt schon so lang rausgezögert ham«, fügte er hinzu, als Jennie mit aller Kraft den Gong zum Mittagessen schlug, »da wird's wohl nich' mehr so viel Schaden anrichten, wenn wir warten, bis wir was gegessen ham. Erinnert mich dran, wie sie Eldad Atwood mal aus seinem Laden holn wollten, als es seinem Vater plötzlich schlecht ging und man dacht', er würd' sterben. Eldad war grad dabei, 'nem Käpten von einem dieser Schoner Proviant zu verkaufen, und er hat einfach weitergefeilscht und gehandelt. Jemand sagt: ›Eldad‹, sagt er, ›dein Pa liegt im Sterben. Willst du dich nich' mal beeiln?‹ Und Eldad guckt ihn an und sagt in aller Seelenruhe: ›Der stirbt auch nich' schneller, wenn ich das Mehl hier erst noch verkauf', und er wird verdammt viel glücklicher sterben, wenn ich's verkauft hab'!‹ Genau so is' das bei uns.«

Nach dem Essen bestiegen wir den langgestreckten Roadster und rollten in Richtung Stadt.

Einer der Polizisten hielt uns an der Straßenkreuzung an, wo acht alte Wagen in einer Reihe parkten.

Als wir zum Stehen kamen, kamen sechs Frauen, neun Männer und ein Dutzend Kinder und umringten den Wagen. Aseys Voraussage in puncto Touristen hatte sich als nur zu richtig erwiesen; aus irgendwelchen Gründen, die wohl nur sie selbst kannten, waren sie im Glauben, Asey und ich seien taub. Was wir an Kommentaren über uns beide, den Roadster, den ganzen Mordfall und noch dazu an eigenen Theorien zu hören bekamen, drehte mir den Magen um.

Der Beamte scheuchte zwei Kinder von der Stoßstange und wandte sich entnervt an Asey. »Diese verfluchten Gaffer«, sagte er. Seinem Ton vermochte ich nicht zu entnehmen, ob es eine allgemeine Bemerkung war oder sich auf die gegenwärtige Gesellschaft bezog. »Wir haben sie scharenweise davongejagt, aber die sind wie die Kletten. Haben's wahrscheinlich im Radio gehört. Die Zeitungen kommen hier erst mit dem Abendbus an. Sagen Sie, Asey, sollen wir Toby Nickerson durchlassen? Er sagt, Sie bräuchten Eis. Meinte, er würde später noch einmal vorbeikommen.«

»Lassen Sie ihn durch. Und sorgen Sie um Himmels willen dafür, daß dieser Mob sich heut abend nich' zum Haus rüberschleicht. Erzähln Sie ihnen von den Stinktieren. Und daß wir auf jeden, der da rumstreunt, schießen. Halten Sie sie auf jeden Fall fern!«

»Wird gemacht.« Gebieterisch winkte der Polizist die Schaulustigen zur Seite, und wir brausten davon.

»Wie ist es mit Lebensmitteln?« fragte ich. »Hat jemand daran gedacht? Ich jedenfalls nicht. Ich bin wirklich ganz und gar nicht die perfekte Gastgeberin.«

»Syl hat heute morgen 'ne Menge Fressalien geholt«, informierte mich Asey. »Ich hab' die andren dafür zahln lassen.«

»Was?«

»Jawoll. Ich hab' ihnen klargemacht, dasses, auch wenn Sie sich's leisten können, nich' gerade Ihre Pflicht is', dermaßen 's Füllhorn überm Haufen ungebetener Gäste auszuschütten. Satterlee gab mir gleich recht. Sagte, er bräucht' dreimal am Tag 'ne ordentliche Mahlzeit, und so lang, wie ich sagte, daß er dableiben müßt' und er hier Gast wär', könnt' er das ja nich' verlangen. Edie Allen und Hat ham gesagt, sie wärn heilfroh, daß sie nich' auf'm Spirituskocher kochen müßten – das heißt, alle warn einverstanden, und ich hab' 'ne Sammlung veranstaltet.«

»Aber das hätten Sie nicht tun sollen, Asey!«

»Warum nich'? Jetzt bekommen sie alle, was sie wolln, und jeder ist beteiligt. Das sollte ihnen doch wohl Spaß machen.«

Wir fuhren über Weesit nach Orleans, nahmen zahllose Abzweigungen auf kleinen Asphaltstraßen und hielten dann vor einem mit Schindeln gedeckten braunen Haus, das aussah, als ob es aus einem Versandhauskatalog mit Häusern zum Selberbauen stammte.

»Häßliches Ding.« Aseys Bemerkung sprach mir aus der Seele. »Vetter Nate hatte früher 'n wirklich schönes Haus hier oben, das von seinem Urgroßvater stammte, aber das is' abgebrannt, und dann ham sie dieses Ding hier aufgestellt. Diese bunten Glasscheiben in der Tür, die erinnern mich an die alte Methodistenkapelle, als ich noch klein war. Nates Urgroßvater warn angesehner Mann, müssen Sie wissen. Hatte 'ne große Farm hier und hat immer drei Mann beschäftigt. Hat sie geschunden, bis sie nich' mehr konnten. Montagmorgen is' er immer raus zur Scheune gegangen und hat die Glocke geläutet. Sie ham auf'm Scheunenboden geschlafen. ›Montag morgen‹, brüllte er dann, ›Montag morgen. Morgen is' Dienstag, übermorgen is' Mittwoch. Die halbe Woche vorbei, und keiner von euch Faulpelzen is' überhaupt aus'm Bett.‹«

»Jeder hier unten scheint mit jedem verwandt zu sein«, meinte ich amüsiert. »Sie und Syl und Mr. Kemp und nun auch noch dieser Mann.«

»Die einzigen, die noch mehr Verwandte ham als wie die Leute auf'm Cape Code«, verkündete Asey, »sin' die Schotten. Das gleiche Clan-Gefühl wie bei denen.«

Ich begleitete Asey zur Hintertür, wo auf sein lautes Klopfen ein großer, hagerer Mann in blauen Arbeitshosen und blauem Hemd erschien.

»Hallo«, sagte er freundlich und nickte mir zu, als Asey mich vorstellte. »Kommt rein, und setzt euch.«

Er wandte sich zum Nebenzimmer und rief nach seiner Frau.

»He! May! Besuch!«

»Bin gleich da.« Mrs. Hopkins, rundlich und geschäftig, kam in die Küche gestürmt.

Sie bedachte mich mit einem Lächeln und wandte sich dann sofort an Asey. »Was is' das für 'ne Geschichte, die ich da hör', 'n Mord im Henderson-Haus? Heute mittag hab' ich was im Radio gehört, aber da hab' ich nur noch 's Ende mitbekommen. Hab's erst richtig verstanden, wie Mary Peters hier anrief. Eben kam's grad zum zweiten Mal innen Nachrichten. Was ham Oscar und Aristene damit zu tun?«

Asey griff sich den getigerten Kater, der friedlich auf dem Schaukelstuhl in der Küche schlief, und usurpierte ohne weitere Umschweife dessen Platz neben dem Ofen. Bevor er antwortete, beschwichtigte er zunächst den empörten Kater und bettete ihn bequem auf seinen Knien.

»Also, das war so.« Vom lauten Schnurren des Katers begleitet, faßte er kurz zusammen, was seit dem vorletzten Morgen alles geschehen war. »Und Satterlee«, schloß er, »sagt, er wär' Dienstag abend unterwegs gewesen. Wann kam er zurück?«

»Keine Ahnung.« Nate schüttelte den Kopf. »Hat sich am nächsten Morgen wohl 'n bißchen deswegen geschämt. Sagt, er wär' gegen zwei wieder hier gewesen. Ich bin so lange aufgeblieben, wie ich konnt', und dann bin ich schlafen gegangen. Bist du sicher, dasses Mord war, Asey?«

»Allerdings.«

»Nun«, hob Nate an, während er sorgfältig seine Pfeife stopfte, »eins will ich gleich sagen. Ich weiß kaum was über diesen Burschen, auch wenn er 'n Vetter von mir is'. Seine –«

»Wir kennen ihn eigentlich so gut wie gar nich'«, warf seine Frau ein.

»Seine Mutter hat den ältesten Bruder meines Vaters geheiratet, Caleb«, fuhr Nate fort, ohne sich um die Unterbrechung durch seine Frau zu kümmern. »An Onkel Cale kann ich mich kaum noch erinnern. War früher Käpten bei Eldridge und Eldredge. Oscar hatt' ich seit 20 Jahren nich' mehr gesehn. Vor ungefähr zehn Tagen schrieb er, daß er aufs Cape kommen würd', und May meinte, 's gehört sich, daß wir ihn einladen –«

»Du hast das genauso gedacht wie ich, Nate Hopkins! Ich hab' dir gesagt, 's würde 'ne Menge Extraarbeit geben, aber du hast gesagt, Blut wär' dicker als wie Wasser, und –«

»Das«, fuhr Nate fort, »ham wir dann auch getan, und sie kamen her. Das is' alles, was ich dir von ihm erzähln kann, Asey. Bist du sicher, daß er an dem Abend in der Gegend von Weesit war?«

»'n Polizist hat ihn wegen Geschwindigkeitsübertretung geschnappt, direkt hinterm Henderson-Haus.«

»Na, so was! Also, wenn sich das irgendwie machen ließe, wär's schön, wenn das in die Zeitung kommen könnt', Asey, was ich da grad gesagt hab'. Daß ich ihn praktisch überhaupt nich' kenn', obwohl er mein Vetter is'. Blut is' zwar dicker als wie Wasser, aber wenn's –«

»Vergossen wird«, brachte Asey grimmig den Satz zu Ende, »dann is' das was andres. Kann ich verstehn. Is' das Mädchen Dienstag abend draußen gewesen?«

»Nein«, antwortete Mrs. Hopkins, »die nich'. Da bin ich mir sicher. Weißt du, Asey, wir hatten nämlich Schinken zum Abendessen, und der war 'n bißchen salzig. Scheint, daß man heut nich' mehr so guten Schinken bekommt wie früher. Jedenfalls, 'n ganzen Abend über im Club hatt' ich Durst, und zweimal in der Nacht hab' ich aufstehn müssen, um mir Wasser zu holn. Tja, und da is' mir beide Male Aristene begegnet, die sich auch gerade was holn wollt'.«

»Weißt du noch, wann das war?«

»Weiß ich tatsächlich; ich hab' nämlich beide Male auf die Uhr geschaut. Das erste Mal war's um Viertel nach eins, das zweite Mal gegen vier. Ich schau' immer auf die Uhr, wenn ich nachts aufwach'. Nate hatte mir, als ich nach Hause kam, nich' gesagt, daß Oscar noch unterwegs war, und 's war nur 'n Zufall, daß ich die Seitentür nich' abgeschlossen hab'. Ich hätt' kein Auge zugetan, wenn ich gewußt hätt', daß die Tür offen war, mit meinem ganzen Silber, das irgendwer einfach so hätt' mitnehmen können.«

»Da hast du ja Glück gehabt«, meinte Asey. »Sag, Nate, hat Oscar irgendwas von seinem nächtlichen Ausflug erzählt?«

»Er sagte, er hätt' sich verirrt gehabt. Aber das wußt' ich schon, bevor er überhaupt losgefahrn war. Hab' ich ihm prophezeit. Aber er wollt' nich' hörn, 's war 'n ziemlicher Nebel, als er los fuhr, aber ich weiß nich', was ihn später so lange aufgehalten hat, als der Nebel sich verzogen hatte. Ich hab' ihm 'ne Skizze gemacht, wie er sich zurechtfinden konnt', aber ich hab' natürlich nich' jeden Busch und jeden Telegrafenmast eingezeichnet, und ich nehm' an, er hat irgendeinen Feldweg für 'ne Straße gehalten. Das wird ihn wahrscheinlich dann irgendwie durcheinandergebracht ham.«

»Du kannst dich an gar nix mehr in dem, was er sagte, erinnern, was uns vielleicht helfen könnt', rauszufinden, wo er war und ob er sich wirklich verirrt hat oder ob er vielleicht zu Hendersons Haus gefahrn is'?«

»Tja«, meinte Nate und entzündete zunächst seine Pfeife, bevor er antwortete, »tja, soweit ich mir's zusammenreimen kann, muß er irgendwo bei den Häuschen von Hatch in Eastham vom Wege abgekommen sein. Dann is' er da um die Teiche rumgeirrt. Natürlich kann er auch genauso gut bis nach Wellfleet gegondelt sein und sich da zwischen den Teichen verfahrn ham – soweit ich weiß. Am Ende hat er dann 'ne Frau getroffen, die ihm 'n Weg zurück zur Hauptstraße gezeigt hat, aber weiß der Himmel, wo er war, als er der begegnet is'. Womöglich in Chatham.«

»'ne Frau? Uns hat er ja gar nix vonner Frau erzählt!«

»Ich weiß noch, daß ich ihn gefragt hab', wie er denn am Ende seine Orientierung wiedergefunden hätt'. Gibt ja nich' viele Schilder auf diesen Seitenstraßen, un' die wenigen, die's gibt, die sin' so alt, daß sie einem nich' mehr viel nützen können. Mensch, Asey, du weißt doch, man kann von Orleans bis nach Wellfleet fahrn und nur ein einziges Mal auf die Hauptstraße treffen, kurz hinter der Stelle, wo 's Gemeindehaus von North Eastham war, das dann abgebrannt is'. Bis nach South Wellfleet. Und da stehn höchstens zwei Schilder, und die stimmen nich'. Ich hab' ihn gefragt, und er antwortete, ihm wär' gewesen, als hätt' er 'n Licht gesehn, und er hätt' gerufen, und 'ne Frau hätt' zurückgerufen, aus 'nem Busch oder so. Er konnt' sie nich' sehn –«

»Frau im Busch!« fuhr Mrs. Hopkins ärgerlich dazwischen. »Sehr wahrscheinlich, so was, findet ihr nich' auch? Was sollt' denn 'ne Frau anner verlassenen Nebenstraße zu suchen ham, mitten inner kalten, nebligen Nacht? Er hat sich das zusammenphantasiert, das hat er, oder er is' vollkommen übergeschnappt! Ich hab' ja nie viel von deinem Vetter Oscar gehalten, Nate Hopkins! Hab' ich schon den Abend gesagt, als er hier ankam!«

Asey schnalzte mit der Zunge. »Tz, tz! Die Dame im Busch, was? Hätt' ich ihm gar nich' zugetraut, daß er so viel Phantasie hat. Hattet ihr Oscar gesagt, daß die Theaterleute in der Stadt warn?«

»Hab' ihnen gesagt, 's gäb' 'ne Show, ob sie die sehn wollten«, antwortete Nate. »Viel hab' ich ihnen, glaub' ich, nich' drüber berichtet, denn alles, was die beiden zu wolln schienen, war, so schnell wie möglich ins Bett zu kommen.«

»Ich hab' Oscar noch mehr davon erzählt, als Aristene schon nach oben gegangen war«, verkündete Mrs. Hopkins. »Hab' gesagt, er sollt' gehn, auch wenn sie nich' mitwollte. Ich hab' ihm gesagt, Mary Peters hätt' die Show in Hyannis gesehen, und die hätt' gesagt, 's wär' gut gewesen.«

»Du hast ihm alles drüber erzählt?«

»Das weiß ich nich' mehr, Asey, wirklich nich'. Vielleicht schon, weil Mary gesagt hat, der Zauberer mit den roten Haaren, der wär' wunderbar gewesen. Das is' der, der erschossen wurde, nich' wahr? Na, ich bin ziemlich sicher, daß ich von ihm gesprochen hab'. Mary war ganz hingerissen von ihm. Hat gesagt, er wär' nich' nur 'n guter Zauberer gewesen. Sie meinte, er hätt' was Faszinierendes gehabt.«

»Faszinierend!« schnaubte ihr Gatte. »Faszinierend! Mary würde 'ne Vogelscheuche faszinierend finden, wenn die 'n Paar Hosen anhätt'!«

»Das is' gemein vor dir, Nate, so was über Mary zu sagen. Sie is' 'ne anständige Frau. Sie war auch nich' die einzige, die den Zauberer mit 'n roten Haaren nett fand. Ella – oh, mußt du weg, Asey?«

Mit einem Lächeln setzte Asey den getigerten Kater wieder zurück auf sein Kissen.

»Jawoll. Hab' noch 'ne Menge zu tun. Dank euch beiden. May, du hast dem Mädchen aus diesem Schlamassel geholfen, denn wenn du sie um Viertel nach eins gesehen hast, dann kann sie da nich' in Weesit gewesen sein und Red Gilpin erschossen ham. Hin wie zurück hätt' sie 'ne halbe Stunde gebraucht, mindestens. Ich wünscht' nur, du wärst mit Oscar gefahrn, Nate. Das hätt' mir 'ne Menge Arbeit gespart. Aber wenigstens einen Namen kann ich von meiner Liste streichen, und das is' ja schon mal was.«

»Das freut mich«, antwortete Mrs. Hopkins herzlich. »Sie schien 'n nettes Mädchen zu sein, nur irgendwie einsam und in sich gekehrt. Ihre Mutter is' bei ihrer Geburt gestorben, die Ärmste, und ich glaub', Oscar hat alles getan, was er konnt', um ihr ein guter Vater zu sein, da konnt' er nicht noch die Mutter spieln.«

Nate brachte die Koffer der Satterlees hinaus zum Roadster, und nachdem Asey ihnen noch eingeschärft hatte, niemandem etwas von ihrem Gespräch zu erzählen, verabschiedeten wir uns.

»Na«, meinte Asey, als wir anfuhren, »Aristene is' aus'm Rennen. Aber der Squire steckt dafür um so mehr in der Klemme. Vielleicht wußte er, daß Gilpin hier war, vielleicht auch nich'. Aber selbst wenn, dann hätt' er nich' gewußt, wo Red zu finden wär', 's sei denn, er hätt' diesen Brief von Guild geschrieben. Und diese Dame im Busch! Er hat uns ja erzählt, er hätt' bei 'nem Haus nach 'm Weg gefragt, aber vonnem weiblichen Wesen, das sich da innen Büschen rumtreibt, da hat er nix gesagt.«

»Ein wenig bizarr ist es schon«, meinte ich. »Oscar im Wagen, die Dame im Busch. Hört sich wie ein – ähm – ein Spiel an. Ich nehme doch an, daß der Squire nichts Unanständiges vorhatte.«

»'s gibt Dinge zwischen Himmel und Erde«, grinste Asey. »Weiß man nie, oder?«

Er hielt vor einem hell erleuchteten Laden.

»Beinahe hätt' ich's vergessen, ich soll ja für Punch Zigaretten holn. Genau gesagt hab' ich sogar vier Bestellungen für vier verschiedene Marken. Ganz schön wählerisch, das Volk. Soll ich Ihnen auch welche mitbringen?«

»Nein. Ich bin bis heute nicht in der Lage, eine dieser billigen Zigarettenmarken von der anderen zu unterscheiden, auch wenn die Reklame noch so sehr das Gegenteil behauptet. Aber bezahlen Sie mit meinem Geld. Ich sollte meinen Gästen wenigstens den Tabak anbieten, wenn sie schon ihr Essen selbst bezahlen.«

Asey lachte und schüttelte den Kopf. Als er wieder aus dem Laden herauskam, wurde er beinahe von einem stürmischen jungen Mann über den Haufen gerannt, der gerade aus einem Wagen vor dem Roadster gesprungen war. »Ha«, sagte Asey nur kurz. »Barradio! Zu dir wollt' ich sowieso. Moment.«

»Was wollen Sie?« fragte Barradio mürrisch. »Ich hab' nichts getan.«

»Wer hat 'n gesagt, du hättst was getan, Bürschchen?« Asey packte ihn am Ellenbogen und schob ihn in Richtung Roadster. »Kümmert mich 'n Dreck, was du nich' getan hast. Also. Dienstag nacht wird in deinem Schuppen getanzt bis morgens früh, oder?«

»Ich habe eine Genehmi...«

»Dienstags bis morgens früh?«

»Ja.«

»War Toby Nickerson letzten Dienstag da?«

Barradios eng beieinanderstehende Augen funkelten.

»Nu mal los, war er da, oder war er's nicht? Ja oder nein will ich hörn, und zwar dalli!«

»Was wollen Sie denn von dem?«

»Hast du von dem Mord gehört, der Dienstag nacht beim Henderson-Haus passiert is'?«

»Nein! Nein, hab' ich nicht!«

»Na, jetzt hast du davon gehört. Willst du da mit reingezogen werden? Na, dann sag mir, ob Toby am Dienstag in deiner Kaschemme war. Und belüg mich lieber nich', denn ich hab' das ganz schnell nachgeprüft.«

»Er war da.«

»Wie lange?«

»Von halb eins bis ungefähr halb drei.«

»Allein?«

»Ich glaube, er hatte ein Mädchen bei sich.«

»Das glaubst du? Du weißt es, Barradio. Wer war sie?«

»Hab' sie nie zuvor gesehen, Asey. Ehrlich. Irgendein neues Dienstmädchen.«

Mit knappen, aber eindeutigen Worten beschrieb er Rose, bis hin zu ihrem roten Ausgehkleid und den passenden roten Schuhen dazu.

»Sind sie zwischendurch weg gewesen?«

»Möglich, aber ich glaub's nicht.«

»Gut. Das wär's. Und 's nächste Mal, wenn du jemand übern Haufen rennst, dann sagst du, 's tut dir leid, auch wenn's dir in Wirklichkeit gar nich' leid tut.«

»Er hat Rose beschrieben!« rief ich, als Asey wieder in den Wagen stieg. »Toby hat doch gelogen. Aber Rose! Niemand hat sie gehen oder zurückkommen hören. Und was war das für ein Mann?«

»Der Junge, mit dem ich mich da unterhalten hab'? Ramon Barradio. Betreibt hier 'n billiges Tanzlokal außerhalb von Wecsit. Ich mag ihn nich'. Issen windiger Bursche. Am liebsten würd' ich ihn aus der Stadt jagen, aber früher oder später jagt den sowieso jemand weg. Na, dann werden wir uns mal mit dem Fall Rose und Toby beschäftigen. Ich versteh' nich', warum Toby mich belogen hat, wo er doch gar keinen Grund dazu hatte; er wußte ja nix von Red. Toby issen anständiger Junge. Die einzige Schwierigkeit mit ihm is', daß er zu viele schlechte Filme gesehn hat und immer so sein will wie die tollen Hechte da.«

Wir hielten bei den Nickersons, aber Toby war bereits zum Ferienhaus aufgebrochen.

Als wir die Kreuzung erreichten, sahen wir ihn, wie er mit einem der Polizisten plauderte.

»Carey macht die Runde mit der Taschenlampe«, erstattete der Mann Bericht, »und Williams ist weiter oben stationiert. Wir drei zusammen solln diese Bande schon aufhalten können. Kurz nachdem Sie von Stinktieren gesprochen hatten, ist ein besonders wohlgenährtes Exemplar hier aufgetaucht, und Sie hätten mal sehn solln, wie schnell die Touristen da verschwunden warn!«

»Warum ham Sie Toby angehalten?«

»Ich hab' Ihre Scheinwerfer kommen sehn und dacht', ich lass' die beiden Wagen zusammen durch. Wollt' nich', daß er ihnen auf halbem Weg entgegenkommt, wenn er zurückfährt. Zu eng für zwei, die Straße.«

Damit hatte er nur zu recht. Beide Seiten waren mit Krüppelkiefern und Eichenbüschen bewachsen, und die Fahrspur war kaum breit genug für einen einzelnen Wagen.

»Gut«, sagte Asey. »Wenn ihr irgend jemand zu fassen bekommt, der sich hier rumtreibt, dann bringt ihr ihn zum Haus, ganz gleich, wer's is' und was er macht. Selbst wenn's Harmon Peters is'. Und wenn ihr meine Pfeife hört oder sonst irgendein Geräusch, das euch stutzig macht, dann kommt sofort her. Keiner hat hier was zu suchen, ganz gleich, wie schön er daherredet.«

»In Ordnung.«

Toby ging zu seinem Lastwagen. »Soll ich vorfahrn, Asey, oder wolln Sie zuerst?«

»Du. Wenn dich dann Carey oder sonst jemand anhält, bin ich gleich da und kann alles erklärn.«

Gehorsam setzte Toby seinen Lastwagen in Gang und fuhr die Zufahrt hinauf. Wir schlossen uns ihm an.

Wir waren noch keine 100 Meter gefahren, als Toby erneut stoppte und der Schein einer Taschenlampe über den Lastwagen zuckte.

»In Ordnung, Carey«, rief Asey hinüber.

Offenbar hatte Toby den Motor abgewürgt, denn ich hörte das mahlende Geräusch des Anlassers.

Der Lastwagen reagierte mit Fehlzündungen, drei an der Zahl.

»Das«, rief ich aufgeregt, »das war es, was ich in der Nacht vom Dienstag um Viertel nach drei gehört habe. Genau dieses Geräusch!«

»Ich neig' zu der Annahme, daß Sie da wahrscheinlich recht ham«, stimmte Asey mir zu. »Ich hab' mir schon fast gedacht, daß Geräusch Nummer zwei wahrscheinlich von Toby stammte. Seit ich mit Barradio gesprochen hab'. Da fiel mir wieder ein, daß ich die Fehlzündungen von dem Lastwagen gehört hab', wie Toby drüben bei Syl war.«

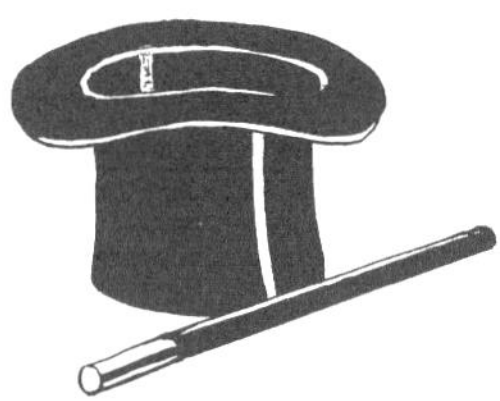

Kapitel 12

Asey wartete, bis Toby unseren Eisschrank neu gefüllt hatte, bevor er das Thema Dienstag nacht zur Sprache brachte. Rose saß am Küchentisch und tat, als ob sie ganz in die Lektüre einer Frauenzeitschrift vertieft sei. Ihre Haltung wäre überzeugender gewesen, wenn sie dabei ihren Kopf oder die Augen bewegt hätte. Aber sie starrte ein und denselben Abschnitt so lange an, als ob sie ihn für den Rest ihres Lebens auswendig lernen wollte.

»Das wird Ihnen wohl bis Samstag reichen«, meinte Toby, als er das letzte Eisstückchen eingefüllt hatte. »Tja, dann mach' ich mich mal wieder auf'n Weg.«

Die Enttäuschung, daß es ihm nicht gelungen war, Rose allein zu sprechen, war ihm deutlich anzusehen.

»Augenblick noch«, sagte Asey in aller Ruhe. »Warum hast du mich wegen Dienstag nacht belogen?«

»Sie belogen? Aber ich –«

»Toby, versuch nich', mir auszuweichen. Sag mir einfach nur die Wahrheit, und zwar jetzt und auf der Stelle. Du bist Dienstag gegen Mitternacht hier angekommen und hast Rose abgeholt« – die Frauenzeitschrift fiel plötzlich zu Boden –, »und dann seid ihr zu Barradios Tanzschuppen gefahrn. Bis ihr wieder hier wart, war's nach drei. Der Lastwagen hatte Fehlzündungen. Irgendwas hinzuzufügen oder zu korrigiern?«

Rose, wie nicht anders zu erwarten, begann zu weinen.

»Du – du –«

»Ich hab' ihm nix gesagt«, versuchte Toby sie zu trösten. »Das muß jemand andres gewesen sein.«

Rose heulte weiter.

Asey wartete, bis sie sich beruhigt hatte.

»So, jetzt aber die Karten auf'n Tisch. Warum hast du mich belogen, Tobe?«

»Ich dachte, wenn Mrs. Ballard rausgefunden hätt', daß wir erst so spät wieder nach Hause gekommen sind, daß sie dann wütend wird. Und ich wollt' nich', daß Rose rausgeschmissen wird.«

»Und warum ham Sie gelogen, Rose?«

»Wü-hürden Sie vielleicht nicht lügen«, schluchzte sie, »wenn Sie aus gewesen wären, ohne um Erlaubnis zu fragen, und niehiemandem was gesagt gehabt hätten, und dann wird jemand in der Nacht umgebracht? Und –«

»Verstehe.« Asey wandte sich mir zu. »Aber eigentlich auch wieder nich'. Mrs. Ballard, Sie kommen mir eigentlich nich' vor wie jemand, der 'n Mädchen entlassen würd', weil sie mal zu spät nach Hause kommt, auch wenn sie vorher nich' um Erlaubnis gefragt hätt'.«

»Genau das wollte ich gerade selbst sagen«, antwortete ich. »Ich hätte Ihnen doch gewiß erlaubt auszugehen. Warum haben Sie nicht gefragt?«

»Ich dachte mir, Sie würden sicher sagen, ich sollte nicht mit einem Mann ausgehen, den ich gerade erst kennengelernt habe.« Sie schniefte, und Asey reichte ihr galant ein riesiges weißes Taschentuch.

Sie schneuzte sich energisch und wirkte dann wieder etwas gefaßter.

»Aber trotzdem«, fuhr ich fort. »Was um alles in der Welt hat Sie denn auf die Idee gebracht, ich würde Sie entlassen, weil Sie zu spät nach Hause kommen?«

»Hat Mrs. Tavish Ihnen nichts gesagt?«

»Was gesagt?«

»Ich bin ein paarmal spät nach Hause gekommen, und das letzte Mal hat sie gedroht, sie würde es Ihnen berichten. Ich dachte, das hätte sie auch getan. Mir hat sie nämlich mitgeteilt, Sie hätten gesagt, wenn ich noch einmal zu spät nach Hause käme, dann würden Sie mich entlassen. Als ich sie informierte, ich würde mit Ihnen hierhin fahren, da meinte sie, dann solle ich lieber aufpassen, was ich tue.«

»Sie hat mir nicht das Geringste über Sie erzählt.«

»Ich hab's aber geglaubt.«

»Außerdem, was geht es Mrs. Tavish an, wie ich meinen Haushalt führe?« rief ich empört. »Woher wußte sie überhaupt, daß Sie zu spät gekommen waren?«

»Ich hab' ihren Teig umgeworfen. Ihren Brotteig. Aber sie hatte den Topf so hingestellt, daß er über die Tischkante reichte, und ich war zu einem Bierfest gewesen, und – ähm –«

Allmählich begriff ich. Mrs. Tavish, die Köchin, war eine außerordentlich vehemente Antialkoholikerin und ein streitbares Mitglied des Temperenzlervereins. Jemand, dessen Atem nach Bier roch, mußte sie gehörig in Wut gebracht haben.

»Verstehe«, sagte Asey. »Jetzt versteh' ich die ganze Geschichte.«

Er erhob sich und ging zum Wohnzimmer, von wo er kurz darauf mit Judy zurückkehrte.

»Also«, sagte er und schloß die Tür, »also, warum ham Sie uns nich' gesagt, daß Rose betrunken war, als sie Dienstag nacht nach Hause kam?«

»Sie und Toby – oder eigentlich nur Toby – haben mich gebeten, nichts zu verraten. Sie habe ihm gesagt, sagte er, sie würde ihre Stellung verlieren, wenn jemand davon erführe.« Sie war Asey prompt in die Falle gegangen, obwohl Toby verzweifelt gestikulierte. »Und da ich selbst genug Zeit damit verbracht hatte, nach Arbeit zu suchen, fand ich es nicht mehr als anständig, sie nicht zu verraten.«

»Aber Sie haben's ja doch verraten!« Rose blubberte wie Wasser, das in eine Badewanne läuft. »Sie haben's ja doch getan. Jetzt gerade eben!«

»Oh. Oh, ich verstehe. Nun, Vic, wenn Sie sie feuern, dann gehe ich auch.«

»Nun reden Sie doch keinen Unsinn«, sagte ich. »Ich habe nicht die Absicht, sie zu feuern, und ich versuche schon seit Stunden, ihr das klarzumachen.«

»Hörn Sie, Mrs. Ballard.« Toby meldete sich zu Wort. »Lassen Sie mich die ganze Sache erklärn. Ich war kurz vor zwölf hier und hab' den Wagen 'n Stück weiter unten an der Straße abgestellt, und Rose hat sich dann durch die Vordertür verdrückt.«

»Das ist mir aufgefallen«, unterbrach Judy ihn. »Ich bin nämlich noch einmal draußen auf dem Flur gewesen, um mich zu vergewissern, daß ich die Kette vorgelegt hatte, und ich stellte fest, die Tür war nicht verschlossen.«

»Hat ist dann wohl erst danach hinausgegangen«, merkte ich an.

»Muß sie wohl. Ich bin nicht noch einmal an der Vordertür gewesen, und ich habe nichts von ihr gehört. Die Tür vom Wohnzimmer zum Flur habe ich nämlich geschlossen.«

»Weiter, Tobe«, kommandierte Asey.

»Wir sind zu Barradio zum Tanzen gefahren, und dann kam dieser Charley Smith, der in Chatham im Büro arbeitet, und hat sich zu uns annen Tisch gesetzt. Er hatte 'ne Flasche Gin dabei, aber Rose und ich ham keinen davon getrunken, obwohl er uns dauernd welchen einflößen wollt'. Tja, er hat sie ausgetrunken und hat dann von Barradio noch 'ne zweite geholt. Er kam zurück und wollt' uns immer noch welchen anbieten, aber ich hab' nein gesagt. Nachdem ich meinen Wagen zu Schrott gefahren hatte, hab' ich mir geschworn, nich' mehr zu trinken, wenn ich fahr'. Deshalb bin ich auch in der Nacht mit'm Laster hier gewesen. Mein eignes Auto is' kaputt. Aber Rose hat 'n Schlückchen genommen –«

»Das war das übelste Zeug, das ich jemals getrunken habe«, unterbrach ihn Rose. »Als ich das runtergeschluckt hatte – ich hätt's nicht getrunken, aber Toby war nicht da – und dieser Kerl hat mich gezwungen. Na, als ich das getrunken hatte – meine Herren!« Die Geste, mit der sie das kommentierte, war ausdrucksvoll.

»Das kann ich mir vorstelln«, versicherte Asey mir. »Ich hab' schon öfter gesehn, was Barradios Schnaps so für 'ne Wirkung hat. Bill Porter hat mal welchen getrunken, und hinterher fehlten ungefähr drei Zentimeter Porzellan am Küchenspülstein.«

»Als ich zurückkam und sah, in welchem Zustand sie war«, fuhr Toby fort, »hab' ich sie an die frische Luft gebracht und bin mit ihr hin- und hergegangen und hab' ihr schwarzen Kaffee eingeflößt und so weiter. Dann hab' ich beschlossen, daß ich sie lieber nach Hause bringen sollt'. Inzwischen hatt' sie sich übergeben und war halb eingeschlafen. Tja, die Hintertür war verschlossen und die Vordertür auch, und ich wollte 'n Küchenfenster aufmachen, aber 's ging nich'.«

»Meine eigenen einbruchssicheren Schlösser!« erklärte Rose.

»Ich hab' mich nich' getraut, 's an den andren Fenstern zu versuchen, also hab' ich leise geklopft, und Miss Dunham kam und hat Rose reingelassen. Ich hab' ihr erklärt, das letzte, was Rose noch gesagt hätt', wär', daß Mrs. Ballard nix davon wissen dürft', und dann hab' ich ihr die ganze Geschichte erzählt.«

»Das wäre also die Erklärung dafür, daß Sie nach drei Uhr noch einmal auf waren?« fragte ich.

Judy nickte. »Und ich hab' ganz schön Mühe gehabt mit dem Mädel! Sie war halb ohnmächtig, und halb schlief sie. Ich konnte sie einfach nicht dazu bringen, sich zu rühren. Unmöglich, sie nach oben und in ihr Bett zu bekommen, ohne das ganze Haus aufzuwecken, und deshalb habe ich ihr auf dem Küchenboden ein Lager gemacht und einen Wecker neben sie plaziert, auf sechs Uhr eingestellt. Eigentlich wollte ich in die Küche gehen und mich vergewissern, daß sie aufgewacht war, aber ich hatte selbst erst die Augen aufgemacht, als ich sie schon den Frühstückstisch decken hörte.«

»Ich bin dann weg«, sagte Toby, »nachdem Miss Dunham Rose übernommen hatte. Der Laster hatte 'ne Fehlzündung. Ich bin einfach abgehaun. Hatte nich' mehr den Mut nachzusehn, ob's jemand gehört hatte und aufgestanden war. 's ging allerdings 'n ziemlicher Wind, und die Brandung war stark, und ich dachte mir, vielleicht hat's sowieso keiner gehört.«

»Hast du irgend jemand gesehn, als du abfuhrst?«

»Keine Menschenseele.«

»Irgendein Auto?«

»Hab' nich' auf Autos geachtet. Ich hab' aus dem alten Eislaster rausgeholt, was drin war. Mußte um sechs wieder aufstehn. Ich glaube, an der Abkürzung zum Kühlhaus hab' ich 'n Licht gesehn, aber sicher bin ich mir nich'.«

»Na gut. Wenn ich dich rufen lass', Toby, dann nimmst du die Beine in die Hand und kommst her wie der Blitz. Rose, Ihnen würd' ich raten, 's Trinken sein zu lassen, das mit Fremden und auch überhaupt. Das is' nich' schön bei 'nem jungen Mädchen.«

Rose nickte. »Hab' ich mir eisern vorgenommen. Da brauchen Sie sich nie wieder Sorgen zu machen, daß ich was trinke, Mrs. Ballard, das tu ich nie wieder. Wenn Sie wüßten, wie elend es mir seit gestern morgen gegangen ist! Miss Judy, Sie waren 'ne Wucht!«

»Obwohl Asey mich reingelegt hat. Sie sind ein raffinierter Bursche, Sherlock. Wenn Sie zu schnurren beginnen, dann wird's gefährlich. Aber ich bin froh, daß Sie alles aufgeklärt haben. Es lag mir auf der Seele.«

Auch mich hatte es gequält, und ich war froh, daß die Angelegenheit nun erledigt war.

Bevor ich zu Bett ging, brachte ich noch meine Aufzeichnungen auf den neuesten Stand. Ich führte eine neue Kategorie ein: AUS DEM RENNEN.

Die erste auf dieser Liste war Aristene. Zwar hatte sie vielleicht ein Motiv gehabt, Red umzubringen, aber sie war ohne jeden Zweifel an einem anderen Ort gewesen, als der Mord an Red geschah.

Auch Rose kam nicht mehr in Frage. Selbst wenn sie in der Verfassung gewesen wäre, jemanden zu ermorden, wäre sie doch um ein Uhr nicht am Tatort gewesen. Das traf auch auf Toby zu.

Judys Namen setzte ich ebenfalls auf diese Liste. Wir konnten zwar nicht beweisen, daß sie wirklich weder Motiv noch Möglichkeit gehabt hatte, Red zu erschießen, aber es war eine Tatsache, daß sie erst am Montag nachmittag erfahren hatte, daß sie nach Weesit reisen würde. Sie hätte den mit Maynard Guild unterzeichneten Brief nicht schreiben können. Sicher, die Waffe konnte in ihre Hände gelangt sein. Aseys Grundsatz »Nichts ist unmöglich« galt auch hier. Aber daß sie ausgerechnet an diese spezielle Waffe geraten sein sollte, schien mir ein zu entlegener Gedanke. Und außerdem glaubte ich ihr ganz einfach.

Es gab also mindestens vier Personen, über die wir nicht mehr weiter zu spekulieren brauchten. Irgendwie fühlte ich mich besser, da nun, nachdem wir zwei Tage im dunklen getappt hatten, einige unumstößliche Fakten feststanden. Wenn wir weiterhin täglich vier Verdächtige ausschließen konnten, dachte ich, dann würde das Durcheinander bald aufgeklärt sein. Donnerstag nacht schlief ich ruhig und fest.

Erst als wir es uns am Freitag morgen nach dem Frühstück in den Korbstühlen draußen bequem gemacht hatten, rief Asey Satterlee zu sich, um sich nach der Dame im Busch zu erkundigen.

»Oh«, sagte der Squire freundlich, »habe ich Ihnen von der nichts erzählt, Asey? Beim Zeus, ganz sicher habe ich das!«

»Nein«, antwortete Asey, »Sie ham sie einfach da im Busch gelassen, und dabei interessiert mich das so. Erzähln Sie mir mehr.«

»Nun, das war – ach, wann das genau war, weiß ich nicht mehr. Aber danach dauerte es nicht mehr lange, bis dieser Polizist mich anhielt. Haben Sie da schon etwas unternommen?«

»Die Geschwindigkeitsübertretung? Ich werd's versuchen. Erzähln Sie weiter.«

»Wie war das doch gleich? Ich fuhr einen Weg entlang. Einen Nebenweg. Mir war, als hätte ich ein Licht gesehen. Ich rief hinüber, daß ich schon seit Stunden durch die Gegend irrte und ob mir nicht jemand sagen könne, wie ich auf die Hauptstraße komme.«

»Was war das fürn Weg?«

»Einfach ein Weg«, antwortete Satterlee unbestimmt und zupfte an einem seiner Westenknöpfe. »Einfach ein Weg.«

»Ich weiß, ich weiß«, antwortete Asey und ließ ihn seine Ungeduld deutlich spüren, »eins von diesen Dingern, langgestreckt wie 'n Band, und man fährt drüber. Weg. Was für 'ne Art von Weg? Wie sah er aus?«

»Er sah demjenigen ziemlich ähnlich, den wir vorgestern abend gefahren sind, als Sie uns hierher brachten. Ich konnte nicht viel sehen bei der Dunkelheit. Es waren enge, sandige Fahrspuren, in der Mitte wuchs Gras, und auf beiden Seiten standen Krüppelkiefern. Ein ganz gewöhnlicher kleiner Weg, Asey. Ich rief also; ich wußte ja schließlich nicht, was es mit dem Licht auf sich hatte, und ich wollte auch niemanden erschrecken. Andererseits wollte ich auch nicht anhalten und mitten in der Nacht in einer so abgelegenen Gegend mit einem Wildfremden sprechen, auch wenn ich eine Waffe dabei hatte. Also hab' ich gerufen.«

»Was dann?« fragte Asey müde.

»Eine Frauenstimme antwortete mir. Sie sagte, ich solle wenden – beim Zeus, ich hab' vergessen, was sie mir alles für Anweisungen gegeben hat. Ist das nicht ein Jammer? Aber es hat funktioniert. Im Handumdrehen war ich wieder auf der Hauptstraße. Ich sah ein Schild, auf dem stand ›Nach Weesit‹, und da hab' ich Gas gegeben, das können Sie mir glauben. Gerade als ich richtig in Fahrt gekommen war, tauchte dieser Polizist auf und fragte mich, wo's denn brennen würde.«

»Ham Sie die Frau gesehn?«

»Nein.«

»Wo genau steckte sie denn nu?«

»Das weiß ich nicht«, war die hilflose Antwort des Squire. »Die Stimme kam einfach aus den Büschen. Es – es war eine angenehme Stimme.«

»Das is' gut«, sagte Asey munter. »Das is' fein. Das freut mich.«

Satterlee warf ihm einen mißtrauischen Blick zu.

»Freut mich, daß sie 'ne angenehme Stimme hatte«, erklärte Asey. »Das hätte mich wirklich gestört, wenn's 'ne häßliche Stimme gewesen wär'. Tz, tz!«

»Sie glauben mir nicht!«

»Also mal ehrlich«, meinte Asey mit einem breiten Grinsen, »würden Sie mir glauben, wenn ich diese Geschichte erzähln würd'?«

»Nun«, gab Satterlee zu, »es ist ein – ein –«

»'n bißchen nebulös. So neblig wie die Nacht.«

»Zu der Zeit war es schon nicht mehr neblig.« Der Squire war nicht in Aseys Falle getappt. »Es war beinahe klar. Und das alles mag ja ein wenig merkwürdig klingen, aber es ist die Wahrheit.«

Asey seufzte. »Ja, 's is' einfach so verrückt, dasses wahr sein muß. Na gut. Das wär' alles. Was hast du für Neuigkeiten, Syl? Is' der Safeknacker endlich durch?«

»Telegramme für Mrs. Ballard. Sam Howes hat sie gerade gebracht. Sagt, gestern abend wär' er nach Hause gegangen, als der letzte Zug durch war, und das letzte wär' sowieso erst heut morgen gekommen. Hat auch versucht, mich deswegen anzurufen, aber das muß wohl gewesen sein, bevor Jennie und ich nach Hause gefahrn sind. Scheinen ziemlich umfangreiche Nachrichten zu sein.«

Er übergab mir sein Päckchen und verabschiedete sich dann.

»Die werden wohl von meinem Sohn George sein«, orakelte ich und betrachtete die Umschläge, die Mr. Howes ordentlich mit den Nummern eins, zwei und drei versehen hatte.

Und ich hatte recht. Das erste kam aus Chicago. Es war auf Donnerstag abend datiert, sieben nach zehn.

»Bin heute in wichtigen Geschäften nach Chicago geflogen stop.«

George gehört übrigens zu den wenigen Menschen, die mir jemals begegnet sind, die tatsächlich in ihren Telegrammen die Interpunktion »Stop« verwenden.

»Erfreut Deine Bestätigung zu empfangen daß Du Reise gut überstanden hast stop Adresse bis Montag Athletic Club stop Kabele wie es weitergeht stop Grüße George.«

Das nächste war auf Donnerstag abend, neun Uhr, datiert.

»Dein Telegramm bezüglich Schwierigkeiten in Weesit erhalten stop Was ist geschehen stop Verstehe nicht stop Sende unverzüglich alle Einzelheiten stop War es ein Autounfall oder was stop

Ich habe Dir gleich gesagt dieses Mädchen ist nicht der richtige Umgang für Dich stop Ist der Wagen beschädigt stop Natürlich komme ich wenn Du verletzt bist stop Gib mir sofort Bescheid George.«

Das schien eine Antwort auf das Telegramm zu sein, das ich ihm nach Boston geschickt hatte und in dem ich ihn aufgefordert hatte, er solle Zeitungsmeldungen ignorieren und nicht nach Weesit kommen. Wahrscheinlich hatte sein Büro es weitergeleitet. Ich hatte erwartet, daß die Zeitungen grausige Details bringen würden, und es schien, daß ich da zu voreilig gewesen war und schlafende Hunde geweckt hatte.

Asey stieß einen Pfiff aus, als er Nummer drei sah.

»Das is' ja kein Telegramm«, sagte er, als ich die vier Blätter auseinanderfaltete, »das is' 'ne Kurzgeschichte.«

»Und die Bögen sind auf beiden Seiten beschrieben, in winziger Handschrift«, fügte ich hinzu. Ich überflog es kurz und mußte lachen. »Aber eine Kurzgeschichte ist es nicht. Es ist ein Aufsatz zum Thema Eltern, mit einem kurzen Anhang von tadelnden Worten für selbige. George hat gerade von dem Mordfall erfahren, und hier haben wir seine Reaktion. Jetzt versteht er, was ich mit meinem Telegramm hatte sagen wollen. Oh, ich muß Ihnen das vorlesen, Asey! Ich werde es Ihnen leichtmachen und die Stops weglassen, auch wenn es mit ihnen viel lustiger ist. Wenn George jetzt hier stünde und mir das alles an den Kopf werfen würde, dann wäre ich wahrscheinlich beeindruckt, aber so bringt es mich nur zum Lachen. Hören Sie sich das an:

›Habe um elf Radio Boston eingeschaltet, um die Neuengland-Nachrichten zu hören. War entsetzt festzustellen, daß das, was Du Schwierigkeiten nennst, ein Mordfall in Deinem Ferienhaus ist. Wo hast Du diese Schauspieler aufgegabelt? Es wird höchste Zeit, daß Du einsiehst, wie leichtsinnig solche Zufallsbekanntschaften sind. Ich habe keinen Zweifel daran, daß diese Reisebegleiterin, die Du Dir ausgesucht hast, oder Dein Dienstmädchen in diese Affäre verwickelt, wenn nicht gar verantwortlich dafür sind. Hättest Du Mrs. Tavish oder Cousine Mercy oder sonstige verantwortungsvolle Personen gewählt, wäre dies nicht geschehen. Ich nehme an, Du wirst ebenfalls mit hineingezogen werden. Darf wohl davon ausgehen, daß Dir inzwischen klargeworden ist, wie zutreffend meine Bemerkungen am Montag waren, was Deine Fähigkeit angeht, Deine Angelegenheiten selbst zu regeln.

Habe oft genug versucht, Dir begreiflich zu machen, daß Du nichts als Ärger mit Deiner Angewohnheit bekommen würdest, jeden Hinz oder Kunz bei Dir aufzunehmen und als Deinesgleichen zu behandeln, in Deiner bekannten lässigen und leichtsinnigen Art.‹«

»Is' wohl ziemlich leicht aus der Fassung zu bringen, was?« meinte Asey mit einem Kichern.

»Was Sie bisher gehört haben, ist ja noch gar nichts. Es geht noch für mindestens fünf Dollar weiter:

›Versuche, meine Geschäfte möglichst bis morgen beendet zu haben, und werde dann mit der ersten erreichbaren Maschine nach Boston fliegen. Breche von dort sofort nach Weesit auf. In den Nachrichten heißt es, daß Du diesem Arbeiter von Bill Porters Firma auch noch Hilfestellung leistest. Gehe davon aus, daß das eine Falschmeldung ist. Du wirst ja nicht völlig den Verstand verloren haben. Denke doch nur, was für ein Aufsehen das gibt.‹«

Ich hielt inne. »Was ist mit den Zeitungen, Asey?«

»Die ham ziemlich gute Arbeit geleistet. Ich hab' gestern abend spät noch innen paar reingeschaut, die Syl mir besorgt hatte. Hab' sie Ihnen nich' gezeigt und auch nix gesagt, weil ich nich' wußt', wie Sie's aufnehmen würden. Die Schlagzeilen lauteten ungefähr so: ›Dame aus besseren Kreisen an der Seite des Sherlocks vom Cape Code.‹ – ›Vic Ballard erhebt sich vom Krankenlager und spielt Watson – Seinerzeit die erste Frau in Boston, die einen Ballonrock trug. Adin Ballards Witwe, soeben von einer Lungenentzündung genesen.‹«

»Unglaublich! Wie können die sich denn noch an diese Sache mit dem Ballonrock erinnert haben?«

»Keine Ahnung. Ham sie aber. Wie geht's denn weiter mit dem Telegramm?«

»Patrick Henry hätte es nicht besser machen können. Meine Güte, muß George wütend gewesen sein! Ich möchte wetten, er hat Glühbirnen zerschmettert.

Das hat er als Kind immer getan, wenn er wirklich in Wut geriet.

›Ich habe Stephen Crump telegrafiert, er soll alles tun, was in seiner Macht steht, um Verleumdungen zu unterbinden. Habe Janet telegrafiert, sie soll unter keinen Umständen Maine verlassen, selbst wenn Du sie bittest. Ich komme, so schnell ich kann. Du mußt nun ein für alle Mal einsehen, wie unsinnig es ist, wenn ich es zulasse, daß Du Deine Angelegenheiten selbst in die Hand nimmst.‹«

Asey lachte. »Is' wohl 'n Rednertalent, was? Hab' schon fast damit gerechnet, daß er am Ende Gott anfleht, er soll den Staat Massachusetts schützen, wie das immer am Ende vonnen Erntedanktagsansprachen kommt. Irgendwie scheint er nich' aus'm gleichen – na, er klingt überhaupt kein kleines bißchen wie Sie, Mrs. Ballard.«

»Er klingt nicht so, und er ist auch nicht so«, hörte ich mich zu meiner eigenen Überraschung sagen. »Unsere Ansichten sind – nun, George stammt aus einer Familie, die mit Adin befreundet war. Sein Vater war Geistlicher. Hochgebildet, aber ein wenig wichtigtuerisch. Adin meinte immer, er könne sich George gut als sittenstrengen Pilgervater vorstellen, einen von denen, für die die Indianer Heiden waren, die sie bekehren mußten, und die Hexen verbrannten. Aber«, beeilte ich mich hinzuzufügen, »ich bin außerordentlich stolz auf George, auch wenn es eine Menge von Dingen gibt, bei denen wir nicht einer Meinung sind. Er ist wirklich ein gescheiter Bursche, Asey.«

Asey nickte. »War richtig von ihm, Stephen Crump zu telegrafiern. Den kenn' ich nämlich. Stephen hat die Nachricht gleich weitergegeben, und ich hab' mein Telegramm früher gehabt wie Sie. Sagt, ich soll alles für Sie tun, was ich tun kann, und Sie solln sich selbst mit ihm in Verbindung setzen, über mich, sobald Ihnen danach is'. Bei den Zeitungen würd' er alles tun, was möglich wär'.«

»Das ist gut«, sagte ich. »Das wird George vielleicht beruhigen. Ich weiß, daß er wütend ist. In gewissem Sinne hat er sogar ein Recht dazu. Aber er hat mich neulich fürchterlich geärgert, als er mich mit seinen Plänen, hierher zu kommen, überrollen wollte, und ich habe die Dinge selbst in die Hand genommen, hauptsächlich, um ihn meinerseits zu ärgern und ihm klarzumachen, daß ich mich nicht herumkommandieren lasse. Es scheint, daß ich besser dran wäre, wenn ich ihm gestattet hätte, alles so zu regeln, wie er es wollte. Was machen wir mit George, wenn er hierher kommt, Asey? Er wird ziemlich ärgerlich sein, das weiß ich.«

»Ich kümmer' mich um ihn«, versprach Asey. »Hört sich an, als ob er so einer wär' wie Bill Porters Bruder Jimmy. Läßt 'n Haufen Dampf ab, aber man – oh.«

Sylly Mayo erschien an der Hausecke.

»Syl, du grinst ja wie 'n zufriedener Kater«, meinte Asey. »Sag bloß, du hast schon wieder was gefunden?«

Strahlend reichte Syl ihm eine Tube Zahnpasta. Das einzig Ungewöhnliche daran war, soweit ich es sehen konnte, daß jemand sie nach Gebrauch ordentlich von unten her aufgerollt hatte, statt die Paste einfach aus der Mitte herauszudrücken.

»Wie hast du denn die gefunden? Oh«, antwortete Asey selbst, bevor Syl auch nur den Mund aufmachen konnte, »oh, ich hab' mir einfach vorgestellt, was ich tun würde, wenn ich 'ne Tube Zahnpasta wär'. Ich weiß schon, Syl, ich weiß. Wo hast du sie gefunden, und warum meinst du, sie wär' wichtig für uns?«

»Hab' ich unter der obersten Stufe der Treppe zum Strand gefunden, kein Meter von der Stelle, wo Gilpin lag. Hab' sie vorher nich' gesehn, weil ich nie unter die Treppe geschaut hatte.«

»Tja«, meinte Asey und begutachtete sie, »was die nu in Dreiteufelsnamen mit dem Mord zu tun ham soll, das geht über das hinaus, was ich scherzhaft meinen Verstand nenn'. Syl, geh ins Haus, und frag, wer von denen diese Sorte benutzt. Hab' ich noch nie gesehn. Kann mich nich' mal annen Knödeltenor erinnern, der dafür Reklame macht. Versteh' sowieso nich'«, sagte er, als Syl davonsprintete, »wieso die Leute keinen Zahnpuder nehmen. Viel billiger, und besser für die Zähne isses sowieso. Ihr Zahnarzt«, meinte er mit einem Lächeln, »nimmt's selbst.«

Wenige Minuten später erschien Edie Allen.

»Syl sagt, Sie haben meine Zahnpasta wiedergefunden«, sagte sie munter, »und Sie können sich gar nicht vorstellen, wie dankbar ich Ihnen dafür bin. Ich habe Dans nehmen müssen, und die schmeckt, wie Heizkörper immer im Herbst riechen. Lösungsmittel und Goldbronze. Ja, das stimmt, das ist meine. Ich drücke immer von unten und rolle das Ende der Tube auf. Das tut sonst keiner in unserer Truppe. Außerdem nimmt auch keiner diese Marke. Wo haben Sie sie gefunden?«

»Wann ham Sie sie verlorn?« fragte Asey zurück.

»Seit Dienstag abend hab' ich sie nicht mehr gesehen. Das war der Punkt, von dem an kein Sterblicher sie mehr erblickte. Wo ist sie denn wieder aufgetaucht?«

»An der Stelle, wo Gilpin erschossen wurde«, sagte Asey in seinem freundlichsten Ton.

Edie Allen zuckte zusammen. Mit bleicher Miene ließ sie sich in einen der Korbstühle fallen. Ihre Ausgeglichenheit, ihre Selbstbeherrschung, ihre muntere Art waren mit einem Schlag verschwunden.

»Wie ist sie da hingekommen?« fragte sie kleinlaut und ängstlich.

»Genau das«, antwortete Asey mit fester Stimme, »werden Sie uns hier und jetzt erklärn!«

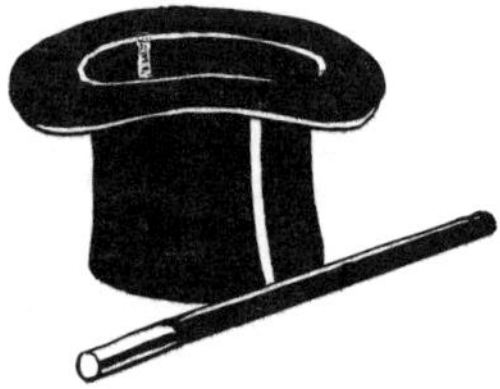

Kapitel 13

»Aber ich bin am Dienstag abend nicht draußen gewesen!«
»Sicher?« Asey befühlte die Tube. »Sicher? Sie putzen sich Dienstag abend die Zähne, und dann wachsen der Tube Beine, und sie marschiert nach draußen und legt sich unter die oberste Stufe der Treppe zum Strand, und da liegt sie ruhig und friedlich, bis Syl mit seinen Adleraugen kommt und drunterkriecht und sie rausholt. Naaa«, Asey zog die Worte noch mehr in die Länge als sonst, »na, 's heißt ja immer, daß diese Zahnpastas so tolle Dinger sind, und allmählich denk' ich fast, 's stimmt womöglich.«

Sein Ton ärgerte Edie.

»Reden Sie doch nicht solchen Unsinn, Asey! Zahnpasta geht doch nicht einfach –«

»– und marschiert irgendwo hin. Nein.«

»Lachen Sie nicht! Irgend jemand muß es geben, der sie dort hingelegt oder fallengelassen hat –«

»Merkwürdig«, stimmte Asey zu, »aber das is' genau das, was ich auch grad gedacht hab'. Mal überlegen. Das war Dan, der Ihr Nachtzeug aus'm Kombi rübergebracht hat, oder?«

»Ja. Er hat ein paar Sachen von Hat und mir zusammengesucht, als Mrs. Ballard uns einlud, im Haus zu übernachten. Er steckte alles in einen Koffer und brachte ihn ins Haus.«

»Was ham Sie mit der Tube gemacht, nachdem Sie sich die Zähne geputzt hatten?«

»Ich habe sie wieder dahin gesteckt, wo sie immer ist, in das kleine Kunststofftäschchen, in dem ich meine Zahnbürste und die Zahnpasta habe. Da bin ich mir ganz sicher.«

»Und trotzdem ham Sie sie seither nich' mehr gesehn. Na, dann sein Sie mal so freundlich und bitten Sie Hat hinaus. Sie müssen ihr nich' erzahln, worum's geht.«

Hat Allen kam herausgeschlendert, die Zigarette lässig zwischen den schlanken Fingern. Sie trug einen Rock in unglaublich leuchtendem Orange und dazu einen sehr strengen weißen Pullover mit hohem Rollkragen. Ihrem ganzen Auftreten nach kam sie mir weit mehr als alle anderen wie jemand aus dem Showbusiness vor. Wie stets war sie stark geschminkt, mit dunklem Make-up und pflaumenfarbenem Lippenstift, was diesen Eindruck noch weiter unterstrich.

»Ich bin heilfroh, daß Sie Edes Zahnpasta gefunden haben«, sagte sie. »Selbst unter das Bett ist sie gekrochen, um danach zu suchen, und hat behauptet, ich hätte sie stibitzt. Wissen Sie, sie hat sie am Dienstag abend im Bad vergessen, und ich habe sie dann mit zurück in unser Zimmer genommen und zu ihren übrigen Sachen gelegt. Ich hatte das völlig vergessen in der ganzen – dem ganzen Durcheinander.«

»Aber sie sagt, sie hätt' sie selbst in ihr Täschchen getan.«

»Das stimmt nicht. Sie hat sie vergessen. Sie ist ein bißchen schlampig, und ich hasse es, wenn Toilettensachen einfach irgendwo herumliegen. Sie hatte sie auf dem kleinen Glasbord liegen lassen, ganz am Rand, so daß sie beinahe heruntergefallen wäre. Ja genau, so war es. Ich habe nicht viel darum gegeben, als sie herumjammerte, sie hätte sie verloren. Kam mir reichlich übertrieben vor, wegen einer verlorenen Zahnpastatube ein solches Theater zu machen. Ehrlich gesagt, konnte ich mich erst erinnern, daß ich sie weggeräumt hatte, als Syl sie hereinbrachte. Zu dem Zeitpunkt hatte ich nicht den Mut, es ihr zu sagen, wo ich doch geschworen hatte, ich wüßte nicht, wo die Tube geblieben war. Wo ist sie denn aufgetaucht?«

Asey sagte es ihr.

»Aber wie kann sie denn da hingekommen sein?« fragte sie ziemlich überrascht.

»Das is' genau das, was wir gern wissen wolln«, war Aseys geduldige Antwort. »Also, wie Sie die Tube genommen ham, was ham Sie damit gemacht? In die Tasche gesteckt?«

»Wahrscheinlich. Aber ich bin mir ziemlich sicher, daß ich sie später wieder zu ihren Sachen gelegt habe. Natürlich ist es möglich, daß ich es vergessen habe. Ich war an dem Abend schrecklich müde, und wenn man dermaßen erschöpft ist, dann tut man manches mehr oder weniger unbewußt. Aber auch wenn ich sie in meiner Tasche gelassen hätte, kann ich mir nicht vorstellen, wie sie unter die Treppe gekommen sein soll. Als ich draußen war, um meine Creme zu holen, bin ich nur um die Hausecke zum Kombi gegangen. Ich war nicht einmal in der Nähe des Steilhangs.«

»Sie hatten nich' zufällig 'n Loch in der Tasche?«

Hat lächelte. »Das hatte ich tatsächlich. Ich habe es gestern geflickt.«

»Dann scheint sich die Frage doch halb von selbst zu lösen. Sie ham die Tube gefunden und in Ihre Tasche gesteckt. Und in der Tasche von Ihrem Morgenrock war 'n Loch. War doch Ihr Morgenmantel, oder?«

»Nein, mein Kamelhaarmantel. Dan hat nicht daran gedacht, so etwas wie Morgenröcke mitzubringen.«

Asey schwieg. Ich wußte, daß er an den Flaum auf Red Gilpins blauem Sergemantel dachte. Aber andererseits hatte er ja schon bewiesen, daß die Fusseln nicht von ihrem Mantel stammen konnten.

»Und Sie sind nich' mal in die Nähe vom Rand der Steilküste gegangen. Hm. Das is' die Stelle, an der die Sache kompliziert wird. Wie is' die Tube da hingekommen, wenn Sie nich' da warn? Sicher, daß Sie nich' doch zur Treppe rüberspaziert sind?«

»Ganz sicher. Es war ziemlich frisch, und ich war müde, und mir war kalt. Im Grunde wollte ich bloß zurück in mein weiches Bett und schlafen. Ich bin gewiß nicht an der Steilküste spazierengegangen.«

»Pech, daß wir das nich' beweisen können.«

Hat nickte und trat ihre Zigarettenkippe aus.

»Tja, Sie müssen sich schon auf mein Wort verlassen.«

Dan trat aus der Küchentür. »Asey, kommt sie bald wieder? Sie ist dran mit Geben –«

»Ab mit Ihnen«, sagte Asey. »Ich hätt' gedacht, mittlerweile könnten Sie keine Spielkarten mehr sehn!«

»Sie dürfen nicht vergessen«, erinnerte ihn Hat, »daß wir seit Monaten keine Zeit mehr zum Spielen hatten.«

Als Dan ihr die Tür aufhielt, fiel mir auf, daß sie den gleichen federnden Gang hatte wie ihr Bruder und daß sie beide nahezu gleich groß waren. Für einen Mann war Dan klein und untersetzt, und Hat war recht großgewachsen für eine Frau.

Ich machte Asey darauf aufmerksam. »Die beiden sehen sich viel ähnlicher«, meinte ich, »als ich anfangs bemerkt habe.«

»Hab' selbst schon öfter auf Hat getippt«, gab Asey zu. »Die beiden sind beinah gleich groß. Und ich denk' mir, sie is' in dem Verein die einzige richtige Schauspielerin. Gestern abend, wie ich die Sache mit Toby und Rose aufgeklärt hab' und ins Wohnzimmer ging und Judy holte, da hat sie grad 'ne erstklassige Vorstellung für Oscar gegeben. Sie spielte 'ne wütende Mutter, deren Tochter die Klassenarbeit in Englisch verbockt hatte, und sie verstand nich' warum, wo das Kind doch Englisch gesprochen hat, seit es 'n Baby war. Hört sich nich' besonders an, wenn ich's erzähl', aber wie sie das spielte, hatt' sie Satterlee auf'm Boden liegen. Der wär' beinahe geplatzt vor Lachen. Sogar die Leute vom Bridgetisch hörten auf zu spieln, um zuzuhörn, und das will was heißen.«

Ich lachte.

»Aber worum's geht« – Asey holte seine Maiskolbenpfeife hervor –, »worum's geht, is' folgendes. Ich war mehr oder weniger davon ausgegangen, daß der, der die Waffe gekauft hat, auf alle Fälle 'n Mann war. Aber vielleicht stimmt das gar nich'.«

»Hat war mit Edie einkaufen«, erinnerte ich ihn.

»Das *sagt* sie. Aber wenn Sie sich mal erinnern, Edie isses erst wieder eingefalln, als Hat erzählt hat, sie wärn Strümpfe kaufen gewesen. Na, lassen wir das mal fürn Augenblick beiseite. Da hätten wir also Hat. Genauso groß wie Dan. Von Natur aus hat sie die gleichen Augenbrauen wie er, und wo sie die Maskenbildnerin is', wär's ihr nich' schwergefalln. Sie hat 'ne tiefe, rauchige Stimme, und ich hab' schon ein- oder zweimal gehört, wie sie Dan perfekt nachgemacht hat. Sie könnt' sich als Dan ausgegeben ham. Sie könnt' den Brief geschrieben ham. Sie könnt' die Waffe gekauft ham. Sie hat zugegeben, daß sie draußen war. Und dann findet sich auch noch diese blödsinnige Zahnpasta fast genau da, wo Red lag. Und niemand kann überprüfen, wie lang sie draußen war und ob sie nich' auch dort war.«

»Da hätten Sie ja alles beisammen, was Sie brauchen, nur kein Motiv«, meinte ich.

»Sie is' doch 'ne Frau, oder? Und sogar Mary Peters«, sagte er kichernd, »sogar Mary sagt, Red hätte was Faszinierendes gehabt. Und Hat war fast ständig mit ihm zusammen.«

»Aber Punch sagt, er glaubt nicht –«

»Stimmt. Punch sagt, er glaubt nich', daß da was zwischen den beiden war. Punch issen netter Junge, aber 'n großer Denker is' er nich'. Er wußte, daß Red Edie bewundert hat, weil Red ihm davon erzählt hatte. Aber das heißt nich', daß er nix für Hat übrig gehabt hätte, nur weil er Punch nie was davon erzählt hat.«

»Wie dem auch sei«, wandte ich ein, »an dem fraglichen Nachmittag, zu dem Zeitpunkt, als die Waffe gekauft wurde, waren sie und Edie beim Einkaufen.«

Asey grinste.

»Was ist das für ein verschlagener Blick?«

»'n Blick, der Ihnen verrät«, sagte er, legte seine Pfeife ab und erhob sich, »daß ich jetzt mal Edie holn und ihrer Erinnerung auf die Sprünge helfen werd'.«

Er ging ins Haus und kehrte mit ihr zurück.

»Also«, sagte er, »Mrs. Ballard und ich, wir können uns da bei 'ner Sache nich' einigen. Gestern, wie wir aus'm Keller kamen, war Hat da bei den Bridgespielern dabei oder war sie's nich'?«

»Asey, haben Sie mich etwa von einem Traumblatt mit fünf Herzen weggeholt, um mich das zu fragen?«

»Hm-hm. Hat sie Bridge gespielt oder Backgammon?«

»Das weiß ich nicht mehr.«

»Mrs. Ballard glaubt, dasses Bridge war.«

»Dann wird das wohl stimmen. Ich weiß es nicht, obwohl mir irgendwie ist, als hätten Dan und ich gegen Aristene und Punch gespielt. Aber vielleicht irre ich mich ja.«

Asey blickte mich mit einem triumphierenden Lächeln an. »Sehn Sie? Sie hat nämlich Backgammon mit Satterlee gespielt. Das war die Stelle, wo mir aufgefalln is', daß Dan die Karten mit links gibt.«

»Ja natürlich!« rief Edie. »Was bin ich doch für ein Dummchen! Aber ich habe ein Gedächtnis wie ein Sieb, Asey. Ich weiß nie etwas, es sei denn, jemand hilft meinem Gedächtnis auf die Sprünge. Und dann traue ich mich nicht einmal zuzugeben, daß ich etwas anders in Erinnerung habe, weil ich fürchte, daß ich Unrecht haben könnte.«

»Aber wenn Sie«, arbeitete sich Asey zum eigentlichen Thema vor, »wenn Sie sich nich' mal mit dem, wa man 'n Minimum an Zuverlässigkeit nennen könnt', daran erinnern können, was gestern war, dann freß' ich 'n Besen, wenn Sie noch wissen, was vor überm Monat los war.«

»Die Chancen stehen eins zu einer Million. Sagen Sie bloß nicht, daß Sie mich jetzt nach dem ersten April oder dem sechsten

Februar fragen wollen und daß ich mit Ja oder Nein antworten muß. Ich bräuchte einen Kalender und einen ganzen Haufen Papiere und müßte etwa zehn Tage darüber brüten. Selbst dann wäre ich mir meiner Sache noch nicht sicher.«

»Gut. Aber hier geht's wieder mal um 'n vierten Mai.«

»Nichts einfacher als das«, sagte Edie erleichtert. »An den Tag kann Hat sich erinnern. Wir haben Strümpfe gekauft, und sie hatte ein Hühnerauge.«

»Hm-hm. Aber Sie ham ja gerade gesagt, Sie würden sich nich' mal traun, was andres zu sagen, wenn Sie was andres in Erinnerung hätten. Vielleicht wolln Sie da nochmal neu überlegen?«

»Glauben Sie, daß Hat sich geirrt hat?«

»Genau das. Denken Sie nochmal nach. Überlegen Sie nochmal von Anfang an, und denken Sie nich' mehr an Strümpfe und Hühneraugen.«

Edie zündete sich eine Zigarette an. »Hm. Das ist gar nicht so einfach. Was für ein Wochentag war der vierte Mai? Ein Samstag?«

»Mal nachsehn.« Asey holte einen winzigen Taschenkalender hervor. »Mal nachsehn. Einundzwanzigster April. Jahrestag der Schlacht von San Jacinto. Puh. Was die so alles in diese Dinger schreiben! Da ham wir's. Vierter Mai. Der hat gar keine Wochentage, der Kalender. Nur die Daten. Aber vielleicht kann ich's aus dem schließen, was ich da getan hab'. Jawoll. 's war 'n Samstag.«

»Woher wissen Sie das?«

»Ich hab' mir hier aufgeschrieben, daß Bill Porter am Wochenende rüberkommen würd' und daß ich ihm Bohnen zum Abendessen machen wollt'. Und in diesem Teil des Landes«, schloß Asey mit einem Lächeln, »heißt das, dasses Samstag gewesen sein muß.«

»Bohnen«, sagte Edie. »Bohnen. Ah, ich glaube, ich hab' es. Jetzt fällt mir ein, daß ich mich gefragt habe, ob Hat wirklich recht hatte, als sie sagte, wir seien zum Einkaufen gewesen. Sie hatte recht, als sie sagte, Dan und Red hätten Utensilien für das Auto besorgt, denn wir sind am Sonntag abgefahren, und wir hatten die Sachen, als wir aufbrachen. Keiner von uns wäre auf die Idee gekommen, sie früher als am Tag vor der Abreise zu besorgen, da bin ich mir sicher. Und ich erinnere mich, daß Punch Judy reparieren mußte. Sie löste sich in ihre Bestandteile auf.«

»Was hat das mit Bohnen zu tun?«

»Dazu komme ich gleich. Aber ich glaube, wir haben die Strümpfe am Freitag gekauft. Sehen Sie, eine der Damen der örtlichen Gesellschaft hatte Hat und mich für Samstag zum Tee eingeladen. Ich weiß nicht mehr, wie sie hieß, aber Aristene wird sie sicher kennen. Keine von uns beiden hatte Lust hinzugehen, aber sie war ein paarmal in unserer Vorstellung gewesen, und Dan meinte, sie würde uns für Samstag abend einen ganzen Packen Eintrittskarten einbringen, und jemand müsse gehen. Also haben wir eine Münze geworfen, wer die Truppe vertreten solle, und ich habe verloren. Daran hätte ich mich nie im Leben erinnert, wenn Sie nicht von Bohnen gesprochen hätten, Asey.«

»Wie das?«

»Ja, also, diese Dame lud mich ein, noch zum Abendessen zu bleiben, und dazu murmelte sie entschuldigend, ihr Schwiegervater lebe bei ihnen, und der bestehe darauf, Samstag abends Bohnen zu bekommen. Ich beteuerte, wie sehr mir die Einladung schmeichle, aber wir seien alle zusammen zum Abendessen verabredet. Und diese Unterhaltung brachte mich dann später dazu, mir im Restaurant Bohnen zu bestellen. Als Red dazukam, fragte er, ob sie gut seien, und ließ sich ebenfalls welche bringen. Die anderen haben uns ausgelacht. Ich erinnere mich jetzt wieder haargenau.«

»Die guten alten Bohnen«, sagte Asey gerührt. »Wo blieb Hat derweil, wo sie doch mit der Einladung verlorn oder gewonnen hatte, je nachdem, wie man's sieht?«

»Keine Ahnung. Wahrscheinlich hat sie einen Schaufensterbummel gemacht oder in einem Antiquariat gestöbert. Sie hat so viele abgegriffene Erstausgaben angeschleppt, daß der Kombi davon überquoll und wir sie zwingen mußten, den Kram einzupacken und an eine Freundin in Connecticut zu schicken, die zwei Dachböden hat. Hat ihr fast das Herz gebrochen.«

»Hm. Danke.«

»Hören Sie, Asey, was soll das alles? Wen interessiert es schon, was Hat an diesem Nachmittag gemacht hat? Es war doch ein Mann, der den Revolver bei Satterlee gekauft hat, oder nicht?«

»Das sagt er. Aber wo Sie Oscar nu kennen, meinen Sie nich' auch, daß er auf 'ne Frau reinfalln würd', die sich als Mann verkleidet hat?«

Edie zögerte.

»Und Hat ist doch schon öfter als Mann aufgetreten, stimmt's?«
»Hm.«
»Macht sie das gut?«
»Hm. Nicht besonders.«
»Na, schicken Sie sie trotzdem mal her.«
Hat wirkte ehrlich betroffen, als Asey ihr eröffnete, daß sie sich beim Datum des Strumpfkaufes geirrt habe.
»Ich bin sicher, daß ich recht habe. Hören Sie, irgendwo zwischen meinen Sachen im Kombi habe ich bestimmt noch die Rechnung für diese Strümpfe. Ich gehöre zu den Leuten, die Rechnungen und Quittungen aufheben, auch wenn die Sachen, für die ich sie bekommen habe, längst nicht mehr existieren. Augenblick, vielleicht kann ich sie finden. Da müßte doch ein Datum draufstehen.«
»Genau wie George«, sagte ich zu Asey, nachdem sie davongeeilt war. »George hat ganze Jahrgänge von Aktenordnern in seinem Haus, voll mit Quittungen, Rechnungen, Kontoauszügen und dergleichen. Er macht sich große Sorgen, daß ich so schludrig bin und die Angewohnheit habe, meine nach einer Woche wegzuwerfen.«
Als Hat mit einem rosa Zettel zurückkam, blickte sie ziemlich unglücklich drein.
»Asey, ich habe mich geirrt. Wir haben die Strümpfe am Dritten gekauft. Der Vierte muß der Tag gewesen sein, an dem Ede zu dem Damenkränzchen gegangen ist, und ich bin in Nashua umhergewandert und habe gehofft, daß irgend etwas passiert.«
»Wissen Sie noch, was Sie getan ham?«
»Nein, ich bin einfach nur herumgelaufen. Sie wissen ja, wie schwer es ist, Zeit totzuschlagen. Ich habe mir Schaufenster angesehen und mich in einer Buchhandlung umgeschaut. Aber die waren furchtbar unfreundlich dort. Es paßte ihnen nicht, daß ich mich nur umsehen wollte, sie glaubten, wenn sie mich drängen, kaufe ich aus reiner Verlegenheit irgendeine Neuerscheinung! Ich erinnere mich auch, daß ich vor einem Kaufhaus gestanden habe, wo jede Menge Leute standen und auf andere warteten; ich habe so getan, als wartete ich ebenfalls. Das ist eine meiner Lieblingsbeschäftigungen. Ich finde es herrlich, wenn Frauen kommen und sagen: ›Liebling, habe ich mich wirklich so sehr verspätet?‹ Und in der Regel wissen sie ganz genau, daß sie zu spät dran sind.«

»Sie können also auch nich' belegen, wo Sie warn?«

»Wieso ›auch‹?« Hat sah Asey aufmerksam an. »Nein. Aber das spielt doch keine Rolle, oder?«

»Sie sehn aus wie Dan, oder Sie würden so aussehn, wenn Sie sich die Mühe machen würden, sich zu verkleiden.«

»Asey, Sie wollen doch wohl nicht andeuten, ich hätte diesen verflixten Revolver gekauft?«

»Durchaus möglich.«

»Ja, möglich wär' es schon! Aber ich habe es nicht getan. Asey, ich habe Red gern gehabt. Wenn ich nicht mit einem furchtbar lieben Mathematikprofessor verlobt wäre, der es sich noch auf Jahre hinaus unmöglich leisten kann, mich zu heiraten, weil er zuerst einem jüngeren Bruder das Studium finanzieren muß, dann glaube ich tatsächlich, daß ich so weit gegangen wäre, mich in Red zu verlieben. Selbst wenn diese Sache mit der Zahnpasta und mein Verschwinden am Dienstag abend gegen mich sprechen, Asey, hätte ich doch immer noch kein Motiv gehabt, Red umzubringen.«

Asey schwieg dazu.

»Man muß jemanden schon sehr lieben oder ihn sehr hassen, bevor man ihn umbringt, es sei denn, man wäre wahnsinnig oder so«, fuhr Hat ernsthaft fort. »Ich bin nicht wahnsinnig, und ich habe Red weder geliebt, noch habe ich ihn gehaßt. Wir waren einfach nur gute Freunde, nichts weiter. Wenn man so mit jemandem zusammenlebt, wie wir das getan haben, Tag und Nacht auf der Straße, dann erkennt man auch schnell dessen Fehler. Red habe ich in der ersten Woche durchschaut, die er bei uns war. Da habe ich verstanden, wie sehr er Frauen verletzen konnte, die sich zu ihm hingezogen fühlten, obwohl er es gar nicht böse meinte. Ich begriff, wie anstrengend dieses Was-ist-das-Leben-doch-für-eine-tolle-Sache-Gehabe auf Dauer für ihn werden mußte. Es stellte sich heraus, daß es auch für uns bisweilen ganz schön anstrengend war. Edie hat immer gesagt, das einzige, was sie an Red auszusetzen hätte, wäre, daß er sie nie richtig traurig sein ließe. Schließlich hat ja jeder ab und zu das Bedürfnis, traurig oder mürrisch oder unleidlich zu sein. Bei Red konnte man niemals mürrisch sein, und ernsthaft ebensowenig. Er war einfach immer guter Dinge, und mehr als oberflächlich konnte er dabei selten sein.«

Allmählich wurde mir bewußt, wie recht Punch mit seinen Worten gehabt hatte, Hat habe Köpfchen, sie habe einen Männerverstand.

»Ich weiß zwar nichts darüber«, fuhr sie fort, »aber ich kann mir nicht vorstellen, daß er jemals großen Erfolg als Geschäftsmann hatte. Er hat Wunder vollbracht, wenn es um Motoren ging, und er bastelte gern. Aber ich glaube nicht, daß er wirklich kreativ sein konnte. Er konnte Sachen reparieren, aber er konnte sie nicht selbst bauen. Und auch seine Zaubertricks – er konnte sie nachmachen, aber keinen davon hat er selbst erfunden. Seine Art war es, das – auch wenn ich diesen Ausdruck hasse – Faszinierende an ihm, was die Leute angezogen hat. Irgendwie werde ich immer einen Jungen vor mir sehen, wie er den seidenen Zylinder von seinem Rotschopf zieht und mit der anderen Hand den Zauberstab schwingt und drei purpurne Taschentücher in eine amerikanische Flagge verwandelt. Tja, besser kann ich das nicht ausdrücken, Asey. So kam er mir immer vor.«

»Verstehe«, sagte Asey.

»Und Sie glauben mir nicht, weil Sie denken, ich spielte Ihnen etwas vor. Das tue ich nicht. Ich habe Ihnen immer die Wahrheit gesagt, außer bei der Sache mit dem vierten Mai. Da habe ich mich geirrt, und ich habe es zugegeben. Ich hätte bestreiten können, daß ich diese verflixte Zahnpastatube jemals gesehen oder jemals angerührt habe. Ich hätte Ihnen verschweigen können, daß ich Dienstag nacht draußen war, um meine Creme zu holen. Und ich glaube nicht, daß Sie es jemals herausgefunden hätten. Ich hätte Ihnen diese Rechnung für die Strümpfe niemals zu zeigen brauchen und Edie dazu bringen können, zu bestätigen, daß ich recht habe. Edie läßt sich leicht beeinflussen. Aber ich habe nichts von alledem getan. Ich habe Ihnen die Wahrheit gesagt, denn schließlich haben Sie uns mitgeteilt, wenn wir nichts zu verbergen hätten, dann könnten wir alles sagen, ganz gleich, wie schlimm es klänge.«

Sie hielt inne, als ein Motorrad dröhnend den Weg herauffuhr.

Ein Polizist stieg ab und übergab Asey ein Päckchen und einen Umschlag.

»Aus Boston. Über diese Sache in New Hampshire. Schickt Parker Ihnen.«

Kapitel 14

Asey riß den Umschlag mit dem Daumen auf, und Hat, der Polizeibeamte und ich beobachteten ihn erwartungsvoll, während er las.

Irgendwie sprach sich herum, daß der Brief eingetroffen war; ich vermutete, daß Rose und Jennie die Nachricht verbreitet hatten, denn die beiden hatten den gesamten Vormittag aus dem Küchenfenster gestarrt.

Noch ehe Asey mit Lesen fertig war, hatte sich die ganze Gesellschaft vor dem Haus versammelt und stand oder saß um ihn herum. Alle gaben sich bewußt gleichgültig, doch es herrschte eine spürbar gespannte Atmosphäre.

Punch entzündete ein Streichholz an seiner Schuhsohle, und die sonst so beherrschte Aristene sprang bei dem Geräusch einen halben Meter hoch. Sylly Mayo zupfte dermaßen heftig an seinem Schnurrbart, daß ich schon fürchtete, er würde ihn mit Stumpf und Stiel herausreißen.

Über uns zogen dicke Wolken träge seewärts. Der Duft von Kiefern und wilden Rosen mischte sich mit der würzigen Seeluft. Wenn es in der Nähe einen Golfplatz gegeben hätte, dann hätte uns ein Beobachter aus der Luft für eine Gruppe von Interessierten halten können, die gespannt darauf warten, daß der Schiedsrichter den Gewinner eines Handicap-Spiels bekanntgibt. So feierlich sahen wir aus. Aber uns war ganz und gar nicht feierlich zumute.

Als Asey zu Ende gelesen hatte, räusperte er sich.

»Nun«, fragte Dan ungeduldig, »was gibt es Unangenehmes?«

»Soweit ich das aus dem Brief hier entnehmen kann«, antwortete Asey grimmig, »gibt's eigentlich gar nix Unangenehmes. Einfach nur 'n Haufen Ärger.«

»Was wollen Sie damit sagen, Asey? Um Himmels willen, so sprechen Sie schon! Haben Sie uns nicht schon lange genug auf die Folter gespannt?«

»Stimmt. Also, nach mancherlei Hin und Her ham sie Satterlees Schließfach aufbekommen. 'n Ringordner war da tatsächlich drin. Aber in dem Ordner warn keine Formulare über Waffenkäufe.«

»Heißt das, daß nach diesem ganzen Theater am Ende gar kein Formular da war, auf dem mein Name stand?«

»Nix. 's warn überhaupt keine Formulare drin. Sie ham sich diesen Ordner hier angeschaut und ihn dann hergeschickt.« Asey griff nach dem Bündel und öffnete es.

»Was ist das?«

»Wenn die Leute aus New Hampshire recht ham, dann is' das Satterlees Tagebuch und seine Liebesbriefe aus der Zeit, als er auf Freiersfüßen ging.«

»Die waren in meinem Arbeitszimmer!« Satterlee war völlig verwirrt. »Die waren in meinem Arbeitszimmer! Die können nicht im Schließfach gewesen sein! Wie sollten sie denn da hineingekommen sein?«

Er streckte die Hand aus und griff nach dem dicken schwarzen Notizbuch.

»Die andren«, sagte Asey müde, »können wieder zurück ins Haus oder sonst irgendwohin gehn. Ich will mit Mr. Satterlee allein sprechen.«

»Das sind meine Briefe. Und mein altes Tagebuch«, erklärte Satterlee. »Ich habe meine alten Briefe gelocht und alle abgeheftet. Ich –«

»Schon gut«, sagte Asey grimmig, »das kann ich selbst sehn, daß das Ihre alten Briefe und Ihr Tagebuch sind. Die sind mir ziemlich egal. Mich interessiert, wo der Ringordner mit den Formularen geblieben is'. Wieso ham Sie uns gesagt, er wär' in Ihrem Schließfach, und ham uns die ganze Arbeit gemacht? Jetzt denken Sie mal scharf nach, und dann sagen Sie mir klipp und klar, wo diese Formulare stecken. Und zwar schnell, wenn ich bitten darf!«

»Aber ich weiß wirklich nicht, wo sie sein könnten«, beteuerte Satterlee. »Ich dachte, ich hätte sie in mein Schließfach getan. Sehen Sie, die Sache ist so. Mein altes Schließfach bei der Bank war zu klein, und da habe ich es gegen ein neueres und größeres eingetauscht.«

»Das ham Sie uns vorher auch schon erzählt. Bin froh, daß Ihnen wenigstens da nix Neues eingefalln is'.«

»Und ich habe alle Papiere und die anderen Sachen aus meinem alten Schließfach in das neue geräumt. Es blieb noch viel Platz, und da fielen mir all die Dinge ein, die ich eigentlich an einem sicheren Ort aufbewahren sollte. Ich habe eine Liste gemacht und alles zusammengepackt und in das neue Schließfach gesteckt. Nun, auf dem Weg zur Bank bin ich im Laden vorbeigegangen, um noch ein paar Papiere mitzunehmen. Und dabei muß das Ringbuch mit den Formularen für Waffenverkäufe irgendwie zwischen diese Sachen geraten sein. Jedenfalls konnte ich es am nächsten Tag nicht finden, und dann habe ich es mir so erklärt. Ich wollte es eigentlich holen, obwohl ich es nicht unbedingt brauchte. Ich hatte noch jede Menge Blankoformulare im Laden. Aber dann habe ich die Schließfachschlüssel verloren.«

»Mit andren Worten«, sagte Asey, »bis dahin stimmt alles, wie Sie's uns bisher erklärt ham. Ihre Waffenformulare sind zwischen andre Papiere geraten und kamen aus Versehn ins Schließfach. Aber wie –«

»Genau. Ich hatte also dieses Ringbuch mit den Briefen ebenfalls dabei. Es sollte mit in das Schließfach, weil ich nicht wollte, daß es verlorenging. Es waren ein paar Briefe von meiner Frau darin, und ich dachte mir, Teen würde sie vielleicht gerne haben wollen, wenn sie älter würde. Tja, als ich dann im Laden war, fiel mir ein, daß ich noch ein paar weitere Briefe in einem der Brieffächer in meinem Schreibtisch hatte. Also habe ich dieses Buch draußengelassen – zumindest dachte ich das – und habe es zusammen mit den anderen Briefen mit nach Hause genommen. Ich wollte die Briefbögen lochen, sie in das Ringbuch einordnen und das Ganze dann im Schließfach deponieren. Ich hatte auch noch ein paar Fotos von Teen als Baby, und die wollte ich aufkleben und mit dazuheften. Ich war in dem Glauben, dieses Ringbuch sei daheim in meinem Zimmer. Aber ich vermute, da beide schwarz und ungefähr gleich groß waren –«

»Daß Sie Ihre Lebenserinnerungen ins Schließfach getan und statt dessen die Formulare mit nach Hause genommen ham. Wie kommt's, daß Sie das nich' schon vor Ihrer Reise hierhin bemerkt ham?«

»Sie wissen doch, wie es manchmal so ist. Man will etwas sofort erledigen, und dann kommt man einfach nicht dazu. Wenn ich ehrlich bin, habe ich das Ringbuch nicht einmal angesehen, seit ich es zu Hause habe, obwohl das schon ein oder zwei Wochen her ist. Sehen Sie, Teen war ziemlich niedergeschlagen, und ich wußte nicht, was ich machen sollte – tja, das ist alles.«

»Dieser verflixte Ordner mit den Formularen über Waffenkäufe liegt also im Augenblick bei Ihnen zu Hause?«

»Ja«, sagte Satterlee lahm, »soweit ich mich erinnern kann, befindet er sich auf dem Schreibtisch in meinem Zimmer. Es ist natürlich möglich, daß ich ihn mit nach oben in mein Schlafzimmer genommen habe, aber das glaube ich eigentlich nicht.«

Asey stöhnte. »Hat irgend jemand Schlüssel für Ihr Haus, oder müssen wir da auch mit 'm Schneidbrenner rein?«

»Die Putzfrau, Katy Phelan, hat einen Schlüssel. Die könnte ins Haus gelangen.«

»Katy Phelan.« Asey schrieb sich den Namen auf. »Na gut. So, jetzt setzen Sie sich hierher und überlegen sich sämtliche Stellen, wo Sie das Buch gelassen ham könnten, und sagen mir die. Dann fahr' ich mal eben telefoniern und geb' in Nashua Bescheid, daß die Polizei dort sich Katy und die Schlüssel schnappen soll. Und dann sag' ich ihnen, sie solln überall nachsuchen, nur nich' da, wo Sie's gesagt ham.«

»Wirklich, Asey, wenn es nicht auf dem Schreibtisch in meinem Zimmer liegt, dann ist es auf dem kleinen Tischchen neben meinem Bett. Da bin ich mir hundertprozentig sicher.«

»Dem Himmel sei Dank«, sagte Asey andächtig, »auch für bescheidne Gaben. Schön, wenn Sie sich mal bei was sicher sind. Kommen Sie mit, Mrs. Ballard?«

Noch ehe ich antworten konnte, hielt ein Wagen vor dem Haus, und Parker kam zu uns herüber.

»Schlechte Nachrichten, was?« meinte er zu Asey, als Satterlee zurück ins Haus ging.

»Kann man wohl sagen. Nich' mal Neuigkeiten sind's. Hmpf. Ich hab' gedacht, daß wenigstens dieser Handschriftenexperte nach einem einzigen Blick auf die Unterschrift wie aus der Pistole geschossen sagen könnt', daß keiner von der Bande das geschrieben hat oder daß Der-und-der 's getan hat. Und nu sehn Sie sich an, was passiert is'!«

»Aber Satterlee sagt doch, daß der Ordner in seinem Haus ist«, war Parkers Antwort. »Alles, was wir tun müssen, ist hingehen, ihn holen und nach Boston schicken.«

»Stimmt. Mehr isses nich'. Aber ich hab' da meine Zweifel.«

»Was wollen Sie damit sagen, Asey?«

»Ich will damit sagen, ich hab' so 'ne Ahnung, daß wir dieses Dokument niemals finden werden.«

»Wieso? Glauben Sie, daß Satterlee es vernichtet hat und uns absichtlich an der Nase herumführt?«

»Ich weiß es wirklich nich'. Aber ich hab' so 'ne Art Vorahnung, daß unsere Augen niemals dieses Formular erblicken werden. Wissen Sie, Ross Sears«, meinte Asey mit einem Grinsen, »hatte immer auch so Vorahnungen, wenn 'n Sturm von Nordosten aufzog. Die Leute ham ihn gefragt, woher er denn wüßt', dassen Nordoster käm', und dann kicherte er und quietschte mit seiner piepsigen Stimme: ›Kann ich euch nich' sagen, kann ich euch nich' sagen. Is' 'ne Gabe Gottes. Gabe Gottes.‹ Na, genauso geht's mir jetzt. Gabe Gottes.«

»Glauben Sie, daß Satterlee Gilpin umgebracht hat?«

Asey zuckte die Achseln. »Als ich den Burschen kennenlernte, hab' ich gedacht, der is' zu blöd dafür. Der schien mir fast zu blöd, um echt zu sein. Denn wenn man irgendwo 'n falsches Indiz unterschiebt, dann muß man schon helle sein, und so was wie die Patronenschachtel mit 'm eigenen Namen drauf zu hinterlassen, das is' regelrecht raffiniert. Ich hab' Satterlee nich' zugetraut, daß er 'n Indiz daläßt, das ihn selbst belastet, damit er dann hinterher sagen kann, 's wär' doch blöd von ihm, so was zu machen. Aber allmählich frag' ich mich, ob's wirklich möglich is', daß er so blöd is', wie er tut. Das is' einfach unnatürlich.«

»Verstehe. Ich komme mit, wenn Sie anrufen, Asey. Schon zu Mittag gegessen?«

»Brauch' im Augenblick nix. Aber Mrs. Ballard sollt' was essen. Ich trink' 'n Glas Milch, während sie sich ihrer Mahlzeit widmet.«

Nachdem ich mich der Mahlzeit gewidmet hatte, fuhren Asey, Parker und ich mit dem Roadster ins Dorf.

»Ham Sie – ähm – alles rausgefunden, was ich von Ihnen wissen wollt'?« fragte Asey, während wir dahinrasten.

»Ja, natürlich.« Parker lächelte zu mir herüber. »Wir haben alle überprüft. Alles in Ordnung.«

»Wen haben Sie denn nun wieder überprüft?« fragte ich.

»Ihren Sohn und Ihre Schwiegertochter und Sie selbst«, lautete Aseys Antwort.

Meine Überraschung muß man mir angesehen haben. »Sie überprüfen u n s?«

»Ham Sie etwa gedacht, ich würd' mich nich' über die beiden erkundigen, und über Ihre sämtlichen Schwestern und Tanten und Cousinen?« fragte Asey glucksend. »Natürlich mach' ich das, auch wenn Sie mit Prue und Denny James bekannt sind, und auch, wenn Steve Crump sagt, Sie sind in Ordnung. Meine Güte, das is' doch selbstverständlich!«

»Und was haben Sie bis jetzt herausgefunden?« fragte ich zaghaft.

Es ist gut und schön, über Mordverdächtige zu spekulieren. Aber es ist doch etwas ganz anderes, wenn man feststellen muß, daß man selbst und die gesamte Familie für geraume Zeit zum Kreis dieser Verdächtigen gezählt worden sind.

Parker zog ein Stück Papier aus der Tasche. »Wollen Sie das wirklich wissen? Also, Ihre Schwiegertocher ist am Dienstag früh um acht Uhr nach Bristol gefahren, um ihre Mutter zu besuchen. Ihr Sohn hat sie zunächst durch den dicksten Stadtverkehr chauffiert und an einer Tankstelle in der Commonwealth Avenue angehalten –«

»Wo er Ölstand, Reifen, Benzin, Wasser und Zündkerzen nachsehen ließ«, unterbrach ich. »Ich weiß. Das tut er jedesmal, obwohl der Mann in seiner Garage immer schon am Abend vorher alles überprüft hat.«

»Genau so war es. Dann ist er im Taxi in sein Büro gefahren. Um halb zwei hat er im City Club zu Mittag gegessen, ist anschließend ins Büro zurückgekehrt, und um sechs Uhr ist er nach Hause gegangen. Nach dem Abendessen hat er ein paar Freunden in seinem Club beim Squash zugesehen, ist heimgefahren, hat sein Auto abgestellt und ist zu Bett gegangen. Ich kenne sogar den Titel des Buches, in dem er nach dem Zubettgehen gelesen hat.«

»Wie um alles in der Welt haben Sie das alles herausgefunden?«

Parker grinste. »Um sieben ist er aufgestanden und hat eine Stunde lang Frühsport getrieben. Anschließend hat er gefrühstückt und ist um zehn Minuten vor neun ins Büro gegangen. Der Mittwoch verlief fast genauso wie der Dienstag. Am Donnerstag war er in Chicago. Ja, und seine Frau ist wohlbehalten in Bristol angekommen, nachdem sie in Old Orchard mit Freunden zu Mittag gegessen hatte. Sie ist noch immer bei ihrer Mutter.«

»Was Sie zweifellos auch überprüft haben, nicht wahr?« bemerkte ich.

»Verstehen Sie doch, wir mußten das tun, Mrs. Ballard. Ich glaube nicht, daß Asey Sie in Verdacht hatte, aber da war eben das kleine Problem, wieso Sie und die Schauspieler fast exakt zum selben Zeitpunkt am selben Ort eintrafen. Die Frage, wieso Sie sich ausgerechnet dieses Haus für Ihren Genesungsurlaub ausgesucht hatten –«

»Das habe ich gar nicht. Mein Sohn war es.«

»Ja. Auch das haben wir ermittelt. Aber die Tatsache, daß er ausgerechnet dieses Haus unter all den Ferienhäusern auf Cape Cod auswählte, war im Grunde ebenso merkwürdig wie die Tatsache, daß jemand die Schauspieltruppe an diesen Ort gelockt hatte. Sie verstehen, was ich meine.«

»Ich weiß auch nicht, was ihn dazu gebracht hat«, sagte ich recht unsicher. Darüber hatte ich noch gar nicht nachgedacht. »Aber ich erinnere mich genau, daß Mr. Bangs sagte, er habe das Telegramm von den Hendersons am selben Tag erhalten wie den Brief mit Georges Anfrage nach einem Ferienhaus. Wahrscheinlich ist das der einzige Grund, wieso wir gerade dieses Haus gemietet haben. Ich weiß, daß Dr. Burnside Weesit empfohlen hat; deswegen hat sich George hierher gewandt.«

»Das hat Bangs mir auch erzählt. Und von der Sekretärin Ihres Sohnes haben wir erfahren, daß er ein halbes Dutzend Ferienhäuser zur Auswahl hatte und dieses hier auf Anraten von Burnside ausgewählt hat. Bangs hatte Fotos geschickt, und Ihr Sohn hat mit dem Doktor telefoniert und ihm dieses Haus am Telefon beschrieben. Daraufhin hat der Doktor gesagt, es sei genau das, was er selbst ausgesucht hätte, und er solle Sie sofort dorthin schaffen. Wie Sie sehen, ist Ihre ganze Familie – ähm –«

»Aus dem Schneider. Das beruhigt mich ungemein«, sagte ich. »Ich hätte nicht im Traum daran gedacht, daß man uns überhaupt verdächtigen könnte. Ich kenne sämtliche Freunde von George und Janet, und keiner von ihnen hat jemals von Gilpin gesprochen. Ehrlich gesagt, sind die meisten ihrer Freunde ziemlich langweilig.«

Asey hielt vor dem Telefonbüro. »Das sollten Sie wohl lieber selbst machen«, meinte er zu Parker, und dieser nickte. »Macht es Ihnen was aus, wenn wir Sie allein lassen, Mrs. Ballard?«

»Ganz und gar nicht.«

Beinahe hätte ich noch hinzugefügt, daß es mir ein Vergnügen sein würde, zur Abwechslung einmal allein zu sein, aber ich besann mich eines Besseren. So allwissend er auch war, hätte Asey vielleicht doch nicht begriffen, daß ich damit die anderen gemeint hätte und nicht ihn. Irgendwie war es auch gar nicht so unangenehm, Asey einmal für einige Minuten nicht in unmittelbarer Nähe zu haben. Mehr als einmal in den vergangenen zwei Tagen war mir zumute gewesen wie einem Güterzug, der auf dem Nebengleis vor sich hinschnauft, während der Expreßzug vorbeirauscht. Ich hatte nicht die Anlagen, um Watson zu spielen, und ich war die erste, das zuzugeben.

Ich lehnte mich in die weichen Polster zurück und betrachtete die Automobile, die die Hauptstraße hinauf- und hinabrollten. Mehrere Passanten hielten inne und begafften den Roadster, und ich hatte mehr neugierige Blicke und kritische Kommentare zu ertragen, als mir am Tag zuvor die Touristen zugemutet hatten. Ganz Weesit kannte Aseys Wagen, und offenbar kannte ganz Weesit auch mich.

Eine halbe Stunde verging, ehe Asey und Parker zurückkehrten.

»Glück gehabt?« fragte ich.

»Und wie«, antwortete Asey. »Bei ihr zu Hause ham sie diese Putzfrau Katy nich' finden können, und erst sah's so aus, als ob wir uns schon gleich am Anfang geschlagen geben müßten. Dann hat sich rausgestellt, daß sie schon auf'm Revier war und da grad die Umkleideräume saubergemacht hat. Sie ham sie nach Hause gekarrt, damit sie die Schlüssel holen kann, und dann geht's zu Satterlees Haus. Sie wollen dann wieder hier anrufen – das heißt, wir können uns genausogut setzen und uns in Geduld fassen.«

»Mir ist da vorhin etwas eingefallen«, sagte ich. »Meinen Sie, Satterlees Dame im Busch und das Licht, von dem Toby sprach, können ein und dasselbe gewesen sein? Könnten das nicht Camper gewesen sein, in beiden Fällen dieselben?«

»Da wollt' ich mich sowieso noch drum kümmern. Breck, der Verkehrspolizist, und dieser Grieche, der den Hot-Dog-Stand betreibt, die sollten eigentlich wissen, ob irgendwelche Camper in der Stadt sind. Die wissen das eher als wie irgend jemand sonst.«

Parker lachte, als Asey über die Straße schlenderte.

»Das ist typisch Asey, was? Ich hätte wahrscheinlich einen Zettel angeschlagen, daß jeder, der jemandem auf seinem Grundstück zu Zelten gestattet hat, sich bei mir melden soll. Er hält sich nie an die Regeln, dieser Asey, aber er hat immer Erfolg. Ich habe ihn zu überreden versucht, einen Beruf daraus zu machen, aber er lacht nur darüber.«

»Warum will er es nicht?«

»Zunächst einmal braucht er das Geld nicht. Der alte Käpten Porter hat ihm sehr viel hinterlassen. Asey könnte als Zimmermann arbeiten, wenn er dazu Lust hätte, und er ist ein ausgezeichneter Zimmermann. Als letzten Herbst der Koch im Gasthaus kündigte, hat Asey die Vertretung übernommen, bis sie einen neuen gefunden hatten. Sie wollten ihn überreden zu bleiben, aber er lehnte ab. Es hieß, er sei der beste Koch gewesen, den sie jemals gehabt hätten. Manchmal bastelt er in der Autowerkstatt an den Wagen. Er ist ein guter Mechaniker. Manchmal mäht er Rasen. Den Rest der Zeit kümmert er sich um Bill Porter. Er spielt einfach herum.«

»Ein Jammer, finden Sie nicht auch?«

»Ja. Aber andererseits auch wieder nicht, Mrs. Ballard. Er ist ein unruhiger Geist, und er hat gern Menschen um sich. Es macht ihm Freude, mit ihnen umzugehen, und er ist der gutherzigste Mensch, den man sich vorstellen kann. Aber er würde unglücklich, wenn man ihn auf eine bestimmte Sache festlegen wollte. Der Papierkrieg und die langweilige Routinearbeit als Privatdetektiv würden ihn deprimieren. Alles Bürokratische ist ihm verhaßt. Einmal, als er eine Stellung bei der County-Polizei abgelehnt hatte, habe ich versucht, ihm die angenehmen Seiten an diesem Spiel vor Augen zu führen. Er tat meine Vorschläge einfach mit einem Schnauben ab. ›Parker‹, sagte er, ›ich respektier' Sie sehr. Sie sind 'n guter Polizist. Un' ich geb' auch zu, daß jeder Beruf was Gutes hat. Kann mir vorstelln, dasses Zeiten gibt, wo's einem wirklich 'ne Freude wär', Totengräber zu sein oder Henker.‹ Damit«, schloß Parker seine Betrachtungen, »hatte er mich erfolgreich zum Schweigen gebracht. Ich habe nicht noch einmal versucht, aus ihm einen Polizisten oder einen Privatdetektiv zu machen.«

Asey kam zurückgeschlendert. »Breck sagt, die Camper sind alle auf der andren Seite, zur Bay hin. Da hat er 'n Auge drauf, weil der Brandwart ihn drum gebeten hat. Der Grieche sagt, in der Stadt gibt's keine Camper, und die Geschäfte mit 'n Hot Dogs gehn mies. Weiß aber nich', worüber der sich beschwert. Allein wie ich da war, hat er 80 Cents eingenommen. Hm-hm!«

Eine weitere halbe Stunde verging, bevor ein Mädchen aus dem Telefonbüro kam und Asey hineinrief.

Als er endlich wieder herauskam, spiegelte sein Gesichtsausdruck gefaßte Resignation wider.

»Ich bin zwar kein Prophet«, verkündete er, »und ich hab' auch keinen Bart, aber ich hab' recht gehabt, Parker. Diesmal hab' ich recht gehabt!«

»Das Formular ist nicht da?«

»Die Formulare. Mehrzahl.«

Parker stieß einen Pfiff aus. »Was war los? Haben sie das Haus auf den Kopf gestellt?«

»Warten Sie, ich erzähl's Ihnen.« Asey packte einen Streifen Kaugummi aus. »'s war so. Sie ham Katy innen Wagen gepackt und sind dann volle Kraft voraus zu ihr nach Hause gefahrn, um die Schlüssel zu bekommen. Dann sind sie zurück zu Satterlee gedampft und ins Haus gegangen. Kein schwarzer Ringordner auf'm Schreibtisch. Keiner auf'm kleinen Tisch im Schlafzimmer. Dann ham sie angefangen, das Haus auseinanderzunehmen. Mittendrin kommt Katy reinspaziert. Sie war noch draußen im Wagen gewesen und hatte die Sicherheitsnadeln aus ihren Röcken geholt und sich fein gemacht. Vorher hatten sie ihr keine Zeit dazu gelassen. Jedenfalls, als sie gerade so weit warn, daß die Matratzen aufgeschlitzt wurden, da kam Katy reinspaziert.

›Was machen Sie denn da?‹ fragt sie, oder ähnliche Worte gleichen Inhalts. Aber sie ham alle viel zu viel zu tun, um ihr zu antworten. Am Ende kann sie sich aber doch noch Gehör verschaffen und sagt, wenn sie was suchen, dann solln sie ihr das sagen, sie könnt' das nämlich auch finden, ohne die ganze Bude auseinanderzunehmen.«

Asey grinste. »Der Beamte, mit dem ich gesprochen hab', der hat 'n irischen Akzent. Hat das sehr lebendig erzählt, mit allen Einzelheiten.

Also, sie ham ihr dann gesagt, was sie suchen.

›'n schwarzes Ringbuch mit Papieren‹, fragt sie, ›Papiere, wo was drauf gedruckt und was drauf geschrieben war?‹

›Wo sind die?‹ brüllten die Polizisten, ›ham Sie die gesehn?‹«

»Und ich nehme an«, unterbrach ihn Parker, »Katy hatte sie gesehen?«

»Das hatte Katy. Sagt, am Montag morgen wär' sie zum Saubermachen gekommen, und da hätt' der ganze Fußboden in Satterlees Zimmer mit ollen Papieren vollgelegen. Sie hatte genaue Anweisungen zum Saubermachen. Sie durfte nichts anrührn, was auf Tischen oder Schreibtischen oder Stühlen lag, aber alles, was auf'm Boden lag und da nich' hingehörte, das war Abfall, und sie sollte entsprechend damit umgehn. Sicher, da lag auch 'n schwarzer Ordner dabei, aber für Katy warn das trotzdem fliegende Blätter. Sie hat sie aufgelesen und innen Papierkorb getan und den Korb geleert. Kurz und gut«, schloß Asey freundlich, »danach hat sie sie sogar, damit auch alles seine Ordnung hat, im Müllverbrenner auf'm Hof verbrannt, noch am selben Nachmittag.«

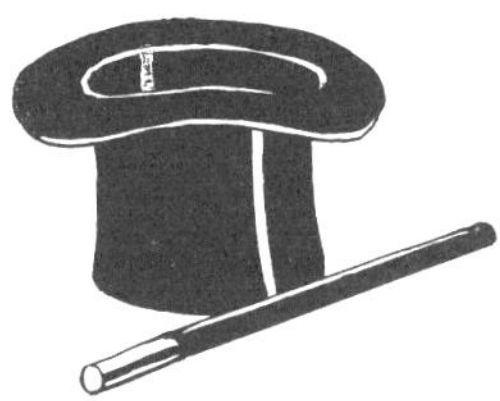

Kapitel 15

»Wie sind sie auf den Fußboden gekommen? Wer hat sie da hingeworfen?« fragte ich.

»Katy hatte keine Ahnung. Ich nehme an, Aristene oder Oscar war Montag morgen in großer Eile und hat sie runtergeworfen. Der Ordner is' so hart auf'n Boden gefallen, daß die Ringe aufgegangen sin'. Vielleicht warn sie sowieso nich' zu. Jedenfalls warn die Papiere auf'm Boden verstreut. Ganz egal, wie das passiert is', es is' 'ne Tatsache, daß sie da lagen.«

»Hat sie den Ordner auch mit verbrannt?«

»Das nich'. Sie ging innen Keller und holte ihn für die Polizisten. Wahrscheinlich hat sie gedacht, der wär' zu schade zum Verbrennen. Kann ich mir gut vorstellen. Ha!«

»Ich frage mich wirklich«, überlegte Parker, »ob das alles einfach so passiert ist, oder ob Katy irgendwelche Anweisungen von Satterlee befolgte.«

»So was in der Art hab' ich den Polizisten auch gefragt. Er sagt, Katy wär' 'ne aufrichtige Frau und keine Lügnerin. Das läßt sich wohl nich' mehr entscheiden, Parker. Vielleicht hat Satterlee die Formulare selbst auf'n Boden geworfen, weil er wußte, daß Katy sie wegschmeißen würd'. Kann man nich' beweisen. Er und Aristene werden sich wahrscheinlich nich' erinnern können, daß einer sie runtergeworfen hat, selbst wenn wir uns die Mühe machen, sie danach zu fragen. Und daß Oscar uns nich' erzähln wird, er hätt' die Papiere auf'n Boden geschmissen, damit Katy sie verbrennt, da können Sie sicher sein, auch wenn's wirklich so war. Tja, da kommen wir nich' weiter. Ich hab' ja 'ne Vorahnung gehabt, daß genau so was passiern würd', aber trotzdem hab' ich sehr gehofft, 's käm' vielleicht doch anders. Wenn wir die Unterschrift auf'm Formular gehabt hätten, dann hätten wir ziemlich sicher sagen können, ob einer von den Burschen oder Mädchen im Ferienhaus der Mörder is' oder nich'.«

»Wie dem auch sei«, holte Parker uns auf den Boden der Tatsachen zurück, »wenn das Formular fort ist, dann ist es eben fort. Genau wie der Brief, der die Truppe hierhergelockt hat. Das Beste wird wohl sein, wir stellen uns einfach vor, daß es ohnehin nichts an der Situation geändert hätte, wenn diese Papiere uns wirklich vorgelegen hätten.«

»Sie meinen«, sagte Asey, »selbst wenn wir den Brief von Guild und die Unterschrift auf'm Formular gehabt hätten, hätten wir vielleicht immer noch im dunkeln getappt, wenn die Handschrift zu keinem von unserer Gesellschaft gepaßt hätt'? Stimmt. Da ham Sie recht. Selbst wenn die Handschrift mit keiner von denen übereingestimmt hätt', hätt' aber immer noch einer von ihnen dahinterstecken können. Hätt' jemand andren anstelln könn', um die Waffe zu besorgen oder zu unterschreiben. Wenn man das so sieht, dann hätt's wahrscheinlich gar keinen Unterschied gemacht, ob man die Sachen gehabt hätt' oder nich'.«

»Hätte ein Handschriftenexperte feststellen können, ob die Schrift verstellt war?« erkundigte ich mich.

»Aber sicher, kein Problem. Das is' die gleiche Art von Leuten wie Bernsdorf. Die sehn sich 'ne Handschrift an und lassen Fotos davon machen und vergrößern die, und dann können die Ihnen genau so 'ne Geschichte da drüber erzähln wie der über seine Bleiklümpchen. Manchmal braucht man nich' mal Fotos. Da genügt schon 'n einziger Blick. Ich mein' sogar, ich hätt' gehört, daß sie sagen können, an was für Krankheiten jemand leidet, einfach nur vonnem Blick auf seine Schrift.«

»Wo wir gerade von Bleiklümpchen sprechen«, sagte Parker, »Bernsdorf hat mich heute angerufen. Er hat uns mitgeteilt, daß er bislang 29 übereinstimmende Merkmale zwischen den Kugeln, die er aus der von Syl gefundenen Waffe abgefeuert hat, und den Kugeln, die in Gilpins Körper steckten, entdeckt hat. 29 übereinstimmende Merkmale.«

»Der läßt aber auch nix aus«, meinte Asey. »Wenn man 29 übereinstimmende Merkmale auf zwei kleinen Bleiklümpchen unterm Mikroskop hat, dann kann man doch wirklich beinah davon ausgehn, daß sie aus derselben Kanone kommen, meinen Sie nich' auch? Tja, Parker, wie geht's denn nu weiter?«

»Nun«, sagte Parker, »das kommt ganz auf Sie an. Es läßt sich nicht feststellen, wer den mit dem Namen Guild unterzeichneten Brief geschrieben hat, sofern er denn wirklich existiert hat.

Ebensowenig können wir feststellen, wer die Waffe gekauft und das Formular unterschrieben hat, vorausgesetzt, daß jemand anderes als Satterlee sie an sich genommen und daß dieser Jemand ein Formular unterschrieben hat. Ich denke mir, wenn wir den Kreis der Verdächtigen einschränken wollen, dann ist das einzige Kriterium, das wir haben, die Frage, wo sie sich zur Tatzeit aufgehalten haben. Wie weit sind Sie dabei bisher gediehen?«

»Nate Hopkins' Frau bezeugt, daß Aristene um Viertel nach eins bei ihr war. Mit den Ballards is' alles in Ordnung. Mrs. Ballard kommt grundsätzlich nich' in Frage.«

»Am vierten Mai war ich im Krankenhaus«, sagte ich, »falls Ihnen das irgendwie weiterhilft.«

Asey lachte. »Da werden wir uns jedenfalls die Mühe sparn, das zu überprüfen. Also, Rose war betrunken. Toby hat nix mit der Sache zu tun. Und Judy, der glaub' ich einfach.«

»Dann bleiben also Punch, Satterlee, Allen und die beiden Frauen?« fragte Parker.

»Genau. Punch ham wir ja bisher eigentlich nich' verdächtigt. Aber er hat von sich aus zugegeben, daß er 'n guter Schütze is' und viel Ahnung von Waffen hat. Hat Allen is' nach Mitternacht nochmal draußen beim Kombi gewesen. Punch sagt, er hätt' Dan nich' rausgehn hörn, und Dan sagt, er hätt' Punch nich' gehört. Jeder der beiden kann sich irrn. Edie Allen sagt, sie sei nich' mehr draußen gewesen. Satterlee war unterwegs und hat mit wohlklingenden Damen im Buschwerk Konversation betrieben. Suchen Sie sich einen aus!« Asey machte eine lässige Handbewegung. »Suchen Sie sich einen aus.«

Er ließ den Roadster an. »Tja, nu, wo Katy uns einen Strich durch die Rechnung gemacht hat, müssen wir uns wohl wieder auf unsern Verstand verlassen. Aber ganz im Vertrauen, grad im Augenblick hab' ich so meine Zweifel, ob der Verstand uns groß weiterhilft. Die kleinen grauen Zellen sind wohl 'n bißchen erschöpft.«

Die Fahrt zurück zum Haus verlief schweigend. Parker ging zurück zu seinem eigenen Wagen.

»Ich muß los, Asey. Machen Sie weiter so. Wenn Sie irgend etwas brauchen, dann schreien Sie, und wenn Sie mit Ihrem Verstand nicht Licht in die Sache bringen können, dann weiß ich, daß es keiner schaffen kann. Ach übrigens, die Presse ist ziemlich aus dem Häuschen, aber da sollten Sie nichts drauf geben. Auf bald also.«

»Netter Bursche«, murmelte Asey, als Parker davonfuhr. »Netter Bursche. Jawoll. Lassen Sie Ihren Verstand mal machen, Asey. Mit Ihren kleinen grauen Zellen suchen Sie 'n Richtigen aus. Meine Damen und Herren, hier wird der Gewinner gezogen. Treten Sie nur näher. Die Hand is' schneller als wie 's Auge. Lieber Himmel, was glaubt der Kerl denn, wer ich bin? Loco Looey, der berühmte Hellseher? Und was er wirklich sagen wollt', war, daß die Presse ihn in die Pfanne haut und daß ich ihm bis morgen jemand ans Messer liefern soll.«

»Aber er hat doch nichts dergleichen gesagt, Asey!«

»Der sagt das auch nich'. Der Bursche erwartet es einfach. Er braucht jemand, den er den Geschworenen vorführn kann. Tja, ich werd' ihm den Gefallen schon tun.«

»Aber wie?«

»Zuerst mal, indem ich was esse. Ah. Dan. Gibt nix zu berichten, aber würden Sie wohl so freundlich sein und Jennie bitten, uns was zu essen zu bringen? Mittagessen is' seit 'n paar Stunden überfällig, und ich bin ja nich' Syl, der einfach 's Essen vergessen kann.«

Jennie brachte zwei Tabletts und stellte sie auf den Tisch unter dem gestreiften Sonnenschirm.

»Ich mach' mir so meine Gedanken über Edie«, sagte Asey, als die Mahlzeit beendet war. »Irgendwie denk' ich mir, daß Hats Geschichte von der Zahnpasta stimmt. Ich glaub', ich werd' meinen Verstand mal zuerst spielen lassen, indem ich Edie noch 'n bißchen piesacke.«

»Glauben Sie, daß sie vielleicht doch draußen war?«

»Tja«, gab er zu, »ich will einfach mal sehn, ob ich sie nich' dazu bringen kann, ihre Geschichte 'n bißchen zu ändern. 's müßt' ungefähr so gewesen sein: Wenn Hat die Wahrheit sagt, dann hat Edie Hats Mantel angezogen und war damit draußen und hat die Tube verlorn. Weiß der Himmel, was sie draußen gemacht hat. Aber wenn Edie auch unter – sagen wir mal«, meinte er mit einem Grinsen, »unter leichtem Druck nich' von ihrer Version abrückt, dann is' Hat die Lügnerin. Interessante Frage, ganz gleich, wie rum man's betrachtet.«

Edie kam von der Vorderseite des Hauses zu uns herüber.

»Ist es nicht ein herrlicher Tag? Ich habe noch nie in meinem Leben so phantastische Wolken gesehen.«

»Sieht eher nach Juli aus als wie nach Juni«, sagte Asey. »Tja, Edie, ich bin mal wieder zu Gange.«

»Noch mehr Fragen?«

»Nimmt kein Ende. 's mag Ihnen 'n bißchen hart vorkommen, aber –«

»Aber nein, Asey. Sie sind einer der rücksichtsvollsten Menschen, die ich je getroffen habe. Sie haben uns ungeheuer anständig behandelt, und Sie sollten nicht denken, daß wir Ihnen dafür nicht dankbar sind; wir sind Ihnen sogar sehr dankbar. Man könnte uns vielleicht für furchtbar leichtfertig und oberflächlich halten, aber die ganze Sache hat uns viel tiefer getroffen, als es nach außen hin den Anschein hat. In den vergangenen drei Jahren haben wir viel durchgemacht, aber so etwas Schreckliches ist uns noch nie passiert. Wir mußten die Dinge oft auf die leichte Schulter nehmen, weil uns dadurch manches erträglicher erschien. Und das ist uns so in Fleisch und Blut übergegangen, daß wir uns sogar in dieser Sache nicht anders verhalten konnten. Und da wirken wir vielleicht nicht sehr sympathisch, wenn wir die ganze Zeit Bridge spielen und herumalbern.«

Sie hielt inne, um sich eine Zigarette anzuzünden, und ihre Hände waren dabei nicht gerade ruhig.

»Wissen Sie, Asey«, fuhr sie fort, »tatsächlich sind wir völlig verstört und haben Angst. Wirklich furchtbare Angst. Und das sage ich nicht nur so dahin. Ich habe nicht den leisesten Zweifel, daß keiner von uns Reds Mörder ist. Ich weiß – aber ich hatte eigentlich nicht vor, so viel zu reden. Nur zu, Asey, fragen Sie.«

»Wen halten Sie denn für den Mörder?« fragte Asey unvermittelt.

»Sie meinen –? Na, Satterlee. Andererseits bin ich absolut sicher, daß er es nicht war. Er ist so eine liebe, einfache, durch und durch hilflose Seele von Mensch. Er versucht, den großen Mann zu spielen, aber irgendwie schafft er es nie so ganz. Erinnert mich an Alexander Throttlebottom.«

»An wen?«

Edie erläuterte ihm ausführlich, was sie von unserem Vizepräsidenten hielt.

»Verstehe«, gluckste Asey. »Stimmt – stimmt, genauso is' er. Aber nu zurück zum Dienstag abend. Sie ham also nich' gesehn oder gehört, daß Hat rausgegangen is'?«

»Nein.«

»Wie sind sie und Red miteinander ausgekommen?«

»Sie waren ziemlich gut befreundet, mehr nicht. Anders als viele andere Frauen war Hat nicht völlig hingerissen von Red. Außerdem ist sie bis über beide Ohren verliebt in Quin, ihren Professor. Red hat sie nicht anders behandelt als Punch.«

»Und wie hat er Sie behandelt?«

Sie wurde rot. »Er hat mir dauernd irgendwelche albernen Komplimente gemacht, und es gab Zeiten, da war Dan eifersüchtig, obwohl er dazu keinen Anlaß hatte. Aus genau diesem Grunde habe ich mich, so gut ich konnte, von Red ferngehalten. Ich habe Dan zu gern, als daß ich ihn eifersüchtig machen wollte, vor allem, wenn er keinerlei Grund dazu hat. Ich habe Dan wirklich sehr, sehr gern, auch wenn ich zugeben muß, daß man ihn kaum als ein Muster an männlicher Vollkommenheit bezeichnen kann.«

Sie sagte das in einem beiläufigen und scherzhaften Tonfall, aber ich wußte, daß Asey die starken Gefühle, die sich hinter ihren Worten verbargen, keineswegs entgangen waren.

»So was hab' ich mir schon gedacht«, sagte Asey. »Aber andrerseits gibt's folgendes zu bedenken.« Seine Stimme bekam wieder diesen einschmeichelnden Tonfall. »Jemand hat Sie Dienstag abend aus'm Haus gehn sehn, und das spricht nich' grad für Sie. Nein, warten Sie noch 'ne Sekunde, lassen Sie mich erst alles sagen, bevor Sie drauf antworten. Versuchen Sie mal, das unvoreingenommen zu sehn, so wie ich das auch machen muß. Red macht Ihnen Komplimente. Dan wird eifersüchtig. Sie gehn Dienstag nacht nach draußen. Nein – sagen Sie noch nix. Wie soll ich da nich' auf die Idee kommen, daß Dan Sie beide da draußen gefunden und Red erschossen hat? Woher soll ich wissen, ob Sie ihn nich' selbst erschossen ham, weil er Ihnen lästig war? Sie lieben Dan, das ham Sie grad gesagt. Woher soll ich wissen, ob Dan nich' der Schuldige is', und Sie ham gelogen, um ihn zu decken, oder vielleicht hat auch er gelogen, um Sie zu decken?«

»Aber das ist nicht wahr, Asey! Nichts davon ist wahr! Asey, wollen Sie mir einen einzigen Gefallen tun? Was immer Sie von all den Vermutungen über Dan und mich wirklich für wahr halten, werden Sie mir glauben, was ich Ihnen jetzt zu sagen habe? Glauben Sie mir, daß ich Ihnen schon lange erzählt hätte, daß ich Dienstag nacht draußen war, wenn sich meine Begründung nicht so unsäglich dumm angehört hätte?«

»Und warum warn Sie draußen?«

»Ja also, ich bin aufgewacht. Ich weiß nicht, ob mich irgend etwas aufgeweckt hatte, ich bin auf jeden Fall wachgeworden, und ich war hellwach, so wie man es manchmal wird, ein unangenehmer Zustand. Es war nicht die Art von Wachwerden, wo man sich einfach umdreht und weiterschläft, sondern man liegt da und fängt an, in Gedanken die Welt neu zu ordnen, und man weiß, daß man ein zweiter Krösus werden könnte, wenn man nur gleich an die Arbeit ginge. Sie wissen schon, was ich meine. Jedenfalls habe ich mich im Bett aufgesetzt und hörte die Brandung, und ganz plötzlich hatte ich den unwiderstehlichen Drang, hinunter zum Strand zu gehen und dort den Wellen zu lauschen. Genauso war es, Asey. Ich habe einen Mantel übergezogen –«

»Ihren eignen?«

»Das dachte ich, aber wie sich herausstellte, gehörte er Hat.«

»War da 'ne Tube Zahnpasta in der Tasche?«

»Ja. Ich habe sie bemerkt, als ich später draußen die Hände in die Taschen steckte.«

»Was geschah dann?«

»Nun, nachdem ich meinen, das heißt Hats Mantel angezogen hatte, bin ich auf Zehenspitzen nach unten geschlichen. Die Haustür war abgeschlossen und mit der Kette gesichert, und ich habe eine halbe Ewigkeit gebraucht, bis ich sie leise geöffnet hatte. Dann bin ich hinaus zum Weg gegangen –«

»Woher wußten Sie denn die Richtung? Und hatten Sie 'ne Taschenlampe? Muß doch dunkel gewesen sein.«

»Nein, ich hatte keine Lampe. Judy hatte uns von der Klippe erzählt und von der Treppe, die zum Strand hinunterführt; sie hatte uns gesagt, wo sie zu finden sei und wie schön es da bei Tageslicht sei. Es war fürchterlich dunkel. Aber ich tastete mich parallel zum Haus voran, bis ich die Fahrspuren fand, und dann folgte ich dem Weg bis an die Treppe. Bis dahin hatten meine Augen sich recht gut an die Dunkelheit gewöhnt. Tja, und da ließ auch allmählich meine Lust nach, hinunter an den Strand zu gehen. Es war schrecklich kalt, und mir begannen die Zähne zu klappern. Dan hatte keine Hausschuhe oder Pantoffeln oder sonst etwas mitgebracht, und meine Pumps hatte ich nicht angezogen, weil ich ja kein Geräusch im Haus machen wollte. Auf die Idee, sie mitzunehmen und sie dann draußen anzuziehen, bin ich nicht gekommen. Jedenfalls waren meine Füße regelrechte Eisklumpen, und überall durch den Strandhafer schienen Leute zu huschen, und der Wind heulte fürchterlich. Oben in meinem Zimmer hatte er sich längst nicht so wild angehört. Ich beschloß, doch nicht hinunter an den Strand zu gehen.«

»Vernünftig«, lautete Aseys Kommentar.

»Wahrscheinlich das einzig Vernünftige an der ganzen Unternehmung. Weit hätte ich wohl sowieso nicht laufen können. Am Fuß der Klippe schlugen die Wellen gegen die Treppe. Nun, nachdem ich so weit gegangen war, war ich wild entschlossen, wenigstens dem Rauschen der Brandung zuzuhören, und so setzte ich mich denn auf die oberste Treppenstufe. Das muß der Punkt gewesen sein, an dem die Zahnpasta herausfiel. Mittlerweile zitterte ich am ganzen Körper. Ich hatte noch keine 30 Sekunden dort gesessen, als mir plötzlich ganz merkwürdig zumute wurde. Es war – ich kann es einfach nicht beschreiben. Die Haare standen mir zu Berge. Ich sprang auf und tastete mich zurück zum Haus, so schnell mich meine eiskalten Füße nur tragen konnten.«

»Red«, hob Asey an, »war –«

»Ich weiß.« Edie schauderte. »Er muß – er muß da gelegen haben. Und ich habe all meine Selbstbeherrschung aufbringen müssen, das nicht herauszuschreien, als Mrs. Ballard uns am Mittwoch morgen eröffnete, was geschehen war, und als ich sah, wo Red lag. Aber als ich draußen war, in der Nacht, da wußte ich, daß etwas Schreckliches geschehen war. Wirklich. Jedenfalls, wenn Dan nicht in Wut geraten wäre und ich ihn nicht hätte besänftigen müssen, dann wäre ich mit all dem schon am Mittwoch morgen herausgeplatzt. Es wäre eine ungeheure Erleichterung für mich gewesen. Schon ein Dutzend Mal habe ich mir seitdem gewünscht, daß ich es doch nur getan hätte. Aber es hätte sich so albern angehört. Ich konnte mir nicht vorstellen, daß irgend jemand mir glauben würde.«

»Wie sind Sie wieder ins Haus gekommen?«

»Ich hatte die Tür unverschlossen gelassen. Als ich wieder drin war und sie abgeschlossen und die Kette vorgelegt hatte, bin ich einfach auf dem Flur zusammengesackt. Nach einer Weile rappelte ich mich wieder auf und kroch auf allen vieren hinauf zu meinem Bett. Uh!« Sie schauderte. »Wenn das nächste Mal ›die Tiefe nach der Tiefe ruft‹, hör' ich nicht hin.«

»Zu welcher Zeit hat sich denn das abgespielt?« fragte Asey.

»Das weiß ich nicht. Aber wenn jemand mich hinausgehen sah und es Ihnen gesagt hat, dann wird er das wohl auch wissen.«

Asey schwieg.

»Oh! Oh, Asey – Sie – Sie –«

»Stimmt. Ich hab' Sie belogen. Aber 's mußte sein.«

»Und ich war so sicher«, jammerte Edie, »daß alles gut wäre, weil mich ja jemand gesehen hatte! Jemand, der die Uhrzeit gewußt und keine Schüsse gehört hätte, so lange ich draußen war!« Ihr kamen beinahe die Tränen. »Und jetzt – jetzt stehe ich schlimmer da als irgend jemand sonst! Asey, warum haben Sie das getan? Ich wünschte, ich hätte es Ihnen verschwiegen!«

»Wenn wir die Uhrzeit bestimmen können, Edie –«

»Wie in Gottes Namen wollen Sie denn die Uhrzeit herausbekommen, Asey? Wie? Wenn irgend jemand mich gesehen hätte, würde er es doch jetzt niemals mehr zugeben, oder? Das würde ja nur bedeuten, daß er selbst erklären müßte, warum er zu jener Zeit aus dem Bett oder vor der Tür war.«

»Hatten Sie denn keine Uhr?«

»Eine Uhr?« Edie lachte bitter. »Eine Uhr? Die einzige Uhr, die wir haben, ist diese Zwiebel draußen im Kombi, das Ein-Dollar-Modell. Die Jungs tragen Uhrenketten, aber das ist nur Schau.«

»Das ham wir gemerkt«, sagte Asey. »Der Doc wollte auf Reds Uhr sehn, ob sie vielleicht stehngeblieben war. Stellte fest, daß er keine hatte. Punch hat gesagt, seine wär' kaputt, wie ich ihn nach der Uhrzeit gefragt hab'. Spieln Sie eigentlich mit Büroklammern?«

»Mit Büroklammern? Meine Güte, nein! Früher hatten wir welche im Kombi, aber inzwischen steckt Dan die Papiere, die zusammengehören, mit Stecknadeln fest. Büroklammern sind Luxusartikel, wissen Sie, und in letzter Zeit haben wir uns keine mehr geleistet. Hören Sie.« Sie klang verzweifelt. »Ich kann es Ihnen ebensogut verraten – die 25 Dollar, die wir von Guild bekommen sollten, wären unser einziges Geld gewesen. Asey, selbst wenn jemand von uns Red hätte umbringen wollen – und niemand wollte das –, dann hätten wir uns das nicht leisten können. Er war unsere Hauptattraktion. Er war unser Essensbon. Wenn man dermaßen abgebrannt ist wie wir, dann ist die Garantie, sich eine Mahlzeit leisten zu können, alles, was zählt. Das ist wichtiger als alle Wut und aller Neid und alle Eifersucht der Welt. Selbst wenn wir allesamt, Dan, Hat, Punch und ich, Red Gilpin aus tiefster Seele verabscheut hätten, wenn wir uns alle gewünscht hätten, ihn umzubringen, wir hätten es nicht tun können. Ohne ihn, na ja, da hätten wir nicht einmal Eintopf zu essen gehabt!«

»Hab' mir schon gedacht, daß er Ihre Hauptattraktion war«, sagte Asey.

»Das war er. Hören Sie, Asey. Dan und Punch und Hat sitzen im Haus beim Bridgespiel. Sie spielen Karten und tun so, als hätten sie einen Riesenspaß dabei! Sie merken das vielleicht nicht, aber das Spiel – die Show, die wir aufführen, seit wir am Dienstag abend hier angekommen sind, seit Red umgebracht wurde –, das ist das größte Schauspiel, das wir jemals aufgeführt haben oder jemals aufführen werden! Es geht ja nicht nur darum, daß wir Red verloren haben, unseren Freund. Es geht ja nicht nur um diesen grauenhaften, entsetzlichen Mord. Es geht ja nicht nur darum, daß wir uns fürchten, Sie könnten einen von uns als den Mörder hinstellen. Nein, wir wissen nicht, was wir hinterher tun sollen. Wir sind am Ende. Ohne Red sind wir nichts. Wer würde denn nach diesen Berichten über uns wohl noch kommen, um sich uns anzusehen, selbst wenn wir gut wären? Nur noch die Sensationsgierigen. Wissen Sie eigentlich«, wandte sie sich an mich, »wieviel Geld wir hatten, als wir hier eintrafen? Einen Dollar und fünf Cents. Die habe ich Asey gegeben, als er seine Sammlung für die Lebensmittel veranstaltete. Er hat nicht einmal mit der Wimper gezuckt. Aber wir wissen nicht, wovon wir leben sollen, wenn wir aus dieser Sache herauskommen – falls wir aus dieser Sache herauskommen!«

Asey und ich schwiegen. Irgendwie gab es nichts, was man darauf sagen konnte. Einen Augenblick lang war alles ruhig unter dem gestreiften Sonnenschirm.

»Hören Sie, junge Dame.« Aseys Stimme war sanft. »Warn da Sterne zu sehn, wie Sie Dienstag nacht draußen warn?«

»Einige. Nur sehr schwach.« Sie tupfte ihre Augen mit einem leuchtendbunten, karierten Taschentuch ab. »Entschuldigen Sie, daß ich mich so habe gehen lassen. Die anderen werden mir das niemals verzeihen. Wir wußten alle, daß wir Ihnen klarmachen konnten, daß Red unsere Hauptattraktion war und daß wir ihn, pleite wie wir waren, niemals umgebracht hätten. Das wäre einfach undenkbar gewesen. Nun ja, ich glaube, wir waren zu stolz dazu. Und es klang so sehr danach, als wollten wir uns ein Alibi verschaffen. Und, wie Dan sagte, brauchten wir kein Alibi.«

»Wie hat sich die Brandung angehört?«

»Sie schlug gegen die unteren Treppenstufen. Ich konnte spüren, wie die ganze Treppe bebte. Ich weiß noch, daß ich mir Gedanken machte, warum sie wohl im Winter nicht weggespült würde.«

»Sie wird im Herbst abmontiert und im Frühjahr wieder aufgehängt, oder jedenfalls sollte das so sein. Sicher, daß die Wellen bis an die Treppen kamen?«

»Kein Zweifel.«

»Dann machen Sie sich mal keine Sorgen. Machen Sie sich mal allesamt keine Sorgen. Wenn das hier alles vorbei is', werd' ich dafür sorgen, daß ihr wieder auf die Beine kommt.«

»Sie –? Sie wollen –?«

»Warum nich'? 'n guter Cape Codder hat immer 'n Sparstrumpf unter der Matratze, für wenn die Wertpapiere mal nix mehr wert sind. Jawoll, Sie brauchen sich keine Sorgen zu machen.«

»Aber wie –?«

»Die Sache mit der Zeit, meinen Sie? Ja, Edie, da ham Sie sich selbst aus'm Schlamassel geholfen. Gegen vier Uhr warn tatsächlich Sterne zu sehn, schwach, aber sie warn da. Mrs. Ballard hab' ich schon erzählt, daß ich auf war und mich um Syls Hund gekümmert hab', und deshalb weiß ich das. Und am Dienstag stieg die Flut wirklich hoch. Höchststand gegen vier. Wie ich am Dienstag morgen die Treppe hochgekommen bin, is' mir aufgefalln, daß da Seetang annen unteren Stufen hing. Und wenn Sie so gegen eins draußen gewesen wärn, um die Zeit, wo Gilpin umgebracht worden is', dann wärn keine Sterne zu sehn gewesen, und Sie hätten nie die Brandung gehört oder gespürt, wie sie gegen die Treppe schlug. Ich denk' mir das so: Wahrscheinlich war's schon lange nach drei, sonst hätten Sie ja Judy und Toby und Rose noch rumoren hörn, und lang nach Viertel nach drei, sonst hätten Sie noch die Fehlzündung von Tobys Laster gehört. Ich denk' mir, dasses wahrscheinlich die Fehlzündung von dem Laster war, die Sie aufgeweckt hat. 's muß ja 'ne Weile gedauert ham, bis Sie sich entschieden ham, aufzustehn und rauszugehn, und noch mehr Zeit is' vergangen, bis Sie draußen warn, wo Sie die Treppe runtergeschlichen sind und so weiter. Wahrscheinlich sind Sie gegen vier rausgegangen, wie die Flut am höchsten stand.«

»Dann –«

»Dann is' alles in Ordnung. Freun Sie sich. Sie ham's geschafft.«

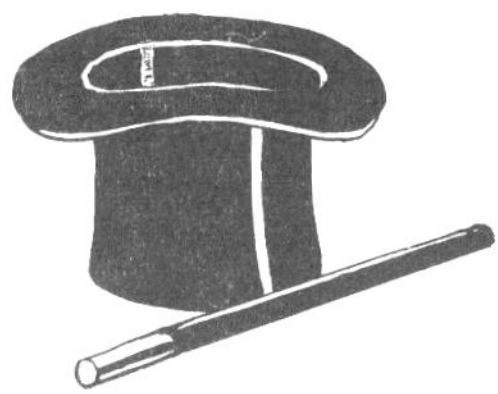

Kapitel 16

»Oh.« Edie versagte vollends die Stimme, und sie sprang von ihrem Stuhl auf. »Oh, Gott sei Dank! Das muß ich gleich den anderen erzählen!«

»Nix da. Ich glaub', ich möcht' nich', daß Sie das jetzt schon tun. Sie können Dan sagen, daß Sie in Sicherheit und aus'm Schneider sind, wenn Sie wolln, aber sonst nix.«

»Aber Asey! Es würde so viel für uns bedeuten!«

»Das will ich glauben. Aber ich möcht' nich', daß Sie schon jetzt die Taube für unsre Arche hier spieln. Trocknen Sie Ihre Tränen, und dann ab mit Ihnen.«

»Gut.«

In einer raschen Bewegung beugte sie sich vor und küßte ihn, und dann verschwand sie wie der Blitz im Haus.

»Das«, sagte Asey ohne die geringste Verlegenheit, »is' die Art von Dankbarkeit, die ich gern seh'. Ha. Ich hab' mir schon gedacht, daß die Gesellschaft knapp bei Kasse is', aber daß sie so abgebrannt sind, das wußt' ich nich'. Red war tatsächlich derjenige, der ihnen den Lebensunterhalt verdient hat. Ham Sie gemerkt, wie Jennie und Mary Peters sich beide an ihn erinnert ham und wie Satterlee zwar gesagt hat, Hat wär' 's Schauspieltalent gewesen, aber dann erzählt hat, wie Red irgend jemand 'n Kaninchen aus der Weste holte? Und da sie nu mal knapp bei Kasse sind und da Red nu mal ihr Zugpferd war, da denk' ich mir, daß sie wohl recht ham wird, daß sie ihn besser nich' umgebracht hätten, auch wenn ihnen der Sinn danach gewesen wär'. Und sie hat recht, dasses ihnen schwerfalln wird, wieder auf die Beine zu kommen. Ganz bestimmt wird's das.«

»Ich hätte gedacht, daß die ganze Geschichte eher die gegenteilige Wirkung haben könnte.«

»Ich glaub's nich'. Heutzutage nich' mehr. Die Zeit is' irgendwie vorbei, wo jeder zweite Mörder zum Varieté ging und die

Leute die Theater gestürmt ham, um ihn zu sehn. Die Sache wird die Touristen und 'n Haufen Schaulustige anlocken, aber die zähln nich'.«

»Mir scheint«, sagte ich, »daß der ganze Fall damit gelöst ist.«

»Wie das?«

»Nun, Sie haben die Schauspieler ausgeschlossen. Und Aristene und Toby und Rose und Judy. Dann bleibt nur noch Squire Satterlee übrig.«

»Ich bin noch nich' mit der ganzen Truppe fertig, Mrs. Ballard. Nur mit Edie.«

»Aber Sie haben doch gesagt –«

»Ich hab' gesagt, sie hat wohl recht, wenn sie sagt, 's wär' dumm von ihnen gewesen, wenn sie Red umgebracht hätten, und das denk' ich immer noch. Das denk' ich mir schon seit zwei Tagen. Aber das heißt ja nich', daß Dan oder Hat oder Punch nich' trotzdem 'ne Dummheit gemacht ham könnten. Ich glaub' Edie, weil sie nich' auf die Idee gekommen wär', mir was von schwachem Sternlicht oder von der Flut vorzuflunkern. Wie hätt' sie wissen solln, wie's um vier da draußen aussah, wenn sie Red um eins umgebracht hätt'? Sie hätt' sich 'n Alibi verschaffen können, wenn sie gesagt hätt', Hat wär' als erste draußen gewesen. Aber sie hat Hat nich' mal erwähnt, und von Punch wissen wir, daß Hat und Edie lange Zeit nich' so gut miteinander ausgekommen sind. Jawoll, Edie is' aus'm Rennen, aber das heißt nich', daß ich mit den andren auch schon fertig wär'.«

»Bei Dan und Punch gibt es nur wenig, was man anzweifeln könnte.«

»Hm-hm. Dan leugnet schlicht und einfach, daß er die Waffe gekauft hat oder daß er Dienstag nacht draußen gewesen is'. Und Punch ebenfalls. Nur daß wir von Punch wissen, daß er mit 'ner Waffe umgehn kann. Das können Sie ebensowenig außer acht lassen wie die Tatsache, daß Dan jähzornig und eifersüchtig is' und sich am Dienstag abend mit Red gestritten hat.«

»Punch«, wandte ich ein, »hat kein Motiv.«

»Nur weil wir nich' klug genug warn, eins für ihn zu finden«, gab Asey zurück.

»Nun«, sagte ich, »ich für meinen Teil bin mittlerweile der Meinung, daß Satterlee der Gesuchte ist. Ich hätte niemals auf ihn getippt, wenn nicht dieses ganze Durcheinander mit den Formularen gewesen wäre. Daß er sie in sein Schließfach getan hat, war nichts Ungewöhnliches. Aber daß er dann vergessen haben wollte, wo die Schlüssel waren, war schon reichlich dick aufgetragen. Diese Geschichte mit den Liebesbriefen aus seiner Jugendzeit, die er mit den Formularen verwechselt haben will, und mit Katy und dem Müllverbrenner, das ist zuviel. Für meine Begriffe kann das alles kein Zufall mehr sein, da steckt eindeutig ein Plan dahinter. Die ersten zwei Sachen hätten so geschehen können, wie er es erzählt hat. Aber dann wird es unglaubwürdig. Und außerdem, Asey, hat Satterlee zu Aristene gesagt, am liebsten würde er Red umbringen. Und warum sollte er sonst schon hierher kommen und einen Vetter besuchen, den er seit 20 Jahren nicht mehr gesehen hat? Ich weiß, er sagt, es sei wegen Aristene, aber warum ist er ausgerechnet hierher gefahren? Und was hat es mit dieser Dame im Busch auf sich?«

»Hm-hm«, bestätigte Asey, »das klingt schon alles ziemlich verdächtig. Da stimm' ich Ihnen zu. Aber Sie vergessen was Entscheidendes dabei, Mrs. Ballard. Wenn Satterlee schon seit 20 Jahren nich' mehr auf'm Cape war, warum um alles in der Welt hätt' er dann die Leute mit diesem Brief ausgerechnet hierher schicken solln? Wie wär' das möglich gewesen? Man muß 'nen Ort schon gut kennen und sich genau umsehn, bevor man jemand über die Nebenstraßen zu einem Platz wie diesem dirigieren kann. Und Oscar war seit 20 Jahren nich' mehr hier, und wir wissen, daß er keine Zeit gehabt hat, sich hier umzutun, nachdem er angekommen war.«

»Ich bin überzeugter denn je«, sagte ich, »daß dieser Brief eine Fälschung war oder ein dummer Scherz. Und vergessen Sie nicht, daß Freund Oscar mit Büroklammern spielt.«

Syl kam und brachte weitere Telegramme.

»Sie sind 'ne wichtige Persönlichkeit«, begrüßte er mich. »Die Leute geben sich nich' mit Briefen an Sie ab. Sie sagen's lieber kurz und knapp und teuer.«

Das oberste stammte von George, und ich seufzte, als ich es Asey vorlas:

»›Verlasse Chicago heute abend per Flugzeug. Ankomme Weesit morgen.‹«

»Warum meinen Sie, das wär' so schlimm?« fragte Asey. »Ich hab' den Eindruck, er hat sich schon einigermaßen abgekühlt.«

»Von wegen abgekühlt! Gerade die Kürze ist es, die mich beunruhigt. Je mehr Dampf er abläßt, bevor er herkommt, desto weniger hat er übrig, wenn er dann wirklich hier auftaucht.«

»Vielleicht schreibt er ja in den andren mehr«, meinte Asey.

Aber die anderen beiden waren nicht von George. Eines stammte von einem schauerlichen Bostoner Skandalblatt, das mir eine exorbitante Summe für das bot, was sie »eine originale Exklusivreportage über die Gilpin-Tragödie« nannten. Es sei nicht mit Arbeit für mich verbunden, fügten sie hinzu, denn »einer unserer Mitarbeiter wird gern bereit sein, die Abfassung für Sie zu übernehmen«.

Das dritte Telegramm stammte von Janet:

»›Ängstige mich zu Tode um dich, liebste Vic. Komme sofort, auch wenn George telegrafisch das Gegenteil anordnet. Möchte kommen, werde kommen und muß dich einfach sehen. Hoffe um Deinetwillen, daß bald alles vorüber ist.‹«

Asey nickte zustimmend. »Sollt' schon jemand von Ihrer Familie in der Nähe sein. Sie sehn zwar schon besser aus als wie am Mittwoch, aber trotzdem bin ich froh, daß sie kommt.«

»Ich freue mich auch«, sagte ich. »Zweifellos hat George ihr telegrafiert, daß sie keinen Fuß aus Bristol heraussetzen soll; er ist allergisch gegen alles Aufsehen, das seine Familie erregt. Wenn er sie hier findet, wird ihn das nur noch mehr in Wut bringen. Na, das werden wir wohl am besten auf sich beruhen lassen, bis die beiden hier sind.«

»Hat sowieso keinen Zweck, sich wegen irgendwas Sorgen zu machen, was vielleicht unangenehm wird«, meinte Asey. »Da hat man nur zweimal den Ärger. Hab' schon immer 's Gefühl gehabt, daß die Leute auf'm Weg zum Zahnarzt viel mehr leiden, als wenn sie dann da sind.«

»Was werden Sie denn als nächstes mit Satterlee machen? Und mit dieser Dame im Busch? Wollen Sie versuchen, das zu überprüfen?«

»Jawoll. Ich werd' sogar jetzt gleich sehn, was ich da ausrichten kann. Denk' mir, ich werd' mir Syl schnappen und mal 'n bißchen über die Nebenstraßen gondeln. Auch wenn Breck und der Grieche sagen, 's wärn keine Camper da, finden wir ja vielleicht doch welche. Schon 'n bißchen viel Zeit vergangen seitdem, aber da is' sowieso noch was andres, wo ich mich drum kümmern wollt' und wo ich bis jetzt nich' dran gedacht hab'. Hab' ich jemals was von Harmon Peters erzählt?«

»Ich glaube, den Polizisten an der Kreuzung gegenüber haben Sie ihn erwähnt.«

»Also, er issen Onkel von der Frau, von der May Hopkins erzählt hat. Harm issen verrückter alter Schwachkopf, der hier in der Nähe inner Hütte wohnt, zwischen Syls Haus und diesem hier, knapp zwei Kilometer vonner Küste weg. Lebt hauptsächlich von selbstgefangnem Fisch und von Kaninchen, die er schießt. Einmal letztes Jahr hätt' er Syl beinah in die Ewigen Jagdgründe befördert, als er auf'n Karnickel ballerte, das 'n guten halben Meter von der Stelle weg war, wo Syl gesessen hätt', wenn er da gerade gesessen hätt'.«

Ich lächelte. »Soll das heißen, Sie halten es für möglich, daß er auch Red erschossen hat?«

»Nein, das nu auch wieder nich'. Ich glaub' kaum, daß das möglich wär', obwohl ich schon gehört hab', daß Harm ziemlich fahrlässig auf Leute schießt. Das is' einer der Gründe dafür, daß die Leute aus der Stadt nich' gern nachts diese Nebenstraßen langfahrn. Der Jugend und den Touristen scheint's egal zu sein. Na, jedenfalls, wenn Harm sich zufällig an der Abzweigung zum Eishaus rumgetrieben hätt', dann hätt' das Licht, das Toby gesehn hat, von ihm stammen können, obwohl ich immer noch denk', daß das von einem der neuen Ferienhäuschen gekommen is', die 's da oben gibt. Wenn ich mir's so überleg', könnt' Harm sogar die Dame im Busch gewesen sein; er hat 'ne hohe Stimme. Ich weiß nich', ob man sie wirklich ›angenehm‹ nennen könnt'«, meinte Asey und grinste, als er Satterlee zitierte, »aber wenn Oscar die Wahrheit erzählt hat, dann könnt' ich mir vorstelln, daß so ziemlich jede Stimme, die da aus der Nacht spricht und ihm sagt, wo er langfahrn soll, ihm angenehm vorgekommen wär'. Könnt' jedenfalls mal rausfinden, ob Harm sich da rumgetrieben hat. Auch wenn er ganz und gar nix mit der Sache hier zu tun hat, würd' er trotzdem wissen, ob jemand in der Nähe war.«

»Wieso denn das?«

»Kann ich auch nich' sagen, aber 's is' so. Is' mir immer 'n Rätsel gewesen, wieso diese verrückten Burschen, die wie Einsiedler leben, so verdammt viel wissen. Muß wohl der Einklang mit der Natur sein. Bin mal mit jemand namens Tonson auf'm Schiff gewesen, das aus Frisco auslief. Der hat an diese Geschichte mit der Gedankenübertragung geglaubt. Hat so viele Nachrichten empfangen, als ob er 'n Radio irgendwo in der Tasche versteckt gehabt hätt'. 's Komische daran war, daß sich 'ne Menge davon als wahr erwiesen hat. Hat zum Beispiel von dem Erdbeben in Frisco gewußt, an dem Tag, wo's passiert is'. Vielleicht is' das bei Harm auch so. Keine Ahnung.«

»Fahren Sie jetzt gleich?« Ich erhob mich aus meinem Stuhl.

»Jawoll. Aber ich glaub', Sie sollten lieber hier bleiben, Mrs. Ballard. Man weiß nie, wie Harm grad gelaunt is'. Manchmal tobt er, und manchmal macht er einfach nur 'n schwachsinnigen Eindruck. Schon besser, wenn ich da Syl mitnehm'.«

»Aber ich möchte mitfahren, Asey«, protestierte ich, »und wenn Syl dabei ist, werden Sie beide doch –«

»In der Lage sein, auf Sie aufzupassen. Hm-hm. Aber Harm is' auch kein schöner Anblick. Stelln Sie sich die häßlichste Person vor, Mrs. Ballard, die Sie jemals in Ihrem Leben gesehn ham, und dann stelln Sie sich noch Glubschaugen und 'ne plattgeschlagene Nase dazu vor, und dann ham Sie ungefähr 'ne Idee davon, wie Harm aussieht. Er –«

»Jetzt haben Sie meine Neugier geweckt«, sagte ich. »Ich bestehe darauf, mitzukommen. Ich will nichts weiter, als ihn sehen.«

Asey seufzte. »Typisch Frau. Und wenn Harm auf Sie ballert? Was dann?«

»Dummes Zeug.«

»Na gut. Dann kommen Sie eben mit, wenn Sie unbedingt wolln. Aber Jennie wird 'n fürchterliches Geschrei machen.«

Jennie erhob ein fürchterliches Geschrei, aber trotz all ihrer Einwände und derjenigen Syls machte ich mich doch mit den beiden Männern im Roadster auf den Weg.

20 Minuten lang kurvten wir über die Nebenstraßen, bis wir dann endlich an einer kleinen Bretterbude auf einer Lichtung zwischen den Kiefern anlangten.

Vor der Tür saß ein Mann, offenbar in einen Jutesack gekleidet, und spielte mit einem Kätzchen. Als er aufblickte und ich sein Gesicht deutlicher erkennen konnte, sah ich, daß Asey in seiner Beschreibung nicht übertrieben hatte. Harmon Peters war der häßlichste Mensch, den ich jemals in meinem Leben gesehen hatte. Das war es auch, was ich Syl zuflüsterte.

Syl nickte zustimmend und brachte es auf den Begriff.

»'n Alptraum, genau das isser.«

Mehrere Minuten lang musterte Harm uns nachdenklich, bevor er sich anschickte, zum Wagen herüberzukommen. Als er kam, hätte ich beinahe aufgeschrien.

Was ich für ein Kätzchen gehalten hatte, war nichts anderes als ein kleines Stinktier. Es kam hinter Harm hergehüpft, als er zu uns herüberschlenderte.

»Das is' zahm«, versicherte Asey mir mit einem Kichern. »Harm zähmt die. Nur nich' nervös werden.«

Aber ich war nervös, auch wenn Harm in vergleichsweise guter Stimmung zu sein schien – jedenfalls brachte er etwas zustande, was als Lächeln durchgehen konnte, und grüßte Asey in aller Freundlichkeit.

»Hallo, Asey.«

»Hallo, Harm. Wie isses?« Aseys klang mehr nach Cape denn je.

»Ich bin jedenfalls auf'n Beinen«, meinte Harm.

»Das is' gut.«

Die Konversation geriet ins Stocken.

»Willst du rauskommen und dich setzen?« schlug Harm vor. Die einladende Geste schloß Syl und mich nicht mit ein.

»Hab' vielen Dank«, sagte Asey und stieg aus dem Roadster, »hab' vielen Dank. Ich hab' da 'n paar Lebensmittel in Dosen, die ich nich' mehr brauch', Harm, und ich hab' überlegt, wem ich die wohl geben kann. Und dann fiel mir ein, daß du die vielleicht gebrauchen könntest. Meinst du, du kannst was damit anfangen?«

Harm sagte zögernd, daß das durchaus möglich wäre. Seine Augen funkelten, als Asey ein halbes Dutzend Dosen mit eingemachtem Obst aus dem Kofferraum des Wagens holte; erst nach einer längeren Auseinandersetzung hatte er Jennie dazu bringen können, sich davon zu trennen.

»Jetzt isser im siebten Himmel«, flüsterte Syl. »Er is' ganz verrückt nach Sachen in Dosen.«

»Ich hab' vielleicht später noch mehr für dich«, sagte Asey und überreichte ihm die Dosen. »Bill Porter schickt mir immer 'ne Menge davon. Mehr als wie ich brauchen kann.«

Harm nickte und befühlte die Etiketten. »Was war das«, fragte er ernst, »was du von mir wissen wolltest, Asey?«

Syl und ich mußten beide kichern, aber Asey bewahrte seine würdevolle Miene. »Wie kommst du denn darauf, daß ich was von dir will?«

»Hab' irgendwie so 'n Gefühl, schon seit 'ner Stunde«, sagte Harm, »daß du mich was fragen willst. Hab' mir irgendwie gedacht, daß du hier aufkreuzen würdest. Sag, Asey, kannst du vielleicht mal nach meiner Pumpe schaun? Die geht in letzter Zeit nich' mehr richtig.«

»Aber sicher.«

Asey und Harm verschwanden um die Hausecke. Das kleine Stinktier trottete ihnen nach.

»Wird ihm auch nichts geschehen?« fragte ich.

»Wem, Asey? Ach was«, beruhigte mich Syl. »Asey weiß, wie man mit Hunden und Kindern und Verrückten umzugehn hat. Mir wär' Harm an die Gurgel gegangen, wenn ich aus'm Auto gestiegen wär', aber Asey, den mag er. Asey weiß, wie man ihn behandeln muß. Wissen Sie«, fügte Syl in einem Anflug von Vertrauensseligkeit noch hinzu, »manchmal denk' ich mir, daß Asey selbst ein bißchen verrückt is', auch wenn er noch so vernünftig wirkt.«

»Aber Syl!«

»Doch, doch. Sie sollten den Burschen mal sehn, wenn er seine feinen Sachen anhat und in dem Auto hier sitzt. Sieht aus wie 'n Millionär. Is' ja auch beinah einer. Und was macht er statt dessen? Er trödelt hier rum in seinen ollen Klamotten. Wenn ich sein Geld hätt', das versicher' ich Ihnen, dann würd' ich nich' 'n Schreiner und 'n Koch und 'n Automechaniker spieln. Da können Sie drauf wetten!« Syl seufzte. »Aber ich sag' ja immer – die, die Geld nötig ham, die bringen ihr ganzes Leben damit zu, sich welches zu wünschen, und die, die welches ham, denen isses ganz egal.«

Ich klammerte mich an seinen Arm, als zwei weitere Stinktiere, größer und angsteinflößender, um die Ecke kamen.

»Diese Tiere bringen mich noch um den Verstand, Syl! Sind sie wirklich zahm? Hält Harm sie als Haustiere?«

»Na ja«, antwortete Syl, »er behält sie, bis sie seinem Zweck entsprechen. Stinktierfett kann man gut verkaufen. Ham Sie's schon mal gegen Erkältung probiert?« fügte er noch hinzu.

Mit einem Schaudern gestand ich, daß ich es noch nicht probiert hatte.

»'s Beste, was man machen kann, wenn man's auf der Brust hat«, belehrte mich Syl. »'s gibt jede Menge Stinktiere hier, müssen Sie wissen. 'ne regelrechte Plage auf'm Cape heutzutage.«

»Wie kommt das?«

»Irgend jemand, der offenbar nich' viel Ahnung von den Biestern hatte, hat 'ne Menge verrückter Gesetze durchgeboxt, daß man sie nich' in Fallen fangen darf. Und deshalb sind sie jetzt überall. Wird wohl derselbe Kerl gewesen sein«, fügte Syl bitter hinzu, »der 's Möwenschießen verboten hat.«

»Aber Möwen sind doch so schöne –«

»Hm-hm. Pittoresk, wie die Feriengäste sagen, aber sehn Sie sich mal irgendwann in der kleinen Bucht bei Ihrem Haus um, dann werden Sie verstehn, warum die Miesmuscheln und Venusmuscheln und Fische weniger werden. Millionen von Möwen, die sich tagein, tagaus daran satt essen. Deshalb. Das Cape«, beschloß Syl seine Betrachtungen, »das is' nich' mehr, wasses mal war. Da is' nich' mehr viel von übrig.«

Asey kehrte mit Harm von der Hinterseite der Hütte zurück. Seine Miene war ebenso ernst, sein Ton ebenso höflich wie zuvor, aber irgend etwas an ihm gab mir das Gefühl, daß er vor neuen Informationen geradezu platzte. Obwohl Harm sich Mühe gab, Asey aufzuhalten, steuerte er auf den Wagen zu.

»Ich muß weiter«, sagte er mit Bestimmtheit, einen Fuß bereits auf das Trittbrett gesetzt. »Die Pumpe is' jetzt in Ordnung, und die wird auch halten, wenn du nich' zu fest dran ziehst. Ich komm' irgendwann vorbei und bring' dir noch 'n paar mehr Dosen. Bis dann!«

»Aber Asey«, wandte Harm ein, »was war's denn, was du rausfinden wolltest? Da war doch was, weswegen du hergekommen bist. Das hab' ich gespürt. Frag mich doch einfach, Asey, und ich sag's dir, wenn ich's weiß. Ich hab' das gespürt, und ich weiß, daß du was rausfinden wolltest –«

»Harm«, sagte Asey und ließ den Roadster an, »ich fürchte fast, du hast 'n Kurzschluß im Empfänger. Mach's gut!«

»Mach's gut«, erwiderte Harm verdattert, »mach's gut!«

»Was soll er gut machen?« fragte ich Syl.

»Issen Abschiedsgruß. Hat man hier früher immer gesagt«, erklärte er mir. »Sagt man heut auch noch. Asey, was –«

»Genau«, fiel ich ein. »Asey, was –«

»Was ich rausgefunden hab'? Na, ihr habt ja grad gehört, daß Harm wissen wollt', was ich wissen wollt'. Hab' ihn überhaupt nix gefragt.«

»Aber Sie haben trotzdem etwas herausgefunden. Das merk' ich doch. Verraten Sie's uns, Asey. Ich weiß doch, daß Sie's kaum erwarten können.«

»Tja, also, Harm hat Rheuma in seiner Schulter gehabt, und er is' schon seit 'ner Woche nich' mehr von hier weg gewesen. Das Licht, das Toby gesehn hat, war also nich' von ihm. Das muß von diesen neuen Häuschen gekommen sein. Und ich glaub' auch nich', daß er die Dame im Busch war, weil er sagt, am Dienstag hätt' er sich vor Schmerzen gekrümmt. Außerdem, das einzige, was er an Beleuchtung hat, is' 'ne kleine, selbstgemachte Kerze aus Wachsmyrte. Die hätt' Satterlee nich' gesehn, selbst wenn Harm sie brennen gehabt hätt'.«

»Aber –«

»Aber warum er sie nich' angehabt ham soll? Damit sie« – Asey tat, als ob er höchst verwundert sei – »abbrennt? Da kann man sehn, Mrs. Ballard, daß Sie nich' vom Cape Cod sind!«

»Nun hören Sie endlich auf, sich über mich lustig zu machen, und sagen Sie uns, was Sie entdeckt haben.«

»Na gut. Es gibt 'ne Dame im Busch, und sie is' nich' weit weg von hier.«

»Was?« riefen Syl und ich wie aus einem Munde.

»Woher wissen Sie das?« fragte ich.

»Während ich die Pumpe repariert hab', hab' ich sozusagen meine Augen wandern lassen. In seinem Küchenregal hat er vier Dosen Pfirsiche stehn, von S. S. Pierce.«

»Und was ist damit?«

»Wo soll der Pfirsiche von S. S. P. herbekommen ham? Die hat der nich' gekauft, da können Sie Ihre Stiefel drauf wetten. Der kauft nie was. Er hat sie geklaut. Und von wem? Von Campern. Letzte Woche isser nich' unterwegs gewesen, also müssen sie hier in der Nähe sein.«

»Aber selbst wenn Camper hier sind, warum sollte die Dame im Busch darunter sein?«

»Na, ich hab' mich noch 'n bißchen mehr umgesehn, und es war 'ne Tube Anchovispaste da und 'n großes Glas Oliven mit Mandeln gefüllt und 'ne Schachtel lange Zigaretten mit Goldmundstück. Ham Sie schon jemals vonnem vernünftigen Mann gehört, der so was mit zum Camping nimmt? Es is' 'ne Frau, oder Frauen.«

Ich lachte. »Wo erwarten Sie sie zu finden?«

»In ungefähr zwei Minuten werd' ich bei ihnen sein. Sie sind wahrscheinlich hinter deinem Haus, Syl, in dem Kiefernwäldchen da hinten.«

»In der alten Grillhütte von Poindexter!«

»Genau. Diese Grillhütte«, erklärte Asey mir, »ham die Sommergäste früher benutzt, wenn sie hier ihre Parties veranstaltet ham. Is' mittlerweile ziemlich verfalln.«

Gerade zwei Minuten waren auf der Uhr am Armaturenbrett vergangen, da hielten wir an einer windschiefen Blockhütte. Daneben stand ein Zelt.

Wir wurden mit einer Reihe von spitzen Schreien begrüßt.

»Was ist denn das nun wieder?« fragte ich verblüfft. »Was –«

»Zwei«, meinte Asey grinsend. »Zwei Mädels. Nehmen grad 'n Sonnenbad.«

Einige Augenblicke darauf erschienen die beiden, mehr schlecht als recht in Strandanzüge gekleidet. Ich war rücksichtsvoll genug, ihre Gesichtsfarbe dem Sonnenbrand zuzuschreiben.

»Tut mir leid, wenn ich stör'«, sagte Asey, »aber sind Sie schon lang hier?«

»Seit Montag«, antwortete die größere der beiden. »Ich hoffe, wir tun nichts Verbotenes?«

»Keine Angst. Sind Sie – ähm – mit 'm Auto hier?«

»Der Chauffeur hat uns hergebracht und ist dann wieder gefahren. Wir hatten Sie für Horton gehalten, der uns Vorräte bringt.«

»Hm. Sind das – ähm – Sachen von Pierce? Ist Ihnen da was verlorengegangen.«

»Ja«, antwortete die Große, »wir vermissen einiges. Haben Sie –«

»Sagen Sie, ham Sie Dienstag nacht jemand erklärt, wie er von hier zur Hauptstraße kommt?«

»Ich war das.« Das kleinere der beiden Mädchen meldete sich zu Wort. »Diese entsetzlichen Stinktiere trieben sich wieder überall herum. Ich bin aufgestanden, um mich zu vergewissern, daß das Zelt gut verschlossen war. Dann hörte ich einen Mann rufen. Ich –«

»Wissen Sie noch«, unterbrach Asey sie, »um welche Uhrzeit das war?«

»Wieso, ja.« Aseys Fragen hatten sie offensichtlich verwirrt. »Ja, das weiß ich noch. Es war gerade fünf Minuten nach eins.

Ich weiß es noch, weil Joan mich fragte, wie spät es sei, und ich hatte geglaubt, es sei schon viel später. Wir sind nämlich –«

»Wie spät ham wir jetzt?«

Sie starrte Asey verdattert an, bevor sie auf ihre Armbanduhr blickte. »Zehn nach sechs«, antwortete sie. »Und darf ich vielleicht fragen, was Sie –«

Asey sah auf die Uhr am Armaturenbrett. Es war genau zehn Minuten nach sechs.

»Ham Sie vielen Dank«, sagte er und startete den Wagen.

Die beiden Mädchen schauten uns fassungslos nach, als wir davonrollten.

»Satterlee«, verkündete Asey mit einem Grinsen, »is' aus'm Rennen.«

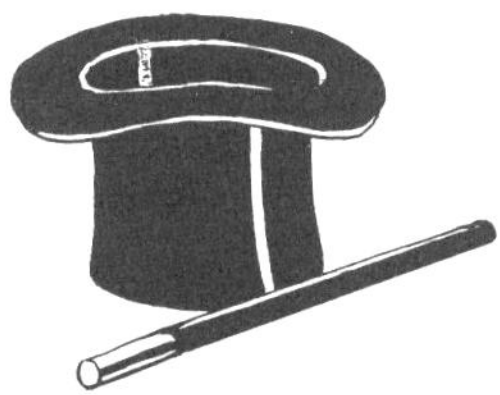

Kapitel 17

»Das müssen Sie mir erklären«, rief ich, »das müssen Sie mir erklären!«

»Gut. Selbst am hellichten Tage würd' man 'ne Viertelstunde brauchen, um vom Henderson-Haus zu dem Zelt da zu kommen, vorausgesetzt, man würd' so schnell fahrn, wie man könnt'; das wärn ungefähr 25 Kilometer die Stunde. Und selbst da müßt' man diese Nebenstraßen schon kennen wie seine eigne Westentasche. Aber bei Nacht und wenn dann auch noch 'n bißchen Nebel is', da dauert's 'ne halbe Stunde, wenn nich' sogar 'ne ganze. Wir ham festgestellt, daß die Armbanduhr von dem Mädel mit der Autouhr übereinstimmt. Die Autouhr geht immer richtig. Wenn die beiden heut übereinstimmen, dann is' die Wahrscheinlichkeit groß, daß sie das auch am Dienstag getan ham. Wenn Satterlee um fünf nach eins an dem Zelt war, dann kann er nich' auch nur annähernd zu der Zeit, wo Red erschossen wurde, am Henderson-Haus gewesen sein. Verstehn Sie?«

»Ja«, sagte ich zögernd, »verstehe. Aber kann es nicht sein, daß Satterlee über den Strand gekommen ist? Hätte er den Wagen nicht irgendwo stehenlassen und zu Fuß gehen können?«

Asey schüttelte den Kopf. »Die Flut hätt' 'n Strand an manchen Stellen unpassierbar gemacht, auch um eins schon. Übern Strand hätt' er's nich' schaffen können, und zwischen hier und dem Henderson-Haus gibt's nur dichtes Gestrüpp und 'n paar Sümpfe. Auf jedem dieser Wege hätt' er 'ne Stunde gebraucht, selbst wenn er die Gegend hier in- un' auswendig gekannt hätt'. Stimmt's, Syl?«

»Jawoll. Ich will Ihnen mal was erzähln. Letzten Sommer sind Jennie und ich hier oben Blaubeern pflücken gewesen, und ob Sie's glauben oder nich', wir ham uns verirrt. Nich' mal 'nen Kilometer von unserm eignen Haus und Hof! Der kann das nich' gelaufen sein, Asey, und inner Nacht sehn die Straßen hier ja auch eine wie die andre aus. Vertu' mich da selbst manchmal. Sag mal,

Asey, warum nimmst du nich' die Abzweigung hier und fährst mal eben hoch zum Haus? Ich mach' mir Sorgen um Samson. Sam«, fügte er als Erklärung für mich hinzu, »is' mein Hund. Ich wollte ihn eigentlich heut morgen mit rüberbringen, aber Jennie hat gesagt, Mrs. Ballard will das vielleicht nich'. Ich dachte, man könnt' ihn vielleicht jetzt mitnehmen und dann 'n bißchen da laufen lassen, bis wir wieder nach Hause gehn. Würd' Ihnen das was ausmachen, Mrs. Ballard? Er is' schon seit Mittwoch eingesperrt.«

»Natürlich nicht«, sagte ich. »Holen Sie ihn, Asey.«

Wir fuhren noch mehrere Feldwege entlang und kamen schließlich vor Syls Haus an. Samson entpuppte sich als ein prächtiger braunweißer Setter. Er schoß auf Asey zu, leckte ihm die Hand und wedelte wie wild mit dem Schwanz.

»Ha«, meinte Syl, »ich wette, der denkt, dieser ganze Ausflug wär' *deine* Idee gewesen. Hinten rein mit dir, Sam, und daß du dich ja anständig benimmst! Sag, Asey«, fügte er noch hinzu, als wir uns wieder auf den Weg machten, »was hast du denn jetzt als nächstes vor? Bleibt ja keiner mehr übrig, den du noch nich' gründlich überprüft hast, außer den beiden Männern aus der Theatertruppe und dieser Hattie, oder?«

»Sind nur noch die drei.«

»Na, und was willst du da machen?«

»Beten, Sylly«, fertigte Asey ihn ab.

Der Rest der Fahrt verlief schweigend.

In gewissem Sinne beunruhigte mich die Tatsache, daß Satterlee nicht mehr als Täter in Frage kam. Er war mein Hauptverdächtiger gewesen. Andererseits war ich – ehrlich gesagt – erleichtert, daß er aus dem Schneider war. Wie Edie schon gesagt hatte, war der alte Knabe so tapsig und so vertrauensselig, daß man ihn einfach gern haben mußte.

Jennie wartete schon mit dem Essen, als wir zurückkamen. Bevor wir uns zu Tisch begaben, teilte Asey Satterlee mit, daß er die Dame im Busch gefunden habe.

»Hab' auch die Zeit überprüft«, schloß er. »Sie brauchen sich keine Sorgen mehr zu machen, Squire.«

»Ist das – ist das wirklich wahr, Asey?«

»Hm-hm.«

Tränen der Erleichterung kullerten über Satterlees Wangen.

Wir waren gerade im Begriff, uns über eine von Jennie Mayos gewaltigen Erdbeertorten herzumachen, als Syl an der Küchentür auftauchte. Er sah besorgt aus und zupfte nervös an seinem Schnurrbart.

»Was is' los?« fragte Asey. »Erzähl mir bloß nich', du hast schon wieder was gefunden!«

»Tja, also – doch. Ehrlich gesagt, ich – also, Asey, ich hätt' gern, daß du mal 'n Augenblick mit rauskommst.«

Ohne ein weiteres Wort erhob sich Asey und folgte Syl hinaus in die Küche. Nachdem ich meinen Kaffee getrunken hatte, entschuldigte ich mich und ging den beiden nach. Syl hatte mich neugierig gemacht.

»Was hat er denn gefunden?« wollte ich wissen.

Asey wandte sich zu mir um. »Komische Sache. Syl hat Sam frei laufenlassen, und der is' drüben im Wäldchen rumgestromert, hinterm Lastwagen. Plötzlich hat er furchtbar zu heuln angefangen, und Syl is' hingelaufen, um zu sehn, was los war.« Er stockte.

»Und was war los?«

»Nun«, sagte Asey, »'s war 'n Stinktier.«

»Du meine Güte«, sagte ich voller Mitgefühl. »Ich hoffe doch nicht, daß dieser prächtige Hund sich mit einem Stinktier angelegt hat. Das wäre ja fürchterlich!«

»Das isses nich', Mrs. Ballard. Das Stinktier, das Sam gefunden hat, das war nämlich tot.«

»Na Gott sei Dank! Das hätte mir wirklich leid getan, wenn der arme Sam für den Rest des Sommers in Quarantäne gemußt hätte. Aber sagen Sie, Asey, warum diese Trauermiene? Wie kann ein totes Stinktier Sie dazu bringen, so – so grimmig dreinzublicken?«

»Ich geb' zu«, sagte Asey zögernd, »normalerweise sind Stinktiere ja eher was zum Lachen. Aber dieses hier is' das ganz und gar nich'. Dieses Stinktier is' nämlich nich' nur einfach so gestorben.«

»Sagen Sie bloß, es wurde mit einem .45er Colt erschossen!«

»Das nu auch wieder nich'. In gewisser Weise wär's besser gewesen, wenn's das wär'.«

»Asey, worauf wollen Sie denn nun eigentlich hinaus?«

»Na, jemand hat es getötet, Mrs. Ballard.«

»Wahrscheinlich war es Harmon Peters«, sagte ich.

»Nein. Er war's nich', da bin ich mir ganz sicher. Der zuckt mit keiner Wimper, wenn er mit seiner Flinte auf Leute anlegt. Macht ihm irgendwie Spaß zu sehen, wie die dann springen. So wie« –

Asey lächelte ein wenig – »so wie Syl damals gesprungen is'. Also, Harm issen bißchen exzentrisch, und er hat 'ne Menge komischer Gedanken im Kopf, weil er zu viel allein is', aber Harm würd' nie was so umbringen, wie – tja, wie das hier umgebracht worden is'. Wenn der die Stinktiere tötet, die er aufzieht, dann besorgt er sich Chloroform vom Doktor. Doch, das können Sie mir glauben. Seine Schlingen für die Karnickel legt er so, das sie nich' leiden müssen. Er schießt nie auf Vögel. Ich hab' ihm sogar mal 'ne Schiene gebastelt, wie eine von seinen zahmen Möwen sich 'n Flügel gebrochen hat! Nein, so was macht Harm nich'.«

»Aber warum, frage ich Sie, machen Sie so ein Gesicht wegen einem toten Tier? Ein Stinktier ist schließlich ein Stinktier.«

»Hm-hm. Aber so gut wie kein Tier, das auf dieser Erde lebt«, erwiderte Asey ziemlich aufgebracht, »verdient, daß man's so behandelt, wie das hier behandelt worden is'. Ich – so was darf's einfach nich' geben, und das is' alles.«

»Asey, so sagen Sie mir doch –«

»Nein, Ma'am!«, antwortete Asey mit Bestimmtheit. »Das is' zu entsetzlich, um drüber zu sprechen. 's gibt ja überhaupt verdammt wenig Geschöpfe, die einem was tun, wenn man ihnen nich' als erster was getan hat. Nich' mal 'n Stinktier. Aber machen Sie ihnen angst oder tun Sie ihnen weh, und Sie werden 's bereun. Lassen Sie sie in Ruhe, dann lassen die Sie auch in Ruhe. Mir is' noch kein Tier begegnet, dem nich' mehr daran lag, von unsereinem wegzukommen, als wie uns, von ihm wegzukommen.«

»Was wollen Sie damit sagen, Asey? Daß jemand das Tier mißhandelt hat –«

»Mißhandelt könnt' man wohl sagen. Ha.« Asey setzte sich auf die Holzkiste. »Ha. Jennie, kannst du mir 'n Riesenpott schwarzen Kaffee machen? Danke.«

In diesem Augenblick kam Judy heraus und ließ mich wissen, daß meine Anwesenheit am zweiten Bridgetisch erwünscht sei. Es war schon nach halb zehn, als mir auffiel, daß Asey nicht zurückgekommen war. Ich ging hinaus in die Küche, aber Rose konnte mir auch nicht mehr sagen, als daß Asey gleich nach dem Geschirrspülen mit Jennie Mayo weggefahren sei. Syl, so glaubte sie, sei mit Kemp weggegangen, um unsere Schutztruppe zu inspizieren.

Ich ging zurück zum Bridgespiel, aber mit meinen Gedanken war ich überall, bloß nicht bei den Karten. Um halb eins, nachdem wir das Spiel beendet und uns zur Ruhe begeben hatten, ging ich noch einmal in die Küche. Syl saß da, die Füße auf den Tisch gelegt, und las in einem Heftchen mit grellbuntem Titelbild. Noch ehe er hastig aufstehen und versuchen konnte, seine Lektüre zu verstecken, sah ich den Titel, *Superba Kriminal- und Detektivgeschichten.*

»Wo ist Asey?«

»Keine Ahnung, Mrs. Ballard. Mir hat er gesagt, er würd' Jennie nach Hause fahrn, und wenn er dann für 'ne Weile weg sei, dann sollt' ich hierbleiben und die Stellung halten. Er hat mir seine Trillerpfeife dagelassen und gesagt, die soll ich Ihnen geben.«

»Aber wo kann er denn hingefahren sein?«

»Keine Ahnung.«

»Syl, wen hat er wirklich in Verdacht?«

»Alles, was ich weiß«, antwortete Syl treuherzig, »is', daß er gesagt hat, er würd' jedem hier glauben, aber dasses da 'ne Menge Wenns und Abers gebe.«

»Was hat er vor, Syl?«

»Da weiß ich genauso wenig wie Sie, Mrs. Ballard. Der Asey, das issen schlauer Fuchs.«

Der Ton bedeutete mir, daß Asey einfach ein zu tiefgründiger Mensch sei, als daß ihn gewöhnliche Sterbliche verstehen könnten. Ich ging zurück auf mein Zimmer, machte mich zum Schlafengehen bereit und dachte bei mir, daß Syl höchstwahrscheinlich recht hatte. Als ich ins Bett schlüpfte, fiel mir wieder ein, wie Asey die Äußerung Parkers gedeutet hatte, daß die Zeitungen Taten sehen wollten, und erinnerte mich an Aseys Versprechen, er werde Parker am kommenden Tag den Täter präsentieren.

Ich knipste noch einmal die Nachttischlampe an und ging hinüber zum Sekretär. Ich wühlte herum, fand meine Aufzeichnungen über die ganze Affäre und begann mit letzten Revisionen.

Unter der Überschrift AUS DEM RENNEN fanden sich nun Toby, Rose, Judy, Aristene, Satterlee, Edie Allen, Harm Peters – sofern man ihn dazu zählen konnte –, meine Familie und ich selbst.

Damit blieben nur noch Dan und Hat und Punch.

Nach wie vor ließ sich nicht beweisen, daß Dan nicht den Brief von Guild geschrieben, die Waffe gekauft und Red umgebracht hatte. Er war jähzornig, und er hatte ein sehr gutes Motiv, Eifersucht. Und doch wußte ich wie Aristene, als Asey sie dafür getadelt hatte, daß sie mit einem Mann Bridge spiele, den sie für einen Mörder halte, ganz genau, daß Dan es nicht gewesen war.

Was Hat anging, so glaubte ich ihre Geschichte. Von Anfang an war sie durch und durch aufrichtig gewesen. Sie hatte zugegeben, daß sie Dienstag abend draußen gewesen war, obwohl sie, wie sie selbst sagte, diese Information auch hätte für sich behalten können. Ich strich ihren Namen aus.

Übrig blieb Punch. Mittlerweile hatte ich den Eindruck, daß Punch der einzige war, der bisher noch nicht kritisch genug überprüft worden war. Im Grunde ließ sich nicht belegen, was er am vierten Mai getrieben hatte; er konnte die Waffe gekauft und den Brief geschrieben haben, der die Truppe zum Henderson-Haus bestellte; er konnte in der Dienstag nacht genauso draußen gewesen sein wie Dan. Er war ein erfahrener Schütze. Aber welches Motiv konnte er gehabt haben? Das wußte ich beim besten Willen nicht.

Es klopfte an meine Tür, und Judy trat ein. Sie warf einen Blick auf meine Papiere und lachte.

»Sind Sie wieder zugange, Vic? Darf ich es lesen? Oh! Sie haben jeden ausgestrichen außer Punch! Oh, Vic, Punch war es ganz bestimmt nicht!«

»Warum nicht?«

»Ach, Punch kann es einfach nicht gewesen sein. Sie irren sich, Vic.«

»Aber warum nicht, Judy?« Sie wurde krebsrot, als ich das fragte. »Oh, ich verstehe, Sie haben Punch gern.«

»Ja, das stimmt«, sagte sie widerstrebend. »Das stimmt. Sie sind viel unterwegs gewesen und haben nur Augen und Ohren für Asey gehabt, sonst wäre es Ihnen schon längst aufgefallen. Deswegen, nun, deswegen bin ich eigentlich auch hergekommen. Ich – na, Punch sagt, es war unvermeidlich.«

»Wie, würde Asey sagen, wie das?«

»Weil ich doch Judy heiße.« Sie errötete.

»Meine Liebe«, sagte ich, »wenn Sie sich in ihn verliebt haben und er sich in Sie, dann haben Sie meinen Segen!« Ich nahm den Stift und strich Punchs Namen aus. »Das wollte ich ohnehin tun, Judy.«

»Vic, Sie sind ein Engel! Mich werden Sie nicht mehr los, es sei denn, Sie entlassen mich. Nicht bevor Punch eine Stelle findet und wieder ein festes Einkommen hat. Aber ich dachte, Sie wüßten gern Bescheid.«

Als sie gegangen war, knipste ich das Licht aus und schlüpfte zurück ins Bett. Aber ich fand keinen Schlaf. Mir schien, jeder, der in Frage gekommen war, hatte sich als unschuldig erwiesen. Aber was hatte Asey vor? Was hatte er noch in petto?

Für meine Begriffe war das Puzzle fertig und zu Ende – das heißt, so weit es sich eben zu Ende legen ließ. Aber ich hatte keine Ahnung, was für ein Bild sich denn nun ergeben hatte. Asey hatte mich ganz und gar ins Vertrauen gezogen. Ich hatte alles gesehen, nichts war mir verborgen geblieben. Ich wußte alles, was er wußte. In gewissem Sinne wußte ich sogar mehr als er, denn während des gesamten Schauspiels hatte ich die Bühne nicht verlassen. Und doch mußte ich gestehen, daß ich mit meinem Latein am Ende war. Aber andererseits dachte ich mir: Was für mich galt, mußte ja nicht unbedingt auch für Asey gelten.

Nun, wo ich mir das Ganze noch einmal durch den Kopf gehen ließ, kam mir der Gedanke, daß Asey mich womöglich doch nicht ganz ins Vertrauen gezogen hatte. Die vielen Male kamen mir wieder ins Gedächtnis, die ich ihn in den letzten zwei Tagen geistesabwesend in die Ferne hatte blicken sehen. Wie er vor sich hin gebrütet hatte, um seinen eigenen Ausdruck zu benutzen.

Was gab es noch für Teile des Puzzles, die ich nicht zusammengelegt hatte? Was waren das für »Wenns und Abers«, die Asey, wie Syl sagte, noch zu bedenken hatte?

Um drei Uhr gab ich es auf, mir das Hirn zu zermartern und zu horchen, ob der Roadster zurückkehrte, und schlief ein.

Auch am nächsten Morgen, als Jennie mir mein Frühstück brachte, war Asey noch nicht zurück.

»Hat nich' mal gesagt, daß er überhaupt noch weg will«, antwortete sie. »Aber machen Sie sich mal keine Sorgen, Mrs. Ballard. Der kommt schon zurück.«

»Ich könnte ja fast noch verschmerzen, daß ich nicht weiß, w a n n er zurückkommt«, sagte ich, »wenn ich nur wüßte, wohin er gefahren ist – und warum!«

Gegen zehn traf Janet in ihrem eigenen kleinen Coupé ein. Sie sah sehr müde aus und gestand, daß sie gar noch erschöpfter war, als sie aussah.

»Ich bin gestern abend nach Boston gefahren«, sagte sie, »habe die Nacht im Ritz verbracht und mich dann in aller Frühe auf den

Weg gemacht. Ich habe kein Auge zugetan. Kein Wunder, daß ich da ausgelaugt wirke. Aber du, Vic, du bist wieder ganz die alte! Ich kann gar nicht glauben, daß du dieselbe sein sollst, die ich noch am Montag geschwächt auf dem Sofa habe liegen sehen.«

»Es wird das einzige sein, was ich George entgegenzuhalten habe«, sagte ich, »wenn er herkommt und nichts als Vorwürfe für mich mitbringt.«

Janet blickte in die Runde und biß sich nachdenklich auf die Unterlippe. »Vic, ich möchte mit dir sprechen, bevor er eintrifft. Gibt es irgendwo eine Ecke, in die wir uns zurückziehen können?«

Ich ging mit ihr hinaus zu den Korbstühlen unter dem gestreiften Sonnenschirm.

»Es geht um George«, sagte sie, während sie sich eine Zigarette anzündete. »Ich hätte schon früher mit dir darüber gesprochen, aber anfangs wollte ich dich nicht damit belästigen, und dann wurdest du krank, und ich wollte natürlich nicht, daß du dir Sorgen machst. Und auch jetzt weiß ich gar nicht recht, wie ich es dir sagen woll, Vic, aber, um ehrlich zu sein, nun, nach sechs Jahren, bin ich allmählich so weit – oh. Da kommt ein Wagen die Straße herauf. Wer ist das, Vic?«

»Weiß ich nicht«, sagte ich, verärgert über die Unterbrechung. »Wahrscheinlich jemand von der Polizei. Das wollte ich übrigens noch fragen – wie bist du an den Wachposten vorbeigekommen?«

»Ich nannte ihnen meinen Namen, und sie sagten, sie hätten Anweisung, mich durchzulassen.«

»Wahrscheinlich hat Asey ihnen Bescheid gesagt. Er wußte, daß du – Janet, das ist George, in dem Wagen da!«

Wir erhoben uns beide.

»Da muß irgend etwas mit der Limousine nicht in Ordnung sein«, sagte Janet müde. »Nun denn, jetzt geht's also los. Vic, nun bekommen wir beide das, was man wohl eine Abreibung nennt.«

Doch zu meinem grenzenlosen Erstaunen war George völlig gefaßt. Er küßte mich, machte eine Bemerkung, wie gut ich aussähe, und wandte sich dann an Janet.

»Ich bin froh, daß du hergekommen bist. Es war nicht recht von uns, Mutter alleinzulassen. Und es tut mir leid, Mutter, daß ich mich in diesen Telegrammen so sehr erregt habe. Und noch viel mehr tut es mir leid wegen Montag und wegen der Vase. Ich habe mir einfach in letzter Zeit so viele Sorgen ums Geschäft gemacht, daß ich gar nicht mehr wußte, was ich tue. Aber diese Reise nach Chicago hat alles wieder eingerenkt. Als ich das erst einmal von der Seele hatte, wurde mir allmählich klar, wie abscheulich ich mich benommen hatte. Es war nicht so gemeint, und ich hoffe, du wirst das verstehen. Schon lange hier, Jan?«

»Etwa eine Viertelstunde.«

»Dumm, daß ich dich nicht herfahren konnte. Ich habe Jack telegrafiert, er soll den Wagen an den Flughafen bringen, und er kam mit diesem Leihwagen hier. War offenbar noch nicht dazu gekommen, den Kotflügel an meinem zu reparieren. Er hat die Sache schleifen lassen, weil ich ihm ursprünglich gesagt hatte, ich sei nicht vor Dienstag zurück.«

Janet warf mir einen verwunderten Blick zu. Sie selbst war es gewesen, die den Kotflügel an Georges neuem Wagen zerbeult hatte; daß George die Gelegenheit hatte verstreichen lassen, darauf hinzuweisen, konnte man nur als ein Wunder bezeichnen.

In diesem Augenblick kamen Dan und Edie und Hat aus dem Haus, doch als sie George sahen, machten sie Anstalten, um die Ecke zur Vorderseite des Hauses zu gehen.

»Gehören sie zu deinen Gästen?« fragte George ohne ein Wort des Tadels. »Ich möchte sie gern kennenlernen.«

Während ich sie vorstellte, stießen noch Punch und Judy hinzu.

»Ah, ich sehe, Sie haben Ihr Parfüm wiedergefunden«, sagte Judy zu Hat. »Besser gesagt, ich rieche es.«

»Nein, leider nicht. Ich habe mein Lieblingsparfüm verloren, Mrs. Ballard, und es ist einfach nicht wiederzufinden. Meinen Sie, es hat Zweck, den adleräugigen Syl hinzuzuziehen?«

»Versuchen kann man es«, sagte ich.

»Trotzdem«, beharrte Judy, »mir war, als röche ich ein neues Parfüm. In der Handelsschule, auf die ich ging, haben die Mädchen sich nämlich immer mit Parfüm aus einem Automaten besprüht, der in der Eingangshalle des Gebäudes stand. Man steckte einen Penny hinein und drehte eine Kurbel. Der Geruch dieses Parfüms hat mich seither verfolgt. Es war so grauenhaft. In ein und demselben Raum mit 40 mehr oder weniger ungewaschenen Mädchen zusammenzusein, die sich alle mit billigem Parfüm besprüht hatten – jedenfalls habe ich diesen Geruch niemals vergessen können, und als ich hier herauskam, war mir, als hätte ich einen Hauch davon in die Nase bekommen. Die Mädchen bei Silverman & Harris rochen auch immer danach.«

»Warum haben Sie mir das denn nicht gesagt«, fragte George, »daß Sie bei dieser Firma angestellt waren? Mit Harris bin ich gut befreundet. Als Sie – ähm – am Montag mein Büro verlassen hatten, da habe ich mich gefragt, ob Sie etwa *die* Miss Dunham sind, von der er immer sagt, sie sei die beste Sekretärin, die er jemals gehabt habe.«

Janet und ich warfen uns einen weiteren Blick zu. George brach alle Rekorde. Als eine Stunde später ein Motorradpolizist die Auffahrt heraufgedröhnt kam, da war George längst zum beliebtesten Mitglied der Ballard-Familie avanciert.

»Ich soll Mrs. George Ballard verständigen«, sagte der Beamte. »Ein Telefonanruf«, fügte er hinzu; »jemand ist herausgekommen, um Bescheid zu sagen. Aus Bristol, hieß es, glaube ich.«

»Das ist Mutter!« rief Janet. »Ich habe ganz vergessen, ihr zu telegrafieren, daß ich angekommen bin, und die Ärmste macht sich wahrscheinlich Sorgen um mich. Nicht nötig, daß du mitkommst, George. Ich nehme das Coupé.«

Fast eine Stunde verging, bis sie zurück war. »Schlechte Verbindung«, erklärte sie. »Offenbar hatten sie die Leitung freigehalten bis ungefähr fünf Minuten, bevor ich kam, und dann hat Mutter wohl einfach aufgegeben. Alles sehr kompliziert.«

Ich kann nicht sagen warum, aber ich wußte, daß sie nicht die Wahrheit sagte. Ich hatte mich schon gefragt, ob das, was sie mir hatte erzählen wollen, bevor George kam, etwas mit einem anderen Mann zu tun hatte. Der Telefonanruf verstärkte diesen Verdacht noch mehr.

Das brachte mich ein wenig aus der Fassung, aber was mich noch weit mehr aus der Fassung brachte, war der Umstand, daß Asey noch immer nicht zurück war.

Um drei Uhr stellte er sich dann endlich wieder ein, nach wie vor in Cordhosen, blauem Hemd und Segeltuchjacke. Offenbar war er doch nicht nach Boston gefahren, wie ich zunächst angenommen hatte, denn in diesem Falle hätte er doch gewiß das getragen, was Syl seine »feinen Sachen« genannt hatte.

Asey kam zu uns herübergeschlendert. »Hallo«, begrüßte er uns, doch dann blieb er stehen und schnüffelte.

»Asey«, sagte ich, »wo haben Sie denn so lange gesteckt? Und wieso schnuppern Sie, als ob Sie Samson wären?«

»'s letzte Mal, daß ich das Parfüm gerochen hab'«, sagte Asey, »war in Kalkutta, und das is' schon Ewigkeiten her. Meine Güte, wie Erinnerungen wiederkommen, bei dem Geruch! Wer is' das, der danach riecht?« Er schnupperte noch einmal. »Mr. Ballard? Sie sind doch Mr. Ballard, nich' wahr?« Er blieb bei George stehen.

George klang lange nicht mehr so liebenswürdig.

»Der bin ich«, sagte er steif, »und ich fürchte, ich bin das, der so riecht. Heute morgen habe ich bei einem Friseurladen in der Nähe des Flughafens gehalten, um mich rasieren zu lassen. Ein fürchterlicher Schuppen. Sie haben mich mit diesem Zeug eingenebelt, bevor ich mich wehren konnte.«

»'s riecht recht heftig«, stimmte Asey zu. »Sagen Sie, Mr. Ballard, wie buchstabiern Sie Ihren Nachnamen? Die Zeitungen schreiben ihn anders als wie den von Ihrer Mutter.«

»B-a-l-l-o-r-d. Nicht mit ›a‹. Das war nämlich mein eigener Name, und er klingt so sehr nach Ballard, daß wir ihn niemals geändert haben.«

»Aber«, rief ich, »da fällt mir gerade etwas ganz Merkwürdiges ein! Ich hatte es völlig vergessen, bis George eben seinen Namen buchstabierte. Nichts von Bedeutung – nur ein seltsamer Zufall. Erinnern Sie sich noch, Punch, wie Sie mir Red am Dienstag abend vorgestellt haben? Er tat so, als ob er den Namen Ihrer Aussprache wegen nicht verstanden hätte, und fragte mich, ob er sich B-a-l-l-a-r-d schreibe. Bitte um Entschuldigung, daß ich so dazwischengeplatzt bin, aber als George buchstabierte, da fiel es mir wieder ein.«

»Sie ham Gilpin nich' zufällig gekannt, Mr. Ballord?« fragte Asey.

George schüttelte den Kopf. »Nein. Sagen Sie, Mr. Mayo, wie kommen Sie mit dem Fall voran? Die Presse scheint nicht allzu optimistisch.«

»Die Presse«, antwortete Asey sanft, »weiß auch nich' immer alles. Längst nich' alles. Genau genommen hab' ich den Mörder Reds tatsächlich ausfindig gemacht, aber ich hab's den Zeitungen noch nich' verraten. Aber ich denk' mir, die Zeit is' gekommen, wo ich Ihnen alles erzähln sollt'. Syl.«

Prompt kam Syl aus der Garage geschossen.

»Syl, bringst du mir bitte den Lederkoffer, der im Roadster auf'm Vordersitz liegt?«

Syl schleppte ihn heran und stellte ihn auf den Korbtisch. Asey zog einen Schlüssel aus der Tasche und schloß den Koffer auf, und mit einem Schnappen öffnete sich der Deckel.

Es war so still, daß man beinahe das Gras wachsen hören konnte. Alle Augen waren auf Asey gerichtet, als er einen Anzug daraus hervorholte, einen grauen Herrenanzug aus Tweed. Er verströmte einen Gestank, daß ich mir das Taschentuch vor die Nase halten mußte. Wer immer diesen Anzug getragen hatte – er war ohne jeden Zweifel mit einem Stinktier in Berührung gekommen.

»Diesen Anzug«, sagte Asey ernst, »hat der Mann getragen, der Dienstag nacht Gilpin ermordete. Das war 'n ziemlich raffinierter Bursche. Er hat 'n Haufen Pläne gemacht, und sie ham alle funktioniert. Aber dann passierte was, wo er nich' mit gerechnet hatte. Was, was man nich' mit berücksichtigen würd', wenn man 'n Mord vorbereitet. Er traf«, sagte Asey, »auf 'n zweites Stinktier. Mr. Ballord, das is' doch ohne Zweifel Ihr Anzug, nich' wahr?«

Mit unbeschreiblichem Entsetzen sah ich George an, der mit kreidebleichem Gesicht dasaß. Ich schrie laut auf, als mein Blick auf seine Hände fiel. Zwischen seinen Fingern drehte er nervös eine kleine metallene Büroklammer.

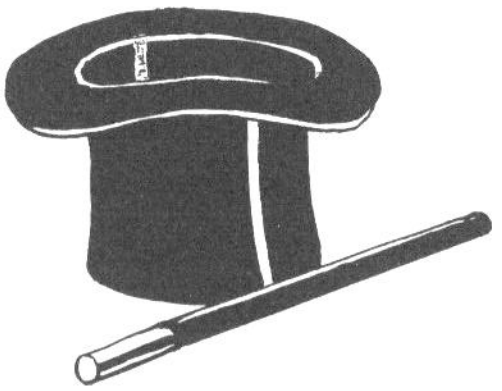

Kapitel 18

Trotz der Büroklammer erwartete ich, daß George sofort alles heftig abstreiten würde – schließlich hatten auch Satterlee und Aristene mit Büroklammern gespielt, und es hatte nichts zu bedeuten gehabt. Aber George sagte kein Wort.

»Das is' doch Ihr Anzug, nich' wahr, Mr. Ballord?« fragte Asey noch einmal. Auch Aristene und ihr Vater stießen nun zu uns.

»Ja, das ist er«, antwortete George schließlich.

»Und Sie sind am Dienstag abend hiergewesen?«

»Ja, ich war hier, aber nur um mich zu vergewissern, daß Mutter gut angekommen war.«

»Warum ham Sie ihr denn dann am nächsten Tag das Telegramm geschickt, wenn Sie schon wußten, dasses ihr gutging? Und wo is' Ihr Auto geblieben, mit dem Sie hier warn? Ich weiß. Das bekommt 'n neuen Kotflügel. Neue Polster bekommt es auch. Und ich hab' die alten gesehen.«

»Hören Sie, Mr. Mayo«, begann George zu poltern, »nun machen Sie sich nicht lächerlich. Versuchen Sie nicht, mir etwas anzuhängen. Ich habe Gilpin gar nicht gekannt. Ich –«

»Das stimmt«, sagte Asey. »Sie ham Gilpin tatsächlich nich' gekannt.« Blitzartig bückte er sich und hob die verbogene Büroklammer auf, die George eben auf den Boden geworfen hatte. »Aber 's gibt noch andres. Das hier zum Beispiel. Und« – er langte in eine Tasche und holte drei Umschläge hervor, deren Inhalt er in drei getrennten Häufchen ausschüttete – »und diese hier. Diese Klammern ham wir an der Stelle gefunden, wo Gilpin erschossen wurde. Diese fanden sich nahe der Stelle, wo ein Stinktier – getötet wurde. Und diese«, sagte er und wies auf das dritte Häufchen, »die kommen aus dem Arbeitszimmer in Ihrem Haus in Boston.«

Bevor ich noch die Nachricht verdauen konnte, daß Asey also doch in Boston gewesen war, redete er schon weiter.

»Das«, sagte er und zog einen großen braunen Umschlag voller Papiere hervor, »is' die Aussage von Dr. Burnside. Sie ham ihn schon zwei Wochen, bevor Sie das Häuschen hier gemietet ham, angerufen. Sicher, Bangs erfuhr erst an dem Tag, an dem er Ihren Brief bekam, dasses zu vermieten war, aber 's spielte weiter keine Rolle, welches Haus Sie nu aussuchten, solange Sie's nur bekamen und sich genügend in der Gegend umsehn und 's dann rechtzeitig mieten konnten, wenn die Theaterleute ihre Runde auf'm Cape machten. Sie ham sich das Häuschen besorgt und die Truppe dann mit 'm Brief hergelockt, den Sie mit Maynard Guild unterschrieben ham.«

»Das habe ich nicht«, gab George zurück. »Zeigen Sie mir den Brief, und ich werde es Ihnen beweisen.«

»Ich weiß«, erwiderte Asey. »Sie ham's von jemand andrem unterschreiben lassen. So, hier« – er zog ein anderes Blatt heraus – »ham wir 'ne Bestätigung, daß Sie der Besitzer von Chandler, Cobb und Cross sind. Das is' die Firma, die Red Gilpin aus'm Automobilgeschäft gedrängt hat.«

»Diese Firma gehört mir, aber ich habe absolut nichts mit dem dortigen alltäglichen Kleinkram zu tun. Ich wußte nichts über irgendwelche Geschäfte, die dieser Gilpin vielleicht mit uns gemacht hat. Das kann ich beweisen.«

»Hier«, fuhr Asey unbeirrt fort, »issen Scheck aus Ihren Akten –«

»Sie – Sie haben in meinen Akten gewühlt? Ich werde Sie –«

»Sie werden überhaupt nix. Ein Scheck an John Smith über 500 Dollar, vom ersten Mai. Hier ham wir nochmal 500, datiert sechster Mai. Beide bei Banken in New Hampshire eingelöst. John war der Bursche, der 'n .45er Colt für Sie gekauft hat.«

»Dieses Geld«, erwiderte George, »ging an John Smith für –«

»Jawoll. Für geleistete Dienste. Hier, Mr. Ballord, ham wir 'ne Aussage, daß Sie 'n prima Maskenbildner sind. Unterzeichnet vom Vorsitzenden des Theatervereins, zu dem Sie gehörn. Sie ham John Smith zurechtgemacht, daß er aussieht wie Dan Allen. Am vierten Mai warn Sie auf Geschäftsreise, stimmt's?«

»Ja. Aber Dan Allen habe ich heute morgen zum ersten Mal gesehen. Die ganze Sache ist doch völlig absurd!«

»Jawoll. Sie ham Dan bis dato nich' persönlich gekannt, aber Sie ham seine Fotos gehabt, und Sie wußten alles über ihn. Hier ham wir Ihre Schecks an die Detektivagentur Whitey Weeks.

Whitey issen Freund von mir. War mal Schiffskoch auf'm Boot von mir. Hab' ihn letzte Nacht aus'm Bett geschmissen. Sie ham ihn alles über diese Truppe ausforschen lassen, mit Bildern und so, vom Januar bis zum ersten Mai. Whitey ham Sie gesagt, Sie hielten einen aus der Truppe fürn Betrüger, hinter dem Ihre Firma her wär'.«

»Ich hatte Weeks beauftragt, einen Betrüger aufzuspüren, einen Mann, der sich im Büro aus dem Staub gemacht hatte. Ich hatte Weeks für einen fähigen Mann gehalten. Aber es stellte sich heraus, daß er eine ganz falsche Spur verfolgte. Ich –«

»Und hier«, sagte Asey und holte ein Bündel Briefe hervor, »sind 'n paar von den Briefen, die Red Gilpin an Ihre Frau geschrieben hat.«

Jetzt verstand ich endlich, warum Janet ans Telefon gerufen worden war. Sie hatte tatsächlich mit einem Mann gesprochen, aber der Mann war Asey gewesen.

»Was!« rief George aus. »Was? Hast du diesen Gilpin etwa gekannt, Jan?«

»Das weißt du doch ganz genau«, erwiderte Janet ruhig. »Schließlich hast du die Briefe ja selbst gelesen, obwohl ich sie in meinem Schreibtisch eingeschlossen hatte.«

Also Janet – Janet war Red Gilpins große Liebe gewesen! Plötzlich fiel es mir wie Schuppen von den Augen. Mir stockte der Atem. Gewiß, Janet war eine Schönheit. Sie war die schönste Debütantin ihres Jahrgangs gewesen. Aber verglichen mit Edie Allen war sie doch bloß hübsch. Hat Allen war sicher eine viel apartere Erscheinung. Judy hatte unbestreitbar schöneres Haar. Und neben Aristenes Händen wirkten die ihren geradezu plump, oder? Zum ersten Mal wurde mir klar, wie wenig man das Aussehen von Menschen, die einem nahestehen, wirklich wahrnimmt. Janet war tatsächlich schön. Es war nicht mehr die taufrische, gerade erblühte Schönheit, die sie zur meistbegehrten Debütantin gemacht hatte. Inzwischen war es eher eine müde Schönheit geworden. Aber Janet hatte mehr Charme als sämtliche anderen Frauen, die hier zusammengekommen waren.

»Ich habe die persönlichen Briefe meiner Frau nicht gelesen«, beteuerte George. »Aber wenn Sie das glauben, dann können Sie es wohl mit Fingerabdrücken beweisen?«

Asey lächelte. »Sie ham Handschuhe getragen. Aber Ihre Frau versichert mir, daß sie Briefe niemals wieder ordentlich in die

Umschläge zurücksteckt. Steckt einfach die einzelnen Briefbögen irgendwie innen Umschlag. Aber Sie, Sie sind 'n ordentlicher Mensch. Nachdem Sie sie gelesen hatten, ham Sie die Blätter wieder in die richtige Reihenfolge gelegt. Sie falteten die Briefe ganz merkwürdig zusammen. Sämtliche Briefe in Ihren Akten sind genauso gefaltet.«

»Die ganze Sache ist doch absurd«, sagte George. »Ich lese nicht anderer Leute Briefe. Ich wußte nicht einmal, daß es sie gab. Ich verstehe nicht, wie Sie –«

»Sie«, sagte Asey, »sind 'n Mensch, der plant. Sie machen verdammt gute Pläne. Wenn Sie nich' was abbekommen hätten, als Sie das Stinktier umbrachten oder kurz davor, dann wär' ich Ihnen niemals beigekommen, auch wenn ich Sie irgendwie in Verdacht hatt'. Die ganze Zeit über hatt' ich das Gefühl, daß Sie sozusagen hier bei uns warn, wo doch andauernd von Ihnen die Rede war und ich die Telegramme von Ihnen sah. Sie ham sogar dafür gesorgt, daß Lebensmittel angeliefert werden und Kerosin fürn Ofen, für den Fall, daß es im Haus 'n Ofen gab, der Kerosin braucht. Sie ham an alles gedacht und für alles gesorgt. Die ganze Sache war von jemand arrangiert, der planen kann. Das war von Anfang an klar. Sie warn der einzige, dem man so viel Planung zutraun konnt'. Und Sie sind jähzornig. Jetzt im Moment können Sie sich nur noch mit Mühe beherrschen, um das zu verbergen. Ich wußt', daß Sie Akten anlegen und Quittungen aufheben und so weiter, weil Ihre Mutter mir das erzählt hat. Ich wußt', daß Sie sich mit Waffen auskennen. Sie sagt, sie hätt' Ihnen die Sammlung ihres Mannes überlassen. Das hätt' sie nich' getan, wenn Sie sich nich' damit ausgekannt und sie auch benutzt hätten. Und 's erste Telegramm, das Sie geschickt ham, das war Ihr erstes Alibi. ›Lasse mich wissen, wie Du Reise überstanden hast‹ und so weiter. Sie wollten ganz sicher gehn, daß *Sie* keiner verdächtigt. Und dann hat Punch uns erzählt, wie Red für gutaussehende Frauen geschwärmt hat. Und dann fiel mir wieder ein, daß ich 's Bild von Ihrer Frau in Mrs. Ballards Zimmer gesehn hatte, wie der Doc sich Gilpin ansah. Das paßt alles irgendwie zusammen, Mr. Ballord. Sie ham beinah zu gut und zu sorgfältig geplant.«

»Ich gebe zu«, sagte George, »daß ich gern und viel plane und daß ich jähzornig bin. Aber Red Gilpin habe ich nicht gekannt. Ich verstehe nicht, wie Sie –«

»Soll ich Ihnen die ganze Geschichte erzähln, damit Sie sehn, was ich alles weiß? Na gut. Also von Anfang an.

Gilpin hat Ihre Frau letzten Herbst kennengelernt und sich in sie verliebt. Hat ihr Briefe geschrieben. Sie ham sie gelesen und sich 's Schlimmste ausgemalt – Tatsache is', daß sie Ihnen absolut treu war, obwohl ich nach allem, was ich innen letzten 15 Stunden oder so über Sie ausgegraben hab', nich' verstehn kann, wie sie das ausgehalten hat. Na, jedenfalls ham Sie die Briefe gelesen und sind in Wut geraten. Heimlich ham Sie Gilpin ausspionieren lassen und ham dafür gesorgt, daß Ihre Firma Chandler und so weiter ihn geschäftlich ruiniert. Aus'n Augen, aus'm Sinn, so war's wohl gedacht. Aber die Briefe von Red kamen immer weiter. Sie wußten ja nich', daß sie nie welche beantwortet hat. Jedenfalls ham Sie Whitey Weeks angeheuert, um die Truppe zu überwachen. 's hat Ihnen gereicht, rauszukriegen, daß Dan derjenige war, dem Sie die Sache anhängen konnten. Ham Mr. J. Smith angestellt, wahrscheinlich 'n Arbeitsloser ohne festen Wohnsitz, um für Sie Revolver und Patronen in Nashua zu kaufen. Sie hätten den Revolver beim Pfandleiher kaufen können, aber Sie wollten was, was man leicht zurückverfolgen konnt', nämlich zu Dan. Und auf dem Formular hatt' ja jemand andres unterschrieben. So gab's nix, was man direkt mit Ihnen in Verbindung bringen konnt'. Sie ham dem Burschen gesagt, er soll 'n altes Stück nehmen, und er soll irgendwas Auffälliges tun, damit man sich an ihn erinnert. Also hat er gefeilscht. Hat Satterlee uns erzählt. Kam mir komisch vor, dieser Punkt. Unsere Theaterleute hier, die nehmen alles, wie's kommt, die feilschen nich'. Na, wie dem auch sei, der Bursche war als Dan verkleidet und hat den Revolver in dessen Namen gekauft. Wie klingt das?«

»Sie haben keinerlei Beweise –«

»Na gut. Dann ham Sie dafür gesorgt, daß Sie das Haus hier bekommen. Sie wußten bereits, welche Route die Truppe nehmen würd'. Sie wußten, daß Ihre Mutter 'n Fleckchen brauchen würd', wo sie sich erholn könnt'. Da wärn ja alle möglichen Orte für in Frage gekommen. Aber Sie ham diesen hier ausgesucht. Nur 'ne kurze Autofahrt entfernt – Sie sind ja oft unterwegs. Fahrn viel rum. Nachdem Sie Ihre Erkundungen gemacht hatten, ham Sie sich 'n neues Auto gekauft. Damit's auch niemand wiedererkennt. Sie schreiben der Truppe 'n Brief und bestelln sie hierher. Dann gehn Sie zu Ihrer Mutter und tun so, als ob Ihnen all das grad erst eingefalln wär'. Setzen sie unter Druck. Sie schmeißt Ihre Pläne übern Haufen. Aber Sie *wußten*, daß sie, ganz gleich, ob Sie selbst oder die Leute, die Sie für sie ausgesucht hatten, nu dabei sein würden oder nich', Mitleid haben würde, wenn die Schauspieler auftauchen würden und enttäuscht wärn, daß kein Guild da is'. Sie wußten – Sie ham's sogar«, meinte Asey mit einem Lächeln, »selbst gesagt –, daß Ihre Mutter die entsetzliche Angewohnheit hat, Hinz oder Kunz bei sich aufzunehmen. Darauf ham Sie gebaut. Sie hatten geplant, herzukommen. Alles, was Sie tun mußten, war, Red zu erschießen, die Waffe wegzuwerfen und zu warten, bis die Spur zu Dan zurückverfolgt war. 's war sogar gar nich' so schwer, 's so einzurichten, daß Sie unmöglich hier gewesen sein konnten.«

»Jetzt hören Sie mal zu, Mayo –«

»Hm-hm. Ich weiß. In Parkers Bericht heißt es, daß Sie gegen zehn auf Ihr Zimmer gegangen sind. Steht sogar drin, welches Buch Sie sich aus der Leihbücherei geholt ham, um 's am Abend zu lesen. Aber 's stand nich' drin, ob Sie tatsächlich zu Bett gegangen sind oder ob Sie's tatsächlich gelesen ham. Und das sind Sie nich', und das ham Sie nich'. Sie ham sich rausgeschlichen und sind hierhergefahrn. Sie wußten, wie Gilpin aussah, auch wenn Sie ihm nie begegnet warn. Sie wußten alles über ihn, sogar, daß er meistens im Lastwagen übernachtete. Sie brauchten nix weiter zu tun, als ihn zu fassen zu bekommen – und abzudrücken. Bei sich zu Hause ham Sie Dutzende von Büchern über Waffen. Sie wußten, daß diese Patronen keinen großen Lärm machen. Von Ihren Erkundungen kannten Sie das Haus hier genug, um zu wissen, daß meistens sowieso 'n ziemlich steifer Wind bläst. 's Rauschen der Brandung is' immer zu hörn und der Lärm der Wellen, sogar bei Ebbe. Entweder ham Sie Gilpin aus'm Lastwagen geholt, oder Sie ham ihm aufgelauert, nachdem er mit Judy gesprochen hatte. Oder wie er spazierengegangen is' – war ja seine Art. Sie erschießen ihn. Ihr Auto is' inner Seitenstraße versteckt. Im Haus gibt's kein Telefon. Ihnen kann also gar nix passiern. Selbst wenn Sie entdeckt worden wärn, hätten Sie Ihr Alibi gehabt: Sie warn rausgekommen, um nach Ihrer Mutter zu sehn. Wenn Sie mit ihr zusammen hergekommen wärn, dann hätten Sie eben gesagt, Sie wärn rausgegangen, um zu sehen, was das für Geräusche warn. Reicht das?«

»Alles Unsinn. Nichts als Indizien. Sie können nicht das geringste davon beweisen. Sie –«

»Und auf'm Rückweg«, fuhr Asey fort, »kam Ihnen dann das Stinktier in die Quere. Zuerst sind Sie übern Bau gestolpert, 'n Stinktierbau. Die – jedenfalls kann ich das beweisen, hab' Ihre Schuhe hier. Dann hat das Muttertier Sie angegriffen. Sie – na, das lass' ich mal lieber aus, was Sie dann gemacht ham. Ihre Waffe hatten Sie weggeschmissen. Wahrscheinlich hatten Sie 'ne Taschenlampe, aber die konnten Sie nich' als Knüppel nehmen. Die brauchten Sie ja, um zum Auto zurückzufinden. Sie ham's mit 'n bloßen Händen gemacht. Und Sie müssen so ziemlich der jähzornigste Mensch sein, der mir je vorgekommen is'. Mehr fällt mir dazu nich' ein. Na, dann sind Sie zu Ihrem Auto gegangen. Sie hatten keine Extrasachen mit. Sie mußten rechtzeitig in Boston sein, damit Sie am nächsten Tag so tun konnten, als ob nix gewesen wär'. Also sind Sie zurückgefahrn, so wie Sie warn. Dann ham Sie Ihren Anzug ausgezogen und ham ihn innen Koffer und innen Aktenschrank getan, und den ham Sie verschlossen. Sie konnten den Anzug nich' verbrennen. Kein Heizkessel. Konnten ihn nich' reinigen lassen. Konnten ihn nirgends sehn lassen, nich' mal im Haus. Wär' Ihnen ja schwergefalln, das zu erklärn. Der Wagen? Sie ham 'ne Dose schwarze Farbe über die Polster gekippt und dann noch Benzin drüber. Am nächsten Tag ham Sie den Wagen zur Reparatur gebracht.«

Asey hielt einen Augenblick lang inne.

»Was Sie mit sich selbst angestellt ham, weiß ich nich'. Karbollösung, nehm' ich an, und Desinfektionsmittel. Ich riech' sogar was davon, durch das Parfüm durch, mit dem Sie sich ham einnebeln lassen. Sie sind nich' nach Chicago geflogen, weil Sie dringende Geschäfte hatten, sondern weil Sie sich nich' getraut ham, so hierher zu kommen, wie Sie warn. Andre Leute, denen Sie begegneten, die hätten denken können, Sie ham 'ne Salbe aufgetragen oder sich aus Versehn parfümiert. Hier unten wär' man da auf andre Ideen gekommen. Ihre Reise ham Sie nur unternommen, um Zeit zu gewinnen. Sie mußten weg. Wenn Sie in Boston geblieben wärn, hätt's keinen Grund gegeben, Ihre Mutter nich' zu besuchen. Ihrer Frau ham Sie verboten herzukommen, weil Sie Angst hatten, daß sie Ihnen auf die Schliche kommt. Sie hat gehorcht, aber sie hatte schon viel zu viel von Ihnen eingesteckt, um sich in so 'nem Fall noch was vormachen zu lassen. Wie ich dann das Stinktier sah und die Büroklammer daneben – ich nehm' an, hinterher ham Sie dann dagestanden und überlegt, was Sie tun solln –, da wußt' ich, daß keiner von den Leuten hier im Haus in Frage kommt. Ich wußte, daß die mit keinem Stinktier in Berührung gekommen warn. Und das wär' die ganze Geschichte, von A bis Z.«

Asey faltete den Anzug sorgsam zusammen und legte ihn zurück in den großen Lederkoffer. Mit ernster Miene sortierte er seine diversen Papiere, streifte ein Gummiband darum und verstaute sie in einer seiner Taschen.

Keiner von uns sagte ein Wort. Keiner brachte etwas hervor. Janet starrte unverwandt zu Boden. Aseys Blick war über die Kiefernwipfel hinweg auf eine Möwe gerichtet, die vor dem sagenhaft blauen Himmel ihre Kreise zog und hin und wieder im Sturzflug niederging.

Ich war so benommen, daß ich keinen klaren Gedanken fassen konnte. Ich konnte nicht weinen. Ich konnte nicht sprechen. Frauen meiner Generation und Gesellschaftsschicht haben gelernt, ihre Gefühle im Zaum zu halten, aber es war nicht diese Erziehung, die mich in jenem Augenblick daran hinderte, gänzlich die Fassung zu verlieren. Ich war dermaßen vom Donner gerührt, daß es mir gar nicht in den Sinn kam, zusammenzubrechen.

Ein wildes Durcheinander von Erinnerungsfetzen schoß mir durch den Kopf: George als dickes, blauäugiges Baby, das in der Wiege wie auch in meinem Herzen den Platz von Klein Adin eingenommen hatte. George im weißen Matrosenanzug mit einer Trillerpfeife in der Tasche, wie er im Park Tretboot fuhr. George in Knickerbockerhosen und karierter Mütze, wie er den Atlantik zum ersten Mal von Bord der ›Lusitania‹ aus sah. George als Jahrgangsbester in Harvard. George als Direktor von Ballard & Company. Ich schüttelte den Kopf und versuchte, die Bilder und Gedanken zu ordnen und zu fassen, die alle zugleich durch meinen Kopf schossen. Dann sah ich George an; er stand da, mit bleicher Miene, und seine Finger spielten noch immer mit einer Büroklammer.

»Sie wissen genau, Mayo«, sagte er, »daß Sie keinerlei Beweise haben.«

»Wenn Sie am Dienstag hergekommen sind, um Ihre Mutter zu besuchen, warum ham Sie sie dann nich' besucht? Warum ham Sie das Telegramm geschickt? Warum ham Sie Ihren Anzug weggeschlossen? Warum, wenn Sie nix zu verbergen ham, ham Sie nich' sofort gesagt, daß Sie hier warn? Und 's gibt da noch eins, was Ihnen helfen sollte, die Lage besser einzuschätzen. Steve Crump weiß übers Geld von Ihrer Mutter und über Ballard & Company Bescheid. Er is' auf'm Weg hierher.«

Ich fand die Sprache wieder. »Asey – es – stimmt irgend etwas nicht mit Ballard & Company? Oder mit meinem Geld?«

»Steve sagt, 's is' noch ungefähr 'n Fünftel von dem übrig, was Sie George anvertraut ham. Das hat er auf eigne Initiative rausgefunden. Er hatte so 'n Gefühl, daß da was nich' stimmt. Mit der Firma sieht's auch nich' allzu gut aus.«

Langsam wurde mir klar, warum George einen solchen Wutanfall bekommen hatte, als ich am Montag Steve erwähnt und davon gesprochen hatte, daß ich mich selbst um meine geschäftlichen Angelegenheiten kümmern wollte. Allmählich war ich wieder in der Lage zu denken.

»George«, sagte ich, »es ist mir gleich, was du mit meinem Geld gemacht hast, aber das mit der Firma – das kann doch wohl nicht wahr sein? Die Firma deines Vaters! Sein Lebenswerk. Eine grundsolide Firma!«

George antwortete nicht. Er wich meinem Blick aus. Ein Schwall von bitteren Worten wollte aus mir herausbrechen, aber ich zügelte meine Zunge, bevor ich sie ausgesprochen hatte. Mit Worten konnte man nichts erreichen, Worte waren überflüssig. Es gab nichts mehr zu sagen, jetzt, da ich George beinahe alles verziehen hätte – zumindest hätte ich zu ihm gehalten –, nur nicht den Bankrott von Ballard & Company.

Janet ergriff meine Hand. »Mach – mach dir keine Sorgen, Vic. Vater wird das alles in Ordnung bringen. Er kann es, und er wird es auch.«

Aber diese Versicherung tröstete mich nicht im geringsten. Ich war ganz damit beschäftigt, mir klarzumachen, daß die Dinge tatsächlich standen, wie sie standen: George war ein Mörder. Er war ein Dieb. Im Grunde hatte er keines von beiden bestritten. Er konnte es nicht. Ich wollte das alles nicht glauben, aber es blieb mir nichts anderes übrig. Die Tatsachen waren nicht zu leugnen. Ich erinnerte mich, wie Adins Vater einmal von einem Zulu-Überfall in Afrika erzählt hatte, in dem sein Lieblingsbruder und dessen Familie umgekommen waren. Ich erinnerte mich an seine Bemerkung »Es ist lächerlich!«, und nie zuvor hatte ich begriffen, was er damit meinte; aber nun verstand ich es. Es war nicht die oberflächliche, gefühllose Bemerkung, für die ich es immer gehalten hatte. Wenn das Gefühl der Leere und das Gefühl der Bitterkeit erst einmal nachließen, blieb nur noch eines – ich mußte mich in das fügen, was wirklich war, ganz gleich, wie unglaublich es mir erscheinen mochte.

Mit dieser Stimmung der Resignation einher ging ein Staunen darüber, daß so etwas möglich sein sollte – obwohl man doch wußte, daß es bereits geschehen war. So gesehen war eine solche Situation tatsächlich lächerlich. So etwas stieß Leuten zu, anderen Leuten, von denen man in der Zeitung las oder in Romanen oder die man im Kino sah. Es war einfach gegen alle Vernunft. Lächerlich.

Aber es war die Wahrheit, und damit mußte man sich abfinden.

Ich blickte auf und sah, daß nur noch Janet, George und Asey von unserer Gruppe übrig waren. Die anderen mußten auf sein Zeichen hin gegangen sein, aber ich hatte ihren Aufbruch nicht bemerkt.

Aus der Tasche seiner Segeltuchjacke holte Asey den Colt hervor, den Syl am Strand gefunden hatte, und dazu die bräunliche Schachtel mit Patronen. Er nahm eine Patrone heraus, warf sie in die Luft und fing sie wieder, bevor er sprach.

»Ich werd' jetzt was mehr oder weniger Ungesetzliches tun, Mr. Ballord«, sagte er. »Aber ich bin ja kein normaler Polizist. Ich muß mich nich' an die normalen Regeln halten. Ich denk', ich lass' Sie rüber nach Barnstable fahrn, damit Sie sich Parker stelln können. Wenn Sie wolln, können Sie vielleicht vorher 'n Geständnis unterschreiben. Ich –«

»Sie können mich nicht verurteilen«, sagte George. »Sie haben keinerlei Beweise. Ich –«

Asey nickte. »So können Sie's natürlich sehn, wenn Sie wolln. Ich versicher' Ihnen, Sie irrn sich. Aber wenn ich an Steve Crump denk' und an das, was er uns vielleicht zu erzähln hat, dann denk' ich mir irgendwie, dasses vielleicht doch 's Beste wäre, wenn Sie gehn.«

Er legte den wuchtigen Colt und eine einzelne Patrone auf den Korbtisch.

»Einerseits«, fuhr Asey fort, »sind Sie Ihrer Mutter gar nich' ähnlich. Andrerseits aber auch doch. Sie können diese Sachen mit rüber zu Parker nehmen, wenn Sie 's Gefühl ham, daß Sie damit was wirklich Anständiges zustandebringen.«

George blickte Asey an und lächelte ein wenig. Er schnippte die Büroklammer, mit der er gespielt hatte, so energisch davon, daß sie etwa drei Meter von uns entfernt auf die Erde fiel. Es war eine Handlung, die etwas Endgültiges hatte.

Als er hinter mir vorbeiging, berührte er, glaube ich, eine Sekunde lang mein Haar; für einen kleinen Augenblick legte er seine Hand auf die Hand Janets. Dann steckte er die Waffe und die eine Patrone ein und ging hinüber zu seinem Leihwagen, ohne ein einziges Wort zu sagen. Als der Wagen in der Ferne entschwand, begriff ich, daß keiner von uns ihn jemals wiedersehen würde.

»Ich – ich – nu« – Asey versagte die Stimme –, »ich wußt' nich', was ich sonst noch tun konnt'. Ich hatt' Beweise, und er wußte das.«

Er und Janet fingen mich auf, als ich vornübersackte.

Erst Monate später fiel mir die grimmige Ironie auf, die in dem ersten Satz steckte, den ich niedergeschrieben hatte – daß George es war, der an der ganzen Geschichte schuld war.

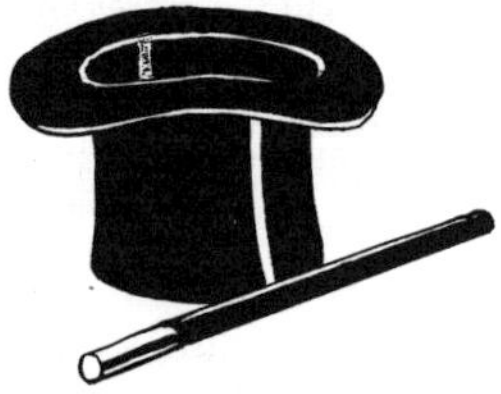

Nachwort

»Wer gern in Freuden lebt, wird Mangel leiden«, warnt der weise Salomo in seinen Sprüchen (21,17). Ob John Gilpin wohl je auf diese Warnung geachtet hat, als er sich den Freuden des Lebens hingab, unter denen die größte für ihn war, schöne Frauen zu verehren und mit ihnen zu flirten? Jedenfalls leidet er Mangel, als er mit seinen Freunden von der umherziehenden Show-Truppe nachts an einem einsamen Sommerhaus auf Cape Cod wortwörtlich strandet – einer der beiden Wagen der Truppe verweigert die Weiterfahrt, und alle fünf Mitglieder des Wander-Varietés haben gemeinsam etwas über einen Dollar in der Tasche.

John Gilpins Mangel hat tatsächlich etwas mit seinem Lebenswandel zu tun – so viel darf hier verraten werden –, wenn auch vordergründig die Weltwirtschaftskrise und die Große Depression in den USA verantwortlich scheinen. Jedenfalls hat sein Lebenswandel etwas mit seiner Todesart zu tun – nach einem Auftritt von weniger als einer Seite liegt er erschossen im Strandhafer, und auch hierfür gibt es eine düstere Prophezeiung in dem im englischsprachigen Bereich sehr populären komischen Gedicht *John Gilpin* von William Cowper (1731–1800): »Fort ging's mit Gilpin dam dam dam/freiwillig tat er's nicht«, erinnert sich die Erzählerin etwas unvollständig.

Diese Verse gehen ihr durch den Kopf, als sie die Leiche des jungen Mannes findet. Auch sie, die 55jährige, hat seine Faszination und Ausstrahlungskraft erfahren und ihn sich spontan zum Sohn gewünscht, als er vor wenigen Stunden ihr soeben gemietetes Haus betrat – groß, kräftig, freundlich, voller Leben und Humor und mit einem leuchtenden roten Haarschopf, der ihm den zweiten Vornamen Red eingetragen hat. Vor allem hatte Red das gewisse Etwas, das Je-ne-sais-quoi, den Sex-Appeal des Bel Ami – unsere Sprache ist kaum in der Lage, die Faszination wiederzugeben, die von manchen Männern auf Frauen ausgeübt wird und die auch Männer instinktiv spüren. So hat Gilpin generell auf seiner Lebensreise und auch ganz konkret auf seiner Show-Tournee genügend gebrochene Frauenherzen und verletzten Männerstolz zurückgelassen, so daß niemand lange nach einem Motiv fragen muß. Wenn dann auch noch beim Auffinden der Leiche plötzlich Asey Mayo wie aus dem Boden gewachsen neben der Erzählerin steht, sind alle Zutaten zu einem Detektivroman nach Phoebe Atwood Taylors bestem Rezept beisammen.

An sich hatte die Erzählerin nur, gegen ihren Willen vom Adoptivsohn und Firmen- und Familienoberhaupt genötigt, eine ruhige, erholsame Rekonvaleszenzzeit nach einer schweren Lungenentzündung in der Seeluft von Cape Cod verbringen wollen. Mrs. Ballard gehört von ihrer Abstammung, Versippung und Verschwägerung her zur neuenglischen Aristokratie und ist mit dem entsprechenden Selbstbewußtsein ausgestattet. Nicht zufällig trägt Victoria Alexandra Ballard die Vornamen von Kaiserinnen und Königinnen. Erscheint sie zu Beginn des Romans noch gehandicapt durch ihre Krankheit, das herannahende Alter und ihre in der traditionellen Gesellschaft stark beschränkte Rolle als Frau, so wird die durch den Mord vor ihrer Türschwelle ausgelöste Krise zur Bewährung, aus der sie gestärkt hervorgeht. Die wenigen Tage an Asey Mayos Seite erweisen sich als die beste Kur, wie die Schwiegertochter beim Wiedersehen überrascht feststellen muß. Vic Ballard gewinnt ihr altes Selbstbewußtsein wieder und entzieht sich der drohenden Bevormundung durch ihren Adoptivsohn. Wie bei älteren (*Die Wendeltreppe,* »DuMont's Kriminal-Bibliothek« 1004) und jüngeren (*Das Album,* »DuMont's Kriminal-Bibliothek« 1020) Heldinnen bei Mary Roberts Rinehart wird der Detektionsprozeß für die Erzählerin zum Emanzipationsprozeß; hierin ist Phoebe Atwood Taylor (1909–1976) sicherlich der älteren und überaus erfolgreichen Kollegin verpflichtet.

In späteren Romanen mit Asey Mayo hat Taylor das Verfahren aufgegeben, ihrem Detektiv wechselnde ältere Damen an die Seite zu geben, die durch äußere Umstände in den jeweils zu lösenden Fall verwickelt sind und die während der Ermittlungen und nach dem Abschluß des Falls in bester Doyle-Tradition dem »Kaubeljau-Sherlock« als »Watson«, als Hilfe und später Chronistin, dienen. Als Watson sind sie wirklich nicht restlos geeignet, wie unsere Heldin feststellen muß: Sie selbst sieht sich im Verlauf der Untersuchung mehr und mehr, wie in einer Varieté-Nummer, als Stichwortgeber für den eigentlichen Helden.

Mit Asey Mayo ist Phoebe Atwood Taylor eine der originellsten Schöpfungen in der an Originalen und Skurrilitäten nicht gerade armen Geschichte der Gattung gelungen. Seine Vorzüge wurden schon in den Nachworten zu *Kraft seines Wortes* und *Ein Jegliches hat seine Zeit* (»DuMont's Kriminal-Bibliothek« 1003, 1010) beschrieben, und sie kommen auch in dem neuen Mord, den er aufzuklären hat, voll zur Geltung.

Als Asey Mayo 1931 erstmals die Szene betritt, hat er schon das unbestimmte Alter, das er ein Menschenalter lang beibehalten wird und das ihm genügend Lebenserfahrung und Weltwissen eingebracht hat, um seine Fälle lösen zu können. Richard Alewyn hat den Detektiv des klassischen Kriminalromans als Außenseiter beschrieben, und auch Asey Mayo ist das in dem Sinne, in dem der Joker der Außenseiter unter den Karten ist: Von der Zwei bis zum As kann er jede Rolle perfekt einnehmen. So bewegt sich Asey Mayo mit nie versagender Sicherheit quer durch die Gesellschaft; seine Kontakte von gleich zu gleich reichen von der Bostoner Finanzaristokratie und dem Aufsichtsrat der Porter-Automobilwerke über die Ureinwohner von Cape Cod, mit denen er samt und sonders versippt ist, und die dort vom Strom der Zeiten Angespülten bis zu den Abenteurern aller Länder, wie er sie in seiner Seemannszeit vor dem Mast kennengelernt hat. Ihm ist ein reiches Weltwissen zugewachsen, so wie es einst Sherlock Holmes besaß, aber auch eine Menschenkenntnis, eine empirisch fundierte Psychologie, wie sie die Detektive seiner literarischen Generation, Agatha Christies Hercule Poirot und Miss Marple sowie Georges Simenons Kommissar Maigret, auszeichnen. Mit Hilfe dieser Erfahrung und unterstützt von seinem Verwandten Syl, der gerne Krimis liest und deshalb begeistert und durchaus erfolgreich ständig nach »Clues«, nach materiellen Spuren, sucht, löst er auch »das Geheimnis der Show-Truppe auf Cape Cod« – *The Mystery of the Cape Cod Players*, wie der amerikanische Originaltitel lautet. Schauspieler – in unserem Fall eher Varieté-Künstler – stellen Detektive immer vor besondere Rätsel, was ihre große Beliebtheit im Detektivroman erklärt. »Totus mundus agit histrionem« stand einst in Shakespeares Globe-Theater: Die ganze Welt agiert als Schauspieler. Hat es der Detektivroman grundsätzlich mit einer Kulissenwelt zu tun, hinter die niemand blicken soll und vor der jeder den Unschuldigen spielt, so potenzieren Schauspieler diesen Umstand noch. »Theaterleute«, »ob nu echt oder bloß wegen 'n schlechten Zeiten«, spielen das allgemeine Spiel professionell, wie Asey Mayo so treffend konstatiert (S. 43).

Mit seiner Bemerkung über die »schlechten Zeiten« spricht Asey Mayo ein weiteres Markenzeichen der Romane Phoebe Atwood Taylors an: Viel stärker als der klassische Detektivroman sonst sind diese der Zeitgeschichte verpflichtet. Unser Roman geht dem bereits in »DuMont's Kriminal-Bibliothek« veröffentlichten *Ein Jegliches hat seine Zeit* von 1934 um ein Jahr voraus. Als er 1933 erscheint, hat Franklin Delano Roosevelt gerade sein Amt angetreten, auf Cape Cod wird noch aus guter alter Gewohnheit wie in der Prohibitionszeit Alkohol geschmuggelt, und im ganzen Land herrschen »schlechte Zeiten«, die »Hard Times«, wie Studs Terkel sie in seinen Reportagen geschildert hat. Amerika ist eine Nation von Entwurzelten geworden; der »Schwarze Freitag« und die folgende Weltwirtschaftskrise, die Große Depression, haben das bislang »Oberste« zuunterst gekehrt. Vermögen verschwinden von einem Tag auf den anderen, alte Firmen müssen Bankrott anmelden, und junge Mädchen aus bestem Hause sind plötzlich mittellos und brechen auf der Straße vor Hunger zusammen.

So ist auch unsere Varieté-Truppe aus der Not geboren: Der ermordete John »Red« Gilpin besaß eine Autovertretung, die plötzlich schließen mußte. Seitdem zog er Kaninchen aus dem Hut oder den Zuschauern aus der Weste. Dan Allen war erfolgreicher Geschäftsmann und gehörte zur Oberschicht; seine Frau Edie sang und tanzte gelegentlich auf Wohltätigkeitsveranstaltungen zugunsten der Armen. Nun sind sie selbst mittellos und müssen zusammen mit Dans Schwester Hat, einer arbeitslosen Lehrerin, als Tanzgruppe mit Gesang auftreten. Richard Edson, der fünfte im Bunde, war Ingenieur; nun betreibt er ein Puppentheater mit den traditionellen Charakteren »Punch« und »Judy«, die der italienischen Komödie entstammen und in etwa dem »Hänneschen« und dem »Bärbelchen« der Kölner Puppenspiele entsprechen. Gemeinsam bringen sie so etwas wie eine abendfüllende Show zusammen, die ihre Existenz mühsam von Tag zu Tag sichert und von deren Einnahmen sie von der Hand in den Mund leben können.

Die Geschichte, mit der sie auf dem Schauplatz erscheinen, der sogleich zum Schauplatz eines Mordes wird, klingt nicht besonders überzeugend: Die schriftliche Einladung zu einem Auftritt in einem Privathaus, dem eine detaillierte Wegbeschreibung beigefügt gewesen sein soll, hat sie angeblich zu Mrs. Ballards einsamem Ferienhaus geführt. Aber einen Mann oder eine Familie mit dem Namen dessen, der sie eingeladen haben soll, gibt es in der ganzen Gegend nicht, und der entsprechende Brief wurde inzwischen vernichtet. So ist es recht wahrscheinlich, daß in der engsten Umgebung des Opfers, im Kreis der Entwurzelten, die jetzt die Schauspieler spielen, auch der Täter zu finden ist.

Wie zu allen Kreisen, in denen er sich bewegt, paßt Asey Mayo auch zu diesem: Wie sein Spitznamensgeber Sherlock Holmes ist er ein »Dramatiker des Alltags«, ein Regisseur, dessen Bühne die Wirklichkeit ist. Auf ihr inszeniert er gekonnt seine an Peripetien reichen Ermittlungen, setzt spannungssteigernd retardierende Momente ein und leitet mit sicherer Hand im fünften Akt das Finale mit der Überführung des Täters. Dafür, daß das Ende überraschend ist, sorgen sein Regietalent und die spezifischen Gaben seiner Schöpferin Phoebe Atwood Taylor. Sie müssen den Leser dafür entschädigen, daß der Täter, wie einst die Kaninchen des zaubernden Opfers Red Gilpin, ein wenig plötzlich aus dem Zylinder gezogen wird. Aber auch damit steht die Autorin in der Tradition des klassischen Detektivromans: Das für ihn charakteristische Offenlegen und gleichzeitige Verbergen der »Clues« wird häufig und durchaus treffend mit den Tricks des Magiers auf der Bühne verglichen.

Volker Neuhaus

DuMont's Kriminal-Bibliothek

»Knarrende Geheimtüren, verwirrende Mordserien, schaurige Familienlegenden und, nicht zu vergessen, beherzte Helden (und bemerkenswert viele Heldinnen) sind die Zutaten, die die Lektüre der ersten vier Bände aus DuMont's neuer ›Kriminal-Bibliothek‹ zu einem Lese- und Schmökervergnügen machen – auch, wenn man sich knisterndes Kaminfeuer, die Karaffe uralten Portweins und den echten Londoner Nebel dazudenken muß.

Der besondere Reiz dieser Krimi-Serie liegt in der Präsentation von hierzulande meist noch unbekannten anglo-amerikanischen Autoren, die mit repräsentativen Werken (in ausgezeichneter Übersetzung) vorgelegt werden.

Die ansprechend ausgestatteten Paperbacks sind mit kurzen Nachbemerkungen von Herausgeber Volker Neuhaus versehen, die auch auf neugierige Krimi-Fans Rücksicht nehmen, die gerne mal kiebitzen: Der Mörder wird nicht verraten. Kombiniere – zum Verschenken fast zu schade.« *Neue Presse/Hannover*

Band 1001	Charlotte MacLeod	**»Schlaf in himmlischer Ruh'«**
Band 1002	John Dickson Carr	**Tod im Hexenwinkel**
Band 1003	Phoebe Atwood Taylor	**Kraft seines Wortes**
Band 1004	Mary Roberts Rinehart	**Die Wendeltreppe**
Band 1005	Hampton Stone	**Tod am Ententeich**
Band 1006	S. S. van Dine	**Der Mordfall Bischof**
Band 1007	Charlotte MacLeod	**». . . freu dich des Lebens«**
Band 1008	Ellery Queen	**Der mysteriöse Zylinder**
Band 1009	Henry Fitzgerald Heard	**Die Honigfalle**
Band 1010	Phoebe Atwood Taylor	**Ein Jegliches hat seine Zeit**

Band 1011	Mary Roberts Rinehart	**Der große Fehler**
Band 1012	Charlotte MacLeod	**Die Familiengruft**
Band 1013	Josephine Tey	**Der singende Sand**
Band 1014	John Dickson Carr	**Der Tote im Tower**
Band 1015	Gypsy Rose Lee	**Der Varieté-Mörder**
Band 1016	Anne Perry	**Der Würger von der Cater Street**
Band 1017	Ellery Queen	**Sherlock Holmes und Jack the Ripper**
Band 1018	John Dickson Carr	**Die schottische Selbstmord-Serie**
Band 1019	Charlotte MacLeod	**»Über Stock und Runenstein«**
Band 1020	Mary Roberts Rinehart	**Das Album**
Band 1021	Phoebe Atwood Taylor	**Wie ein Stich durchs Herz**
Band 1022	Charlotte MacLeod	**Der Rauchsalon**
Band 1023	Henry Fitzgerald Heard	**Anlage: Freiumschlag**
Band 1024	C. W. Grafton	**Das Wasser löscht das Feuer nicht**
Band 1025	Anne Perry	**Callander Square**
Band 1026	Josephine Tey	**Die verfolgte Unschuld**
Band 1027	John Dickson Carr	**Die Schädelburg**
Band 1028	Leslie Thomas	**Dangerous Davies, der letzte Detektiv**
Band 1029	S. S. van Dine	**Der Mordfall Greene**
Band 1030	Timothy Holme	**Tod in Verona**
Band 1031	Charlotte MacLeod	**»Der Kater läßt das Mausen nicht«**
Band 1032	Phoebe Atwood Taylor	**Wer gern in Freuden lebt . . .**

Band 1003

Phoebe Atwood Taylor

Kraft seines Wortes

Hier betritt erstmals ein mittlerweile schon legendärer amerikanischer Detektiv die deutsche Szene: Asey Mayo. Mit ihm zugleich kommt immer wieder eine der schönsten Landschaften Amerikas in den Brennpunkt: Cape Cod unterhalb von Boston, eine Landschaft voller Geschichte, manchmal zweifelhaft erworbenem Reichtum und würziger Seeluft. Asey Mayo, ehemaliger Seemann, voller Humor und Lebensklugheit, aber auch messerscharfem Spürsinn, löste mehr als 25 verblüffende, erschütternde Mordfälle auf Cape Cod. Dieses war der erste ...

Band 1010
Phoebe Atwood Taylor
Ein Jegliches hat seine Zeit

Elspeth Adams ist äußerst verwundert, als ihr Neffe Mark ihr ein hilfesuchendes Telegramm von Cape Cod schickt, denn sie vermutet ihn bereits seit einer Woche in Brasilien. Sie macht sich sofort nach Cape Cod auf und trifft in Prence's Gasthaus, das Eve Prence gehört, auf eine illustre Gesellschaft von Schriftstellern. Ihr Neffe interessiert sich jedoch weniger für Literatur als für Anne Bradford, Eves Stiefschwester. Mrs. Adams erfährt, daß Eve nicht nur die Ehe zwischen Anne und Mark verhindern möchte, sondern Anne sogar beschuldigt, mehrere Mordanschläge auf sie verübt zu haben ... Mrs. Adams ist froh, daß ihr in dieser verwickelten Angelegenheit jemand zur Seite steht, der Spürsinn, Tatkraft und Erfahrung mitbringt: Asey Mayo. Er sorgt mit Witz und Verstand dafür, daß in der festgefügten Welt von Cape Cod wieder Recht und Ordnung herrschen.

Band 1021

Phoebe Atwood Taylor

Wie ein Stich durchs Herz

Wenn sich die Mitarbeiterin eines illegalen Buchmachers, ein Gelegenheitsdieb, der Polizist werden möchte, und ein Lehrer für englische Literatur, der nicht nur gerne Shakespeare zitiert, sondern auch dem berühmten Dichter täuschend ähnlich sieht, mitten in der Nacht in einer schlechtbeleumdeten Gegend kennenlernen, darf man sich eigentlich über nichts mehr wundern. So nimmt es Mr. Leonidas Witherall mit Gelassenheit hin, daß man nach einem Treffen in seiner früheren Schule gleich zweimal versucht, ihn zu überfahren. Erstaunter ist er schon, daß einer der Attentäter sein ehemaliger Schüler Bennington Brett ist. Aber erst, als er diesen tot mit einem Tranchiermesser in der Brust entdeckt, fängt er an, sich ernsthaft Gedanken zu machen.

Band 1030

Timothy Holme

Tod in Verona

Als der italienische Kriegsheld Piantaleone in Verona ermordet aufgefunden wird, deutet alles auf ein Attentat der Roten Brigaden hin, die sich in einem Brief auch zu der »Exekution des Volksfeindes« bekennen. Aber welches Interesse können die Terroristen an der Ermordung eines Greises haben? Inspektor Achille Peroni muß sehr schnell erkennen, daß er sich auf ein gefährliches Spiel eingelassen hat. Politische Intrigen, Geheimbünde, jahrhundertelange Feindschaften einflußreicher Familien ... Und einfach wird es dem Inspektor bei seinen Untersuchungen wirklich nicht gemacht – muß er als gebürtiger Neapolitaner doch gegen alle Vorurteile ankämpfen, welche die Norditaliener gegenüber Landsleuten aus dem Süden haben –, doch mit Scharfsinn und unbestechlicher Entschlossenheit deckt er die erstaunlichen Hintergründe des Mordes auf ...

Band 1031

Charlotte MacLeod

»Der Kater läßt das Mausen nicht«

Für Betsy Lomax, die erprobte Haushaltshilfe von Professor Peter Shandy, fängt der Tag wahrlich nicht gut an. Bestürzt muß sie feststellen, daß ihr Kater Edmund ihrem Untermieter Professor Herbert Ungley das Toupet geraubt hat. Ihre Bestürzung wandelt sich in Entsetzen, als sie Ungley tot hinter dem Clubhaus der noblen Balaclava Society findet... Da der Chef der Polizei sich weigert, den Tod Ungleys als Mord anzuerkennen, gibt es für Betsy Lomax nur einen, von dem sie Hilfe erwarten kann – Peter Shandy, seines Zeichens Professor für Botanik am Balaclava Agricultural College. Dieser stößt bei seinen Ermittlungen in ein Wespennest – einflußreiche Persönlichkeiten in Balaclava Junction schrecken offenbar auch nicht vor Mord zurück, wenn es um Geld und Politik geht.